世界著名作家短篇小说精选系列

# 杰克·伦敦短篇小说精选

[美] 杰克·伦敦 著　万紫 译

群众出版社
·北京·

图书在版编目（CIP）数据

杰克·伦敦短篇小说精选／（美）杰克·伦敦著；万紫译.—北京：群众出版社，2015.10
（世界著名作家短篇小说精选系列）
ISBN 978-7-5014-5003-9

Ⅰ.①杰… Ⅱ.①杰…②万… Ⅲ.①短篇小说—小说集—美国—近代 Ⅳ.I712.44

中国版本图书馆 CIP 数据核字（2015）第 239926 号

## 杰克·伦敦短篇小说精选
### 世界著名作家短篇小说精选系列
［美］杰克·伦敦 著 万紫 译

出版发行：群众出版社
地　　址：北京市丰台区方庄芳星园三区 15 号楼
邮政编码：100078
经　　销：新华书店
印　　刷：北京通天印刷有限责任公司

版　　次：2015 年 11 月第 1 版
印　　次：2015 年 11 月第 1 次
印　　张：8.625
开　　本：880 毫米×1230 毫米　1/32
字　　数：175 千字
书　　号：ISBN 978-7-5014-5003-9
定　　价：29.00 元

网　　址：www.qzcbs.com
电子邮箱：qzcbs@sohu.com

营销中心电话：010-83903254
读者服务部电话（门市）：010-83903257
警官读者俱乐部电话（网购、邮购）：010-83903253
文艺分社电话：010-83901330　010-83903973

本社图书出现印装质量问题，由本社负责退换
版权所有　侵权必究

# 明确而出色的时代发言人

万紫

杰克·伦敦（1876—1916）是美国20世纪初最有影响的小说家之一，是继马克·吐温之后又一位杰出的现实主义作家。著名的评论家菲力普·方纳在《杰克·伦敦——美国的叛逆者》中评价说："没有一个作家比杰克·伦敦更能作为明确而出色的时代发言人。因为他打破了冻结美国文学的坚冰，使文学与生活产生有意义的联系。"世人在浏览19世纪末20世纪初的美国文学时，惊异地发现，杰克·伦敦留下了那么多璀璨的篇章来养育人们的心灵。他的作品，同样也为中国的读者提供了认识生命价值、认识人生的窗口。

在文学创作中，杰克·伦敦提出现实主义艺术主张，他认为文学作品必须真实地描写生活。出身于破产农民家庭的杰克·伦敦，当过报童、伙夫、洗衣匠、海上劫蚝贼、捕海豹船上的水手、流浪汉、阿拉斯加的淘金者等。这些传奇式的生活经历使其日后拥有别人无法比拟的丰富的创作素材。在他的小说中,他以严肃的直面现实的精神,揭示了当时美国社会的真实面貌,表达了他的愤慨和反抗,赞颂了旺盛的生命力和积极昂扬的人生。

《北方的奥德赛》以广袤的画面展示出一个印第安酋长的悲惨遭遇。他历尽千辛万苦,终于找到了当年夺走他妻子的白人,报仇雪耻。但是,他却无法赢回妻子,文中包含的生活哲理是多义的,深刻的。

《监狱》控诉了美国监狱对流浪汉滥加刑罚。1893年,杰克·伦敦参加了轰动整个美国的失业工人大进军。这次惊心动魄的远征使杰克·伦敦经受了严酷的洗礼。他为追赶失业大军队伍,曾同饥饿、风雪搏斗,还因流浪坐过三十天牢。在《监狱》中,他以其真实的感受,驾轻就熟地写出了自己的亲身经历,深深地震撼了读者。

杰克·伦敦自认为写得出色的《老头子同盟》控诉了白人殖民者对印第安人的掠夺和迫害,歌颂了印第安人的反抗和斗争。

《马普希的房子》情节生动,揭露了白人殖民者肆无忌惮地欺凌百姓。在文中,杰克·伦敦寄托了对受剥削受欺侮的土著的同情,以不测的飓风袭击引出一个喜剧性的结局,来表达作家的思想感情。

闻名于世的短篇《热爱生命》是杰克·伦敦的代表作。小说以其精彩的描绘、细腻的刻画,赞美了生命的顽强活力。在小说中,作家向读者提供了一幅在寂寥的北方荒野里、在严寒和狼的威胁下,人同自然环境进行顽强搏斗的画面。淘金者孤身一人，疲倦至极，饥饿至极，而且身后还跟着一只觊觎着他、随时准备吃掉他的病狼。他的身躯已经形如僵尸，然而他内在的求生欲望不愿他死去而逼着他前进。正因如此，他才能在即将死亡、奄奄一息的最后时刻同病狼进行搏斗并取得最后的胜利。作家在《热爱生命》中唱了一曲对生命的赞歌。淘金者不畏艰难、不畏死亡的形象体现了人类以坚强的毅力战胜自然的磨难、战胜死亡的威胁的主题。

优秀的作品往往超越时空隧道。近一个世纪以来，杰克·伦敦的小说以其深邃的社会内涵、紧凑生动的情节、行云流水般的文笔，没有被读者忽视，没有被出版界遗忘，在新世纪的中国，也不例外。人们通过杰克·伦敦认识和了解当时的美国社会。同时，关注人的生命和人的价值，关注生命本体生生不息的创造力，倡导积极向上的人生，以及克服一切艰难困苦，树立坚强的意志，这正是杰克·伦敦的小说给当代中国带来的启迪。

# 目　录

热爱生命 ◎ 1

寂静的雪野 ◎ 27

为赶路的人干杯 ◎ 41

老头子同盟 ◎ 55

北方的奥德赛 ◎ 76

一千打 ◎ 120

意外 ◎ 144

黄金谷 ◎ 171

监狱 ◎ 196

马普希的房子 ◎ 213

一块牛排 ◎ 243

# 热爱生命

  一切,总算剩下了这一点——
    他们经历了生活的困苦颠连;
   能做到这种地步也就是胜利,
    尽管他们输掉了赌博的本钱。

  他们两个一瘸一拐地,吃力地走下河岸,有一次,走在前面的那个还在乱石中间失足摇晃了一下。他们又累又乏,因为长期忍受苦难,脸上都带着愁眉苦脸、咬牙苦熬的表情。他们肩上捆着用毯子包起来的沉重包袱，总算那条勒在额头上的皮带还得力，帮着吊住了包袱。他们每人拿着一支来复枪。他们弯着腰走路，肩膀冲向前面，而脑袋冲得更前，眼睛总是瞅着地面。

"我们藏在地窖里的那些子弹，我们身边要有两三发就好了。"走在后面的那个人说道。

他的声调，阴沉沉的，干巴巴的，完全没有感情。他冷冷地说着这些话；前面的那个只顾一拐一拐地向流过岩石、激起一片泡沫的白茫茫的小河里走去，一句话也不回答。

后面的那个紧跟着他。他们两个都没有脱掉鞋袜，虽然河水冰冷——冷得他们脚腕子疼痛，两脚麻木。每逢走到河水冲击着他们膝盖的地方，两个人都摇摇晃晃地站不稳。

跟在后面的那个在一块光滑的圆石头上滑了一下，差一点儿没摔倒，但是，他猛力一挣，站稳了，同时痛苦地尖叫了一声。他仿佛有点儿头昏眼花，一面摇晃着，一面伸出那只闲着的手，好像打算扶着空中的什么东西。站稳之后，他再向前走去，不料又摇晃了一下，几乎摔倒。于是，他就站着不动，瞅着前面那个一直没回过头的人。

他这样一动不动地足足站了一分钟，好像心里在说服自己一样。接着，他就叫了起来："喂，比尔，我扭伤脚腕子啦。"

比尔在白茫茫的河水里一摇一晃地走着。他没有回头。后面那个人瞅着他这样走去，脸上虽然照旧没有表情，眼睛里却流露出跟一头受伤的鹿一样的神色。

前面那个人一瘸一拐，登上对面的河岸，头也不回，只顾向前走去。河里的人眼睁睁地瞧着。他的嘴唇有点儿发抖，因此，他嘴上那丛乱棕似的胡子也在明显地抖动。他甚至不知不觉地伸出舌头来舔舔嘴唇。

"比尔！"他大声地喊着。

这是一个坚强的人在患难中求援的喊声，但比尔并没有回头。他的伙伴干瞧着他，只见他古里古怪地一瘸一瘸地走着，跌跌撞撞地前进，摇摇晃晃地登上一片不陡的斜坡，向矮山头上不十分明亮的天际走去。他一直瞧着他跨过山头，消失了踪影。于是他掉转眼光，慢慢扫过比尔走后留给他的那一圈世界。

靠近地平线的太阳，像一团快要熄灭的火球，几乎被那些混混沌沌的浓雾和蒸气遮没了，让你觉得它好像是什么密密团团，然而轮廓模糊、不可捉摸的东西。这个人单腿立着休息，掏出了他的表。现在是四点钟，在这种 7 月底或者 8 月初的季节里——他说不出一两个星期之内的确切的日期——他知道太阳大约是在西北方。他瞧了瞧南面，知道在那些荒凉的小山后面就是大熊湖；同时，他还知道在那个方向，北极圈的禁区界线深入到加拿大冻土地带之内。他所站的地方，是铜矿河的一条支流，铜矿河本身则向北流去，通向加冕湾和北冰洋。他从来没到过那儿，但是，有一次，他在赫德森湾公司的地图上曾经瞧见过那地方。

他把周围那一圈世界重新扫了一遍。这是一片叫人看了发愁的景象：到处都是模糊的天际线，小山全是那么低低的，没有树，没有灌木，没有草——什么都没有，只有一片辽阔可怕的荒野,迅速地使他两眼露出了恐惧的神色。

"比尔!"他一次又一次地喊道,"比尔!"

他在白茫茫的水里畏缩着,好像这片广大的世界正在用压倒一切的力量挤压着他,正在残忍地摆出得意的威风来摧毁他。他像发疟子似的抖了起来,连手里的枪都哗啦一声落到水里,这一声总算把他惊醒了。他和恐惧斗争着,尽力打起精神,在水里摸索,找到了枪。他把包袱向左肩挪动了一下,以便减轻扭伤的脚腕子的负担。接着,他就慢慢地,小心谨慎地,疼得闪闪缩缩地向河岸走去。

他一步也没有停。他像发疯似的拼着命,不顾疼痛,匆匆登上斜坡,走向他的伙伴失去踪影的那个山头——比起那个瘸着腿、一瘸一拐的伙伴来,他的样子更显得古怪可笑。可是到了山头,只看见一片死沉沉的、寸草不生的浅谷。他又和恐惧斗争着,克服了它,把包袱再往左肩挪了挪,蹒跚地走下山坡。

谷底一片潮湿,浓厚的苔藓,像海绵一样,紧贴在水面上。他走一步,水就从他脚底下溅射出来。他每次一提起脚,就会引起一种吧唧吧唧的声音,因为潮湿的苔藓总是吸住他的脚,不肯放松。他挑着好路,从一块沼地走到另一块沼地,并且顺着比尔的脚印,走过一堆一堆的、像突出在这片苔藓海里的小岛一样的岩石。

他虽然孤零零的一个人,却没有迷路。他知道,再往前去,就会走到一个小湖旁边,那儿有许多极小极细的枯死的枞树,当地的人把那儿叫作"提青尼其利"——意思是"小棍子地"。而且，还有一条小溪通到湖里，溪水不是白茫茫的。溪上有灯芯草——这一点他记得很清楚——但是没有树木，他可以沿着这条小溪一直走到水源尽头的分水岭。他会翻过这道分水岭，走到另一条小溪的源头，这条溪是向西流的，他可以顺着水流走到它注入狄斯河的地方，那里，在一条翻了的独木船下面可以找到一个小坑，坑上面堆着许多石头。这个坑里有他那支空枪所需的子弹，还有钓钩、钓丝和一张小渔网——打猎钓鱼求食的一切工具。同时，他还会找到面粉——并不多——此外还有一块腌猪肉和一些豆子。

比尔会在那里等他的，他们会顺着狄斯河向南划到大熊湖。接着，他们就会在湖里朝南方划，一直朝南，直到麦肯齐河。到了那里，他们还要朝着南方，继续朝南方走去，那么冬天就怎么也赶不上他们了。让湍流结冰吧，让天气变得更凛冽吧，他们会向南走到一个暖和的赫德森湾公司的站头，那儿不仅树木长得高大茂盛，吃的东西也多得不得了。

这个人一路向前挣扎的时候，脑子里就是这样想的。他不仅苦苦地拼着体力，也同样苦苦地绞着脑汁，他尽力想着比尔并没有抛弃他，想着比尔一定会在藏东西的地方等他。他不得不这样想，不然，他就用不着这样拼命，他早就会躺下来死掉了。当那团模糊的像圆球一样的太阳慢慢向西北方沉下去的时候，他一再盘算着在冬天追上他和比尔之前，他们向南逃去的每一英寸路。他反复地想着地窖里和赫德森湾公司站头上的吃的东西。他已经两天没吃东西了；至于没有吃到他想吃的东西的日子，那就更不止两天了。他常常弯下腰，摘起沼地上那种灰白色的浆果，把它们放到口里，嚼几下，然后吞下去。这种沼地浆果只有一小粒种子，外面包着一点儿浆水。一进口，浆水就化了，种子又辣又苦。他知道这种浆果并没有养分，但是他仍然抱着一种不顾道理、不顾经验教训的希望，耐心地嚼着它们。

走到九点钟，他在一块岩石上绊了一下，因为极端疲倦和衰弱，他摇晃了一下就栽倒了。他侧着身子，一动也不动地躺了一会儿。接着，他从捆包袱的皮带当中脱出身子，笨拙地挣扎起来勉强坐着。这时候，天还没有完全黑，他借着流连不散的暮色，在乱石中间摸索着，想找到一些干枯的苔藓。后来，他收集了一堆，就生起一蓬火——一蓬不旺的、冒着黑烟的火——并且放了一白铁罐子水在上面煮着。

他打开包袱，第一件事就是数数他的火柴。一共六十七根。为了弄清楚，他数了二遍。他把它们分成几份，用油纸包起来，一份放在他的空烟草袋里，一份放在他的破帽子的帽圈里，最后一份放在贴胸的衬衫里面。做完以后，他忽然感到一阵恐慌，于是把它们全部拿出来打开，重新数过。仍然是六十七根。

他在火边烘着潮湿的鞋袜。鹿皮鞋已经成了湿透的碎片。毡袜子有好多地方都磨穿了，两只脚皮开肉绽，都在流血。一只脚腕子胀得血管直跳，他检查了一下：它已经肿得和膝盖一样粗了。他一共有两条毯子，他从其中的一条上撕下一长条，把脚腕子捆紧。此外，他又撕下几条，裹在脚上，代替鹿皮鞋和袜子。接着，他喝完那罐滚烫的水，上好表的发条，就爬进了两条毯子当中。

他睡得跟死人一样。午夜前后的短暂的黑暗来而复去。太阳从东北方升了起来——至少也得说那个方向出现了曙光，因为太阳给乌云遮住了。

六点钟的时候，他醒了过来，静静地仰面躺着。他仰视着灰色的天空，知道肚子饿了。当他撑住胳膊肘翻身的时候，一种很大的呼噜声把他吓了一跳，他看见了一只公鹿，它正在用机警好奇的眼光瞧着他。这个牲畜离他不过五十英尺光景，他脑子里立刻出现了鹿肉排在火上烤得咝咝响的情景和滋味。他无意识地抓起了那支空枪，瞄好准星，扣了一下扳机。公鹿哼了一下，一跳就跑开了，只听见它奔过山岩时蹄子嘚嘚乱响的声音。

这个人骂了一句，扔掉那支空枪。他一面拖着身体站起来，一面大声地哼哼，这是一件很慢、很吃力的事。他的关节都像生了锈的铰链，它们在骨臼里的动作很迟钝，阻力很大，一屈一伸都得咬着牙才能办到。最后，两条腿总算站住了，但又花了一分钟左右的工夫才挺起腰，让他能够像一个人那样站得笔直。

他慢腾腾地登上一个小丘，看了看周围的地形。既没有树木，也没有小树丛，什么都没有，只看到一望无际的灰色苔藓，偶尔有点儿灰色的岩石，几片灰色的小湖，几条灰色的小溪，算是一点儿变化和点缀。天空是灰色的，没有太阳，也没有太阳的影子。他不知道哪儿是北方，他已经忘掉了昨天晚上他是怎样取道走到这里的，不过他并没有迷失方向。这他是知道的，不久他就会走到那块"小棍子地"。他觉得它就在左面的什么地方，而且不远——可能翻过下一座小山头就到了。

于是他就回到原地，打好包袱，准备动身。他摸清楚了那三包分别放着的火柴还在，虽然没有停下来再数数。不过，他仍然踌躇了一下，在那儿一个劲地盘算，这次是为了一个厚实的鹿皮口袋。袋子并不大，他可以用两只手把它完全遮没。他知道它有十五磅重——相当于包袱里其他东西重量的总和——这个口袋使他发愁。最后，他把它放在一边，开始卷包袱。可是，卷了一会儿，他又停下手，盯着那个鹿皮口袋。他匆忙地把它抓到手里，用一种反抗的眼光瞧瞧周围，仿佛这片荒原要把它抢走似的；等到他站起来，摇摇晃晃地开始这一天的路程的时候，这个口袋仍然包在他背后的包袱里。

他转向左面走着，不时停下来吃沼地上的浆果。扭伤的脚腕子已经僵了，他比以前跛得更明显，但是，比起肚子里的痛苦，脚疼就算不了什么。饥饿的疼痛是剧烈的。它们一阵一阵地发作，好像在啃着他的胃，疼得他不能把思想集中在到"小棍子地"必须走的路线上。沼地上的浆果并不能减轻这种剧痛，那种刺激性的味道反而使他的舌头和口腔热辣辣的。

他走到了一个山谷，那儿有许多松鸡从岩石和沼地里呼呼地拍着翅膀飞起来。它们发出一种"咯儿——咯儿——咯儿"的叫声。他拿石子打它们，但是打不中。他把包袱放在地上，像猫捉麻雀一样地偷偷走过去。锋利的岩石穿过他的裤子，划破了他的腿，直到膝盖流出的血在地面上留下一道血迹；但是在饥饿的痛苦中，这种痛苦也算不了什么。他在潮湿的苔藓上爬着，弄得衣服湿透，身上发冷；可是这些他都没有察觉，因为他想吃东西的念头那么强烈。而那一群松鸡却总是在他面前飞起来，呼呼地转，到后来，它们那种"咯儿——咯儿——咯儿"的叫声简直变成了对他的嘲笑，于是他就咒骂它们，随着它们的叫声对它们大叫起来。

有一次，他爬到了一定是睡着了的一只松鸡旁边。他一直没有瞧见，直到它从岩石的角落里冲着他的脸蹿起来，他才发现。他像那只松鸡起飞一样惊慌，抓了一把，只捞到了三根尾巴上的羽毛。当他瞅着它飞走的时候，他心里非常恨它，好像它做了什么对不起他的事。随后他回到原地，背起包袱。

时光渐渐消逝，他走进了连绵的山谷，或者说是沼地，这些地方的野生动物比较多。一群驯鹿走了过去，大约有二十多头，都待在可望而不可即的来复枪的射程以内。他心里有一种发狂似的、想追赶它们的念头，而且相信自己一定能追上去捉住它们。一只黑狐狸朝他走了过来，嘴里叼着一只松鸡。这个人喊了一声，这是一种可怕的喊声，那只狐狸吓跑了，可是没有丢下松鸡。

傍晚时，他顺着一条小河走去，由于含有石灰而变成乳白色的河水从稀疏的灯芯草丛里流过去。他紧紧抓住这些灯芯草的根部，拔起一种好像嫩葱芽，只有木瓦上的钉子那么大的东西。这东西很嫩，他的牙齿咬进去，会发出一种咯吱咯吱的声音，仿佛味道很好。但是它的纤维却不容易嚼。它是由一丝丝的充满了水分的纤维组成的，跟浆果一样，完全没有养分。他丢开包袱，爬到灯芯草丛里，像牛似的大咬大嚼起来。

他非常疲倦,总希望能歇一会儿——躺下来睡个觉;可是他又不得不继续挣扎前进——不过,这并不一定是因为他急于要赶到"小棍子地",多半还是饥饿在逼着他。他在小水坑里找青蛙,或者用指甲挖土找小虫,虽然他也知道,在这么远的北方,是既没有青蛙也没有小虫的。

他瞧遍了每一个水坑,都没有用,最后,直到漫漫的暮色袭来的时候,他才发现一个水坑里有一条独一无二的、像鲦鱼般的小鱼。他把胳膊伸下水去,一直没到肩头,但是它又溜开了。于是他用双手去捉,把池底的乳白色泥浆全搅浑了。正在紧张的关头,他掉到了坑里,半身都浸湿了。现在,水太浑了,看不清鱼在哪儿,他只好等着,等泥浆沉淀下去。

他又捉起来,直到把水又搅浑了。可是他等不及了,便解下身上的白铁罐子,把坑里的水舀出去。起初,他发狂一样地舀着,把水溅到自己身上,同时,因为泼出去的水距离太近,水又流到坑里。后来,他就更小心地舀着,尽量让自己冷静一点儿,虽然他的心跳得很厉害,手在发抖。这样过了半小时,坑里的水差不多舀光了,剩下来的连一杯也不到。可是,并没有什么鱼。他这才发现石头里面有一条暗缝,那条鱼已经从那里钻到了旁边一个相连的大坑——坑里的水他一天一夜也舀不干。如果他早知道有这个暗缝,他一开始就会用石头把它堵死,那条鱼也就归他所有了。

他这样想着,四肢无力地倒在潮湿的地上。起初,他只是轻轻地哭,过了一会儿,他就对着把他团团围住的无情的荒原号啕大哭;后来,他又大声抽噎了好久。

他生起一蓬火,喝了几罐热水让自己暖和暖和,并且照昨天晚上那样在一块岩石上露宿。最后他检查了一下火柴是不是干燥,并且上好表的发条。毯子又湿又冷,脚腕子疼得在悸动。可是他只有饿的感觉,在不安的睡眠里,他梦见了一桌桌酒席和一次次宴会,以及各种各样的摆在桌上的食物。

醒来时,他又冷又不舒服。天上没有太阳,灰蒙蒙的大地和天空变得愈来愈阴沉昏暗。一阵刺骨的寒风刮了起来,初雪覆盖了山顶。他周围的雾气愈来愈浓,成了白茫茫一片,这时,他已经生起火,又烧了一罐开水。天上下的一半是雨,一半是雪,雪花又大又潮。起初,一落到地面就融化了,但后来越下越多,盖满了地面,淋熄了火,糟蹋了他那些当作燃料的干苔藓。

这是一个警告,他得背起包袱,一瘸一拐地向前走;至于到哪儿去,他可不知道。他既不关心"小棍子地",也不关心比尔和狄斯河边那条翻过来的独木舟下的地窖。他完全给"吃"这个词儿管住了,他饿疯了。他根本不管他走的是什么路,只要能走出这个谷底就成。他在湿雪里摸索着,走到湿漉漉的沼地浆果那儿,接着又一面连根拔着灯芯草,一面试探着前进。不过这东西既没有味,又不能把肚子填饱。后来,他发现了一种带酸味的野草,就把找到的都吃了下去,可是找到的并不多,因为它是一种蔓生植物,很容易给几英寸深的雪埋没。

那天晚上他既没有生火,也没有热水,就钻在毯子里睡觉,而且常常饿醒。这时,雪已经变成了冰冷的雨。他觉得雨落在他仰着的脸上,他被淋醒了好多次。天亮了——又是灰蒙蒙的一天,没有太阳。雨已经停了,刀绞一样的饥饿感觉也消失了。他已经丧失了想吃食物的感觉,他只觉得胃里隐隐作痛,但并不使他过分难过。他的脑子已经比较清醒,他又一心一意地想着"小棍子地"和狄斯河边的地窖了。

他把撕剩的那条毯子扯成一条条的,裹好那双鲜血淋淋的脚。同时把受伤的脚腕子重新捆紧,为这一天的旅行作好准备。等到收拾包袱的时候,他对着那个厚实的鹿皮口袋想了很久,但最后还是把它随身带着。

雪已经给雨水淋化了,只有山头还是白的。太阳出来了,他总算能够定出罗盘的方位来了,虽然他知道现在他已经迷了路。在前两天的游荡中,他也许走得过分偏左了。因此,他为了校正,就朝右面走,以便走上正确的道路。

现在,虽然饿的痛苦已经不再那么敏锐,他却感到了虚弱。他在摘那种沼地上的浆果,或者拔灯芯草的时候,常常不得不停下来休息一会儿。他觉得他的舌头很干燥,很大,好像上面长满了细毛,含在嘴里发苦。他的心脏给他添了很多麻烦。他每走几分钟,心脏就会猛烈地怦怦地跳一阵,然后变成一种痛苦的一起一落的迅速猛跳,逼得他透不过气,只觉得头昏眼花。

中午时分,他在一个大水坑里发现了两条鲦鱼。把坑里的水舀干是不可能的,但是现在他比较镇静,就想法子用白铁罐子把它们捞起来。它们只有他的小指头那么长,但是他现在并不觉得特别饿。胃里的隐痛已经愈来愈麻木,愈来愈不觉得了，他的胃几乎像睡着了似的。他把鱼生吃下去，费劲地咀嚼着，因为吃东西已成了纯粹出于理智的动作。他虽然并不想吃，但是他知道，为了活下去，他必须吃。

黄昏时候，他又捉到了三条鲦鱼，他吃掉两条，留下一条做第二天的早饭。太阳已经晒干了零星散漫的苔藓，他能够烧点儿热水让自己暖和暖和了。这一天，他走了不到十英里路。第二天，只要心脏许可，他就往前走，只走了五英里多地。但是胃里却没有一点儿不舒服的感觉，它已经睡着了。现在，他到了一个陌生的地带，驯鹿愈来愈多，狼也多起来了。荒原里常常传出狼嗥的声音，有一次，他还瞧见了三只狼在他前面的路上穿过。

又过了一夜。早晨，因为头脑比较清醒，他就解开系着那厚实的鹿皮口袋的皮绳，从袋口倒出黄澄澄的粗金砂和金块。他把这些金子分成了大致相等的两堆，一堆包在一块毯子里，在一块突出的岩石上藏好，把另外那堆仍旧装到口袋里。同时，他又从剩下的那条毯子上撕下几条，用来裹脚。他仍然舍不得他的枪，因为狄斯河边的地窖里有子弹。

这是一个下雾的日子，这一天，他又有了饿的感觉。他的身体非常虚弱，他一阵一阵地晕得什么都看不见。现在，对他来说，一绊就摔跤已经不是稀罕事了。有一次，他给绊了一跤，正好摔到一个松鸡窝里。那里面有四只刚孵出的小松鸡，出世才一天光景——那些活蹦乱跳的小生命只够吃一口；他狼吞虎咽，把它们活活塞到嘴里，像嚼蛋壳似的吃起来。母松鸡大吵大叫地在他周围扑来扑去。他把枪当作棍子来打它，可是它闪开了。他投石子打它,碰巧打伤了它的一个翅膀。松鸡拍击着受伤的翅膀逃开了,他就在后面追赶。

那几只小鸡只引起了他的胃口。他拖着那只受伤的脚,一瘸一拐,跌跌撞撞地追下去,时而对那只母松鸡扔石子,时而粗声吆喝;有时候,他只是一瘸一拐、不声不响地追着,摔倒了就咬着牙、耐心地爬起来,或者在头晕得支持不住的时候用手揉揉眼睛。

这么一追,竟然穿过了谷底的沼地,发现了潮湿苔藓上的一些脚印。这不是他自己的脚印——他看得出来。一定是比尔的。不过他不能停下,因为母松鸡正在向前跑。他得先把它捉住,然后回来察看。

母松鸡给追得筋疲力尽,可是他自己也累坏了。它歪着身子倒在地上喘个不停,他也歪着倒在地上喘个不停,只隔着十来英尺,然而没有力气爬过去。等到他恢复过来,它也恢复过来了,他的手才伸过去,它就扑着翅膀,逃到了他抓不到的地方。这场追赶就这样继续下去。天黑了,它终于逃掉了。他由于浑身软弱无力绊了一跤,头重脚轻地栽下去,划破了脸,包袱压在背上。他一动不动地待了好久;后来才翻过身,侧着躺在地上,上好表,在那儿一直躺到早晨。

又是一个下雾的日子。他剩下的那条毯子已经有一半做了包脚布。他没有找到比尔的踪迹,可是没有关系。饿把他逼迫得太厉害了——不过——不过他又想,是不是比尔也迷了路。走到中午的时候,累赘的包袱压得他受不了了。于是他重新把金子分开,但这一次只把其中的一半倒在地上。到了下午,他把剩下来的那一点儿也扔掉了,现在,他只有半条毯子、那个白铁罐子和那支枪。

一种幻觉开始折磨他。他觉得有十足的把握,他还剩下一粒子弹。它就在枪膛里,而他一直没有想起。可是另一方面,他也始终明白,枪膛里是空的,但这种幻觉总是萦回不散。他斗争了几个钟头,想摆脱这种幻觉,后来他就打开枪,结果面对着的是空空的枪膛。这样的失望非常痛苦,仿佛他真的希望会找到那粒子弹似的。

经过半个钟头的跋涉之后,这种幻觉又出现了。他于是又跟它斗争,而它又缠住他不放,直到为了摆脱它,他又打开枪膛以打消自己的念头。有时候,他越想越远,只好一面凭本能自动向前跋涉,一面让种种奇怪的念头和狂想像蛀虫一样啃他的脑髓。但是这类脱离现实的遐思大都维持不了多久,因为饥饿的痛苦总会把他刺醒。有一次,正在这样瞎想的时候,他忽然猛地惊醒过来,看到一个几乎叫他昏倒的东西。他像酒醉一样地晃荡着,好让自己不致跌倒。在他面前站着一匹马。一匹马!他简直不能相信自己的眼睛。他觉得眼前一片漆黑,霎时间金星乱迸。他狠狠地揉着眼睛,让自己瞧瞧清楚,原来它并不是马,而是一头大棕熊。这个畜生正在用一种好战的好奇眼光仔细察看着他。

这个人举枪上肩,把枪举起一半,就记起来了。他放下枪,从屁股后面的镶珠刀鞘里拔出猎刀。他面前是肉和生命。他用大拇指试试刀刃。刀刃很锋利,刀尖也很锋利。他本来会扑到熊身上,把它杀了的。可是他的心却开始了那种警告性的猛跳，接着又向上猛顶，迅速跳动，头像给铁箍箍紧了似的，脑子里渐渐感到一阵昏迷。

他的不顾一切的勇气已经给一阵汹涌起伏的恐惧驱散了。处在这样衰弱的境况中，如果那个畜生攻击他，怎么办？他只好尽力摆出极其威风的样子，握紧猎刀，狠命地盯着那头熊。它笨拙地向前挪了两步，站直了，发出试探性的咆哮。如果这个人逃跑，它就追上去；不过这个人并没有逃跑。现在，由于恐惧而产生的勇气已经使他振奋起来。同样的，他也在咆哮，而且声音非常凶野，非常可怕，发出那种生死攸关、紧紧地缠着生命的根基的恐吓。

那头熊慢慢向旁边挪动了一下，发出威胁的咆哮，连它自己也给这个站得笔直、毫不害怕的神秘动物吓住了。可是这个人仍旧不动，他像石像一样地站着，直到危险过去，他才猛然哆嗦了一阵，倒在潮湿的苔藓里。

他重新振作起来，继续前进，心里又产生了一种新的恐惧。这不是害怕他会束手无策地死于断粮，而是害怕饥饿还没有耗尽他的最后一点儿求生渴望，他已经给凶残地摧毁了。这地方的狼很多。狼嗥的声音在荒原上飘来飘去，在空中交织成一片危险的罗网，好像伸手就可以摸到，吓得他不由举起双手，把它向后推去，仿佛它是给风刮紧了的帐篷。

那些狼，时常三三两两地从他前面走过，但是都避着他。一则因为它们为数不多，此外，它们要找的是不会搏斗的驯鹿，而这个直立走路的奇怪动物却可能既会抓又会咬。

傍晚时他碰到了许多零乱的骨头，说明狼在这儿咬死过一头野兽。这些残骨在一个钟头以前还是一头小驯鹿,一面尖叫,一面飞奔,非常活跃。他端详着这些骨头,它们已经给啃得精光发亮,其中只有一部分还没有死去的细胞泛着粉红色。难道在天黑之前,他也可能变成这个样子吗?生命就是这样吗,呃?真是一种空虚的、转瞬即逝的东西。只有活着才会感到痛苦,死并没有什么难过。死就等于睡觉,它意味着结束、休息。那么,为什么他不甘心死呢?

但是,他对这些大道理想得并不长久。他蹲在苔藓地上,嘴里衔着一根骨头,吮吸着仍然使骨头微微泛红的残余生命。甜蜜蜜的肉味,跟回忆一样隐隐约约,不可捉摸,却引得他要发疯。他咬紧骨头,使劲地嚼。有时他咬碎了一点儿骨头,有时却咬碎了自己的牙。于是他就用岩石来砸骨头,把它捣成了酱,然后吞到肚里。匆忙之中,有时也砸到自己的指头,使他一时感到惊奇的是,石头砸了指头他并不觉得很痛。

接着下了几天可怕的雨雪。他不知道什么时候露宿,什么时候收拾行李,他白天黑夜都在赶路。他摔倒在哪里就在哪里休息,一到垂危的生命火花闪烁起来、微微燃烧的时候,就慢慢向前走。他已经不再像人那样挣扎了。逼着他向前走的,是他的生命,因为它不愿意死。他也不再痛苦了,他的神经已经变得迟钝麻木,他的脑子里则充满了怪异的幻象和美妙的梦境。

不过,他老是吮吸着、咀嚼着那只小驯鹿的碎骨头,这是他收集起来随身带着的一点儿残屑。他不再翻山越岭了,只是自动地顺着一条流过一片宽阔的浅谷的溪水走去。可是他既没有看见溪流,也没有看到山谷,他只看到幻象。他的灵魂和肉体虽然在并排向前走,向前爬,但它们是分开的,它们之间的联系已经非常微弱。

有一天,他醒过来,神志清醒地仰卧在一块岩石上。太阳明朗暖和,他听到远处有一群小驯鹿尖叫的声音。他只隐隐约约地记得下过雨,刮过风,落过雪,至于他究竟被暴风雨吹打了两天或者两个星期,那他就不知道了。

他一动不动地躺了好一会儿,温和的太阳照在他身上,使他那受苦受难的身体充满了暖意。这是一个晴天,他想道。也许,他可以想办法确定自己的方位。他痛苦地使劲偏过身子,下面是一条流得很慢的很宽的河。他觉得这条河很陌生,真使他奇怪。他慢慢地顺着河望去,宽广的河流蜿蜒在许多光秃秃的小荒山之间,比他往日碰到的任何小山都显得更光秃,更荒凉,更低矮。他于是慢慢地,从容地,毫不激动地,或者至多也是抱着一种极偶然的兴致,顺着这条奇怪的河流的方向,向天际望去,只看到它注入一片明亮光辉的大海,他仍然不激动。太奇怪了,他想道,这是幻象吧,也许是海市蜃楼吧——多半是幻象,是他的错乱的神经搞出来的把戏。后来,他又看到光亮的大海上停泊着一只大船,就更加相信这是幻象。他眼睛闭了一会儿再睁开。奇怪,这种幻象竟会这样地经久不散!然而并不奇怪,他知道,在荒原的中心绝不会有什么大海、大船,正像他知道他的空枪里没有子弹一样。

他听到背后有一种吸鼻子的声音——仿佛喘不出气或者咳嗽的声音。由于身体极端虚弱和僵硬,他极慢极慢地翻了一个身。他看不出附近有什么东西，但是他耐心地等着。又听到了吸鼻子和咳嗽的声音，离他不到二十英尺远的两块巉岩之间，他隐约看到一只灰狼的头。那双尖耳朵并不像别的狼那样竖得笔挺；它的眼睛昏暗无光，布满血丝；脑袋好像无力地、苦恼地耷拉着。这个畜生不断地在太阳光里眨眼。它好像有病。正当他瞧着它的时候，它又发出了吸鼻子和咳嗽的声音。

至少，这总是真的，他一面想，一面又翻过身，以便瞧见先前给幻象遮住的现实世界。可是，远处仍旧是一片光辉的大海，那条船仍然清晰可见。难道这是真的吗？他闭着眼睛，想了好一会儿，毕竟想出来了。他一直在向北偏东走，他已经离开狄斯分水岭，走到了铜矿谷。这条流得很慢的宽广的河就是铜矿河，那片光辉的大海是北冰洋。那条船是一艘捕鲸船，本来应该驶往麦肯齐河口，可是偏了东，太偏东了，目前停泊在加冕湾里。他记起了很久以前他看到的那张哈得逊湾公司的地图，现在，对他来说，这完全是清清楚楚、入情入理的。

他坐起来，想着切身的事情。裹在脚上的毯子已经磨穿了，他的脚烂得没有一处好肉。最后一条毯子已经用完了，枪和猎刀也不见了。帽子不知在什么地方丢了，帽圈里那一小包火柴也一块儿丢了，不过，贴胸放在烟草袋里的那包用油纸包装的火柴还在，而且是干的。他瞧了一下表，时针指着十一点，表仍然在走。很清楚，他一直没有忘了上表。

他很冷静，很沉着。虽然身体衰弱已极，但是并没有痛苦的感觉。他一点儿也不饿，甚至想到食物也不会产生快感。现在，他无论做什么，都只凭理智。他齐膝盖撕下了两截裤腿，用来裹脚。他总算还保住了那个白铁罐子。他打算先喝点儿热水，然后再开始向船走去，他已经料到这是一段可怕的路程。

他的动作很慢。他好像半身不遂似的哆嗦着。等到他预备去收集干苔的时候，他才发现自己已经站不起来了。他试了又试，后来只好死了这条心，他用手和膝盖支着爬来爬去。有一次，他爬到了那只病狼附近。那个畜生一面很不情愿地避开他，一面用那条好像连弯一下的力气都没有的舌头舔着自己的牙床。这个人注意到它的舌头并不是通常那种健康的红色，而是一种暗黄色，好像蒙着一层粗糙的、半干的黏膜。

这个人喝下热水之后，觉得自己可以站起来了，甚至还可以像想象中一个快死的人那样走路了。他每走一两分钟，就不得不停下来休息一会儿。他的步子软弱无力，很不稳，就像跟在他后面的那只狼一样又软又不稳。这天晚上，等到黑夜笼罩了光辉的大海的时候，他知道他和大海之间的距离只缩短了不到四英里。

这一夜，他总是听到那只病狼咳嗽的声音，有时候，他又听到一群小驯鹿的叫声。他周围全是生命，不过那是强壮的生命，非常活跃而健康的生命，同时他也知道，那只病狼所以要紧跟着他这个病人，是希望他先死。早晨，他一睁开眼睛就看到这个畜生正用一种如饥似渴的眼光瞪着他。它夹着尾巴蹲在那儿，好像一条可怜的倒霉的狗。早晨的寒风吹得它直哆嗦，每逢这个人对它勉强发出一种低声咕噜似的吆喝，它就无精打采地龇着牙。

太阳亮堂堂地升了起来，这一早晨，他一直在绊绊跌跌地，朝着光辉的海洋上的那条船走。天气好极了,这是高纬度地方那种短暂的晚秋。它可能连续一个星期,也许明后天就会结束。

下午,这个人发现了一些痕迹。那是另外一个人留下的,他不是走,而是爬的。他认为可能是比尔,不过他只是漠不关心地想想罢了。他并没有什么好奇心,事实上,他早已失去了兴致和热情。他已经不再感到痛苦了,他的胃和神经都睡着了,但是内在的生命却逼着他前进。他非常疲倦,然而他的生命却不愿死去。正因为生命不愿死,他才仍然要吃沼地上的浆果和鲦鱼,喝热水,一直提防着那只病狼。

他跟着那个挣扎前进的人的痕迹向前走去,不久就走到了尽头——潮湿的苔藓上摊着几根才啃光的骨头,附近还有许多狼的脚印。他发现了一个跟他自己的那个一模一样的厚实的鹿皮口袋,但已经给尖利的牙齿咬破了。他那无力的手已经拿不动这样沉重的袋子了,可是他到底把它提起来了。比尔至死都带着它。哈哈!他可以嘲笑比尔了。他可以活下去,把它带到光辉的海洋里的那条船上。他的笑声粗粝可怕,跟乌鸦的怪叫一样,而那条病狼也随着他,一阵阵地惨嗥。突然间,他不笑了。如果这真是比尔的骸骨,他怎么能嘲笑比尔呢?如果这些有红有白,被啃得精光的骨头,真是比尔的话。

他转身走开了。不错,比尔抛弃了他;但是他不愿意拿走那袋金子,也不愿意吮吸比尔的骨头。不过,如果事情掉个头的话,比尔也许会做得出来的。他一面摇摇晃晃地前进,一面暗暗想着这些情形。

他走到了一个水坑旁边。就在他弯下腰找鲦鱼的时候,他猛然仰起头，好像给戳了一下。他瞧见了自己映在水里的脸。脸色之可怕，竟然使他一时恢复了知觉，感到震惊了。这个坑里有三条鲦鱼，可是坑太大，不好舀；他用白铁罐子去捉，试了几次都不成，后来他就不再试了。他怕自己会由于极度虚弱，跌进去淹死。而且，也正是因为这一层，他才没有跨上沿着沙洲并排漂去的木头，让河水带着他走。

这一天，他和那条船之间的距离缩短了三英里；第二天，又缩短了两英里——因为现在他是跟比尔先前一样地在爬；到了第五天末尾，他发现那条船离开他仍然有七英里，而他每天连一英里也爬不到了。幸亏天气仍然继续放晴，他于是继续爬行，继续晕倒，辗转不停地爬；而那头狼也始终跟在他后面，不断地咳嗽和哮喘。他的膝盖已经和他的脚一样鲜血淋漓，尽管他撕下了身上的衬衫来垫膝盖，他背后的苔藓和岩石上仍然留下了一路血渍。有一次，他回头看见病狼正饿得发慌地舐着他的血渍，他不由得清清楚楚地看到了自己可能遭到的结局——除非——除非他干掉这只狼。于是，一幕从来没有演出过的残酷的求生悲剧就开始了——病人一路爬着，病狼一路跛行着，两个生灵就这样在荒原里拖着垂死的躯壳，相互猎取着对方的生命。

如果这是一条健康的狼，那么，他觉得倒也没有多大关系；可是，一想到自己要喂这么一只令人作呕、只剩下一口气的狼，他就觉得非常厌恶。他就是这样吹毛求疵。现在，他脑子里又开始胡思乱想，又给幻象弄得迷迷糊糊，而神志清楚的时候也愈来愈少，愈来愈短。

有一次，他从昏迷中给一种贴着他耳朵喘息的声音惊醒了。那只狼一跛一跛地跳回去，它因为身体虚弱，一失足摔了一跤。样子可笑极了，可是他一点儿也不觉得有趣，他甚至也不害怕。他已经到了这一步，根本谈不到那些。不过，这会儿，他的头脑却很清醒，于是他躺在那儿，仔细地考虑。那条船离他不过四英里路，他把眼睛擦净之后，可以很清楚地看到它；同时，他还认出了一条在光辉的大海里破浪前进的小船的白帆。可是，无论如何他也爬不完这四英里路。这一点，他是知道的，而且知道以后，他还非常镇静。他知道他连半英里路也爬不了，不过，他仍然要活下去。在经历了千辛万苦之后，他居然会死掉，那未免太不合理了，命运对他实在太苛刻了。然而，尽管奄奄一息，他还是不情愿死。也许，这种想法完全是发疯，不过，就是到了死神的铁掌里，他也仍然要反抗它，不肯死。

他闭上眼睛，极其小心地让自己镇静下去。疲倦像涨潮一样，从他身体的各处涌上来，但是他刚强地打起精神，绝不让这种令人窒息的疲倦把他淹没。这种要死的疲倦，很像一片大海，一涨再涨，一点儿一点儿地淹没他的意识。有时候，他几乎完全给淹没了，他只能用无力的双手划着，漂游过那黑茫茫的一片；可是，有时候，他又会凭着一种奇怪的心灵作用，另外找到一丝毅力，更坚强地划着。

他一动不动地仰面躺着，现在，他能够听到病狼一呼一吸地喘着气，慢慢地向他逼近。它愈来愈近，总是在向他逼近，好像经过了无穷的时间，但是他始终不动。它已经到了他耳边。那条粗糙的干舌头正像砂纸一样地摩擦着他的两腮。他的两只手一下子伸了出来——或者，至少也是他凭着毅力要它们伸出来的。他的指头弯得像鹰爪一样，可是抓了个空。敏捷和准确是需要力气的，他没有这种力气。

那只狼的耐心真是可怕，这个人的耐心也一样可怕。这一天，有一半时间他一直躺着不动，尽力和昏迷做斗争，等着那个要把他吃掉、而他也希望能吃掉它的东西。有时候，疲倦的浪潮涌上来，淹没了他，他会做起很长的梦；然而在整个过程中，不论醒着或是做梦，他都在等着那种喘息和那条粗糙的舌头来舔他。

他并没有听到这种喘息，他只是从梦里慢慢苏醒过来，觉得有条舌头在顺着他的一只手舔去。他静静地等着。狼牙轻轻地扣在他手上了，扣紧了，狼正在尽最后一点儿力量把牙齿咬进它等了很久的东西里面。可是这个人也等了很久，那只给咬破了的手也抓住了狼的牙床。于是，慢慢地，就在狼无力地挣扎着、他的手无力地掐着的时候，他的另一只手已经慢慢摸过来，一下把狼抓住。五分钟之后，这个人已经把全身的重量都压在狼的身上。他的手的力量虽然还不足以把狼掐死，可是他的脸已经紧紧地压住了狼的咽喉，嘴里已经满是狼毛。半小时后，这个人感到一小股暖和的液体慢慢流进他的喉咙。这东西并不好吃，就像硬灌到他胃里的铅液，而且是纯粹凭着意志硬灌下去的。后来，这个人翻了一个身，仰面睡着了。

捕鲸船"白德福号"上，有几个科学考察队的人员。他们从甲板上望见岸上有一个奇怪的东西，它正在向沙滩下面的水面挪动。他们没法儿分清它是哪一类动物,但是,因为他们都是搞科学研究的人,他们就乘了船旁边的一条捕鲸艇,到岸上去察看。接着,他们发现了一个活着的动物,可是很难把它称作人。它已经瞎了,失去了知觉。它就像一条大虫子在地上蠕动着前进。它用的力气大半都不起作用,但是它总是不停,它一面摇晃,一面向前扭动,照它这样,一个钟头大概可以爬上二十英尺。

三个星期以后,这个人躺在捕鲸船"白德福号"的一个铺位上,眼泪顺着他的瘦削的面颊往下淌,他说出他是谁和他经历过的一切。同时,他又含含糊糊地、不连贯地谈到了他的母亲,谈到了阳光灿烂的南加利福尼亚,以及橘树和花丛中的他的家园。

没过几天,他就跟那些科学家和船员坐在一张桌子旁边吃饭了。他馋得不得了地望着面前这么多好吃的东西,焦急地瞧着它溜进别人口里。每逢别人咽下一口的时候,他眼睛里就会流露出一种深深惋惜的表情。他的神志非常清醒,可是,每逢吃饭的时候,他免不了要恨这些人。他给恐惧缠住了,老怕粮食维持不了多久。他向厨子、船舱里的服务员和船长打听食物的贮藏量。他们对他保证了无数次,但是他仍然不相信,仍然会狡猾地溜到贮藏室附近亲自窥探。

看起来,这个人正在发胖。他每天都会胖一点儿。那些研究科学的人都摇着头,提出他们的理论。他们限制了这个人的饭量,可是他的腰围仍然在加大,身体胖得惊人。

水手们都咧着嘴笑。他们心里有数。等到这批科学家派人来监视他的时候,他们也知道了。他们看到他在早饭以后委靡不振地走着,而且会像叫花子似的,向一个水手伸出手。那个水手笑了笑,递给他一块硬面包。他贪婪地把它拿住,像守财奴瞅着金子般地瞅着它,然后把它塞到衬衫里面。别的咧着嘴笑的水手也送给他同样的礼物。

这些研究科学的人很谨慎。他们随他去。但是他们常常暗暗检查他的床铺。那上面摆着一排排的硬面包,褥子也给硬面包塞得满满的;每一个角落里都塞满了硬面包。然而他的神志非常清醒。他是在防备可能发生的另一次饥荒——就是这么回事。研究科学的人说,他会恢复常态的;事实也是如此,"白德福号"的铁锚还没有在旧金山湾里隆隆地抛下去,他就正常了。

## 寂静的雪野

"卡门支持不了两天啦。"梅森吐出一块冰,愁闷地打量着这个可怜的畜生,然后把它那只蹄子放到他嘴里,咬掉在它蹄趾中间结得很牢的冰块。

干完了这件事,他把它推到一边,说道:"我从来没见过一条狗,取了这样一个怪里怪气的名字,还会中用的。它们总是一天天衰弱下去,被沉重的负担压死。你看那些名字取得比较得体的狗吧,譬如说卡西亚、西瓦什,或者哈斯基吧,它们出过毛病没有?没有,老兄!你瞧苏克姆,它……"

霍的一下，那只精瘦的畜生猛地跳起来，它的雪白牙齿差一点儿没咬中梅森的咽喉。

"你想咬我吗？"他用狗鞭的柄，对着它耳朵后面狠狠打了一下，那条狗立刻倒在雪地里，轻轻地哆嗦着，从它的牙齿上滴下黄色的口涎。

"我是说，你瞧瞧苏克姆——它多么精神。我敢打赌，不出这个星期，它一定会吃掉卡门的。"

"我敢跟你另外打一个相反的赌，"马尔穆特·基德把放在火上化冻的面包翻了个面，说道，"不等我们走到头，我们也一定会把苏克姆吃掉。你的意见怎么样，露丝？"

这个印第安女人往咖啡里放下一块冰，瞧了瞧马尔穆特·基德，瞧了瞧她丈夫，又瞧瞧那几条狗，可是没有回答。这种事一看就明白了，用不着回答。眼前还有两百英里没开辟过的路，粮食勉强够吃六天，狗吃的东西一点儿也没有了，当然没有别的办法。两个男人同一个女人围着火，开始吃起少得可怜的午饭。那几条狗仍旧套着皮带卧着，因为这是午间休息，它们瞧着人一口一口地吃，非常嫉妒。

"从明天起，不吃中饭了。"马尔穆特·基德说，"我们得好好留神这些狗——它们变得凶起来了。它们一有机会，就会一下子把人扑倒的。"

"从前，我也当过美以美教会的主席，还在主日学校[①]教

---

[①] 主日学校，基督教为儿童开设的一种学校，通常只在星期日上课，对儿童宣传宗教教义。

过书呢。"梅森文不对题地说完这句话之后，就只顾望着他那双热气腾腾的鹿皮靴出神，直到听见了露丝给他斟咖啡的声音才惊醒过来。"谢谢上帝，我们总算还有不少茶！先前在田纳西州，我亲眼看见茶树长大的。现在，只要有人给我一个热乎乎的玉米面包，我还有什么舍不得的呢！露丝，别担心，你不会挨饿很久了，也不用再穿鹿皮靴了。"

那个女人听到他这样说，愁容就消散了，她眼睛里流露出对她的白种丈夫的一片深情——他是她见到的第一个白种男人，也是她认识的男人里第一个对待女人比对待畜生或者驮兽要好一点儿的男人。

"是的，露丝，"她的丈夫接着说，他说的是只有他们自己才懂的一种混杂切口，"等到我们把事情料理完了，就动身到'外面'去。我们要坐着白人的小船，到盐海里去。是的，那片海坏透了，凶透了——浪头像一座座大山似的，总是跳上跳下。而且，海又那么大，那么远，真远啊——你在海上，得过十夜，二十夜，甚至四十夜。"——他用手指头比画着，计算着日子——"一路都是海，那么坏的海。然后，你到了一个大村子，那儿有很多很多的人，多得跟明年夏天的蚊子一样。那儿的房子呀，嘿，高极啦——有十棵、二十棵松树那么高。嘿，真棒！"

说到这里，他说不下去了，像求救似的望了马尔穆特·基德一眼，然后费力地比着手势，把那二十棵松树，一棵接一棵地叠上去。马尔穆特·基德含着快活的讥诮神情微微一笑，可是露丝却惊奇得、快活得睁大了眼睛。她虽然半信半疑，觉得他多半在说笑话，可是他那份殷勤的确也使得她这个可怜的女人感到高兴。

"然后,你走进一只——一只箱子里,噗!你就上去啦。"他做了个譬喻,把他的空杯子向上一抛,然后熟练地把它接住,喊道,"噼!你又下来了。嘿,伟大的法师!你到育空堡,我到北极城——相距有二十五夜的路程——全用长绳子连着——我拿着绳子的一头——我说,'喂,露丝!你好吗?'——你说,'你是我的好丈夫吗?'——我说,'是呀,'——你又说,'烘不出好面包了,没有苏打粉了。'——于是我说,'到贮藏室找找看,在面粉下面;再会。'你找了一下,找到了很多苏打粉。你一直在育空堡,我还在北极城。嘿,法师可真了不起呀!"

露丝听着这个神话,笑得那么天真,引得那两个男人都哈哈大笑起来。可是,狗打起架来了,这些关于"外面"的神话也给打断了,等到乱吼乱咬的狗给拉开以后,她已经把雪橇捆扎停当,一切就绪,准备上路了。

"走!秃子!嘿!走啊!"梅森灵巧地挥动着狗鞭,等到套在笼头里的狗低声嗥叫起来,他把雪橇舵杆向后一顶,就使雪橇破冰起动了。接着,露丝跟着第二队狗也出发了,留下帮着她开动的马尔穆特·基德押着最后的一队。基德虽然身体结实,有一股蛮劲,能够一拳打倒一头牛,可是却不忍心打这些可怜的狗,他总是顾惜它们,这对于一个赶狗的人来说,的确是少有的——不,他甚至一看到它们受苦,就几乎要哭出来。

"来,赶路吧,你们这些可怜的蹄子很疼的畜生!"他试了几次,雪橇却开动不起来,不由得唠叨了两句。不过他的耐心到底没有白费,尽管这群狗都疼得呜呜地叫,它们仍旧急忙赶上了它们的伙伴。

他们一句话也不谈,艰苦的路程不容许他们浪费精力。世上最累的工作,莫过于在北极一带开路了。如果谁能用不说话作为代价,在这样的路上风吹雨打地度过一天,或者在前人开过的路上走下去的话,他就算很幸运了。

的确,在让人心碎的劳动中,开路是最艰苦的了。你走一步,那种大网球拍似的雪鞋就会陷下去,直到雪平了你的膝盖。然后你还要把腿提上来,得笔直地提,只要歪了几分,你就会倒霉。你必须把雪鞋提得离开雪面,再向前踏下去,然后把你的另一条腿笔直地提起半码多高。头一次干这种事的人,即使幸而没有把两只雪鞋绊在一块儿,摔倒在莫测深浅的积雪里,也会在走完一百码之后,累得筋疲力尽;如果谁能一整天不给狗绊着,他一定会在爬进被窝的时候,感到一种谁也不能了解的心安理得而又自豪的心情;至于在这种漫长的雪路上一连走了二十天的人,就是神仙见了,也要对他表示钦佩。

下午慢慢地过去。寂静的雪野上,有一种森严可怕的气氛,迫使沉默的旅客都战战兢兢只顾干活儿。大自然有很多办法使人类相信人生有限——例如川流不息的浪潮,猛烈的风暴,地震引起的震动,隆隆不息的雷鸣——不过,最可怕,最让人失魂落魄的,还是这冷漠无情的寂静雪野。什么动静也没有。天气晴朗,天色却像黄铜一样;只要微微有一点儿声息,就像亵渎了神明;人变得非常胆怯,连听到自己的声音也会害怕。只有他这一丝生命在到处都是死沉沉的、鬼蜮般的荒原上跋涉。一想到自己的大胆，他立刻会害怕得发抖，他会觉得自己的生命只像一条蛆虫的生命一样。奇怪的念头不期而至，万物都想说出自己的秘密。他会产生对死亡、对上帝、对宇宙的恐惧，同时又会对复活、对生命产生希望，对不朽产生思慕，这一切就像一个囚徒的无益挣扎——一到这时候，人也就只好听天由命了。

这一天就这样慢慢地过去。后来，那条河转了个大弯，梅森带着他那一队狗，打算抄近路，穿过一个很窄的地方。可是那群狗在高高的河岸上畏缩不前了。尽管露丝同马尔穆特·基德一次又一次地使劲往上推雪橇，它们还是滑了下来。最后，人同狗一齐用力。这群饿得非常衰弱的可怜的狗，使尽了最后一点儿力气。上去——再上去，雪橇终于稳稳地拖到了岸顶；可是，领队的狗拖着它后面的一群狗，忽然向右一冲，撞在梅森的雪鞋上。结果很糟。梅森给撞倒了，拖索中的一条狗也给撞倒了；接着，雪橇摇摇晃晃地向后滑去，又把一切都拖到岸底下去了。

嗖！嗖！鞭子狠狠地朝狗当中打下去，特别是那条给挤倒了的狗。

"别打啦，梅森，"马尔穆特·基德央告着，"这个可怜的畜生只剩一口气了。等一等，让我们把我那队狗套上去吧。"

梅森不慌不忙地先收回鞭子，等到基德的话一说完，他马上扬起长鞭一甩，缠住那个触怒了他的畜生的全身。于是卡门——因为它就是卡门——立刻畏缩在雪里，悲惨地叫了一声，身子一歪，倒了下去。

这一刹那,光景非常凄惨,这是旅途中一幕小小的悲剧——一条狗快要死了,两个伙伴都在发怒。露丝提心吊胆地来回瞧着这两个男人。马尔穆特·基德的眼睛里虽然充满了责难,可是他克制住自己,弯下腰,割断了这条狗身上的皮带。大家一句话也没说。他们把两队狗并成一队,克服了困难。于是,一架架雪橇又前进了,那条快死的狗也勉强跟在后面。只要一个畜生还走得动,它就不会给枪毙的,这是给予它的最后一次机会——如果它能爬到宿营的地方,也许那儿就会有一只已经被打死了的狗。

这时,梅森对自己刚才发脾气的举动,已经有点儿懊悔了,不过他的性情太倔强了,不肯承认错误,只是一个劲儿在队伍前面辛苦赶路,一点儿也没有想到大难已经临头。在荫蔽的坡底下,有一片密林,他们的路正从这里穿过。离开这条路大约五十多英尺的地方,有一棵高大的松树,已经在那儿屹立了好几百年;而且几百年前,命里注定要落到这样一个下场——也许,这个下场同时也是梅森早就命中注定的。

他弯下腰系鹿皮靴上松开了的带子。一架架雪橇都停了下来,狗全卧在雪里,一声不响。周围安静得出奇,没有一丝风吹动这片结满白霜的树林;林外的严寒和沉寂,冻结了大自然的心脏,敲击着它的颤抖着的嘴唇。只听见空中有一声微微的叹息——其实,他们并没有真正听到这个声音,这不过是一种感觉,好像在静止的空间里即将出现什么行动的预兆。接着,那株大树,在长久的岁月和积雪的重压之下,演出了生命悲剧中的最后一场戏。梅森听见了大树快倒下来的折裂声,正打算跳开，不料他还没有完全站直，树干已经打中了他的肩膀。

突然的危险，迅速的死亡——马尔穆特·基德已经见得太多了！松树的针叶还在抖动，他就发出命令，投入行动中。那个印第安女人，既没有昏倒，也没有无益地高声啼哭，她跟她的白种姐妹完全不同。她一听到基德的命令，立刻把全身压在一根仓促做成的杠杆一端，来减轻树的压力，一面注意听她丈夫的呻吟，马尔穆特·基德于是用斧头砍树。钢刃一砍进冻僵的树身，立即发出了清脆的响声，同时，随着斧声，还听得见这位樵夫费劲地呼呼喘息。

最后，基德总算把这个不久以前还是个人的可怜东西，放在雪里了。但是比他的伙伴的痛苦更令人难受的，是露丝脸上那种默默无言的悲伤，同她那交织着希望和绝望的问询眼光。他们几乎一句话也没说；生长在北极地带的人，早就懂得空话无益和实际行动之可贵。在零下六十五度的气温里，一个人只要在雪里多躺几分钟，就会活不了。于是，他们立刻割下雪橇上的皮带，用皮褥子把不幸的梅森裹好，放在树枝搭成的地铺上面，并且利用那株造成这场灾难的大树的树枝，在他面前生起一蓬火来。然后，他们在他背后撑起一块帆布，当作一个简单的屏风，把篝火散发出来的热量反射到他身上——这样的窍门，凡是从大自然学过物理的人都会知道。

可是，只有遇到过生命危险的人，才知道什么时候会死。梅森被树压得很惨。即使马马虎虎地检查一下也看得出。他的右臂、右腿跟背脊都断了，他的腿从屁股以下全麻木了，内伤大概也很重。只有偶尔的一声呻吟，说明他还活着。

没有希望，也没有办法。无情的黑夜慢慢地过去——露丝所能做的，只是在无可奈何之中，尽量发挥她那个民族坚忍不拔的精神；马尔穆特·基德的青铜色脸上，已经添了几条新的皱纹。事实上，梅森受的苦反而最少，因为他已经回到田纳西州东部，在大烟山区重新度着他的童年。他满口呓语，最可怜的是，他总是用他忘了很久的南方音调，说起他在湖里游泳、捉树狸和偷西瓜的情形。这些话，露丝一点儿也不懂，可是基德明白，而且听了之后很感动——就像与文明社会里的一切隔绝了多年的人听了之后那样感动。

第二天早晨，受伤的人清醒过来了，马尔穆特·基德俯身过去，倾听着他那悄悄的细语。

"你还记得我们在塔纳纳见面的情形吗？如果算到下一次冰消雪化的时候，就是整整四年了。当时，我并不太喜欢她。她好像还算漂亮，也有点儿吸引人。可是后来我就变得老是在想她了。她是我的好老婆，每逢遇到了困难，她总是跟我一块儿担当。如果讲到我们这一行，你也知道，那真是谁也比不过她。你还记得那一回，她冒着像冰雹一样打在水面上的枪林弹雨，穿过麋鹿角急流，把你同我从岩石上拉下来的情形吗？——你还记得当初在奴克鲁克托挨饿的事吗？——记得那回她怎么奔过流水，给我们带来消息的事吗？真的，她真是我的好老婆，真比我以前的那个好多了。你不知道我结过婚吗？我从来没有告诉过你，呃？是的，先前在我的老家——美国的时候，我结过一次婚。我到这儿来，就是为了这个缘故。我们还是一块儿长大的呢。我离开老家，是为了给她一个离婚的机会。她算得着机会了。

"不过，这跟露丝可没有什么关系。我本来打算赚一点儿钱，明年一块儿到'外面'去——我跟露丝——现在已经太晚啦。基德，千万别送她回娘家去。叫一个女人回娘家，那可让她太难受啦。想想看！——她跟我们一块儿吃腌肉、豆子、面食和干果，差不多已经有四年啦，难道现在又要她回去吃鱼跟鹿肉吗！她已经过惯了我们的日子，知道这种日子比她娘家的人过得好，现在要她回去，那对她也不好。基德，你得多照顾她——你为什么不肯呢？——不说了，你总是避着她们——你从来没有告诉我，你为什么到这儿来。你要好好地看待她，尽可能早一点儿把她送到美国去。不过，你要记住，要是她想家，你就送她回来。

"还有那个孩子——他使我们更亲密了，基德。我只希望他是一个男孩子。想想看！——他是我的亲骨肉呀，基德。他绝不能留在这个地方。万一是个女孩子，不，这不可能。把我的皮货卖了吧，它们至少可以卖五千块钱，我在公司里的钱也有这个数。把我的股份跟你的合起来一块儿搞吧。我看，我们申请购买的那块高地一定会出金子的。你得让那个孩子受到很好的教育；还有，基德，最要紧的就是别让他回到这儿。这种地方不是白种人住的。

"基德，我算是完啦。最多也拖不了两三天啦。你一定得继续往前走！你必须继续往前走！记着，这是我的老婆，我的孩子——唉，天啊！我只希望他是个男孩子！你不能再守在我旁边了——我是个快死的人，我请求你，赶紧上路吧。"

"让我等两天吧,"马尔穆特·基德恳求着,"你也许会好起来,可能会出现想不到的事。"

"不行。"

"只等三天。"

"你必须赶紧走。"

"两天。"

"基德,这是为了我的老婆和我的儿子。你别再说了。"

"那么一天。"

"不行,不行!我一定要你……"

"只等一天。靠着这些干粮,我们会对付过去的,说不定我还会打到一只麋鹿哩。"

"不行……好吧,就是一天,一分钟也不能超过。还有,基德,别……别让我孤零零地在这儿等死。只要一枪,扣一下扳机就行。你懂的。想想看!想想看!我的亲骨肉,我今生可见不到他啦!

"叫露丝过来,我要跟她告别。我要告诉她,叫她想想孩子,不能等到我断气。如果我不跟她说,也许她不肯跟你走。再会,老伙计,再会。

"基德!我说——呃——你要在那个小谷旁边的坡上打个洞。我曾经在那儿一下铲出了四毛钱的金子。

"还有,基德!"基德把身子俯得更低一点儿,以便听清楚他的微弱的最后几个字,临终前的忏悔,"我对不起——你知道——我对不起卡门。"

马尔穆特·基德穿上皮外套,套上雪鞋,把来复枪夹在腋下，让那个女人去轻轻哭她的男人，就走到树林里去了。

在北极一带，这种不幸的事他不是没有遇见过，可是从来没有面对这样的难题。说得抽象一点儿，这只是一个很清楚的算术题——三条可能活下去的生命对一个注定要死的人。可是现在，他拿不定主意了。五年来，他们肩并肩，在河上、路上、帐篷里、矿山里，一块儿面对着旷野、洪水和饥荒所造成的死亡的威胁，结成了患难之交。他们之间的友谊真是太亲密了，因此，自从露丝第一次插到他们中间之后，他往往会隐约地感到一种妒意。可是现在，这种友谊要由他亲手割断了。

虽然他只祈求找到一只麋鹿，只要一只就够了，可是，所有的野兽似乎都离开了这一带，到了天黑的时候，这个累得筋疲力尽的男人，只好两手空空、心情沉重地朝帐篷慢慢走去。可是，狗的狂吠和露丝的尖厉喊叫使他加快了脚步。

他一冲进宿营地就看见露丝正在一群狂吠的狗当中抡舞着斧头。那群狗破坏了主人们的铁的纪律，正在一拥而上地抢夺干粮。他立刻倒提着步枪，参加了这场战斗，于是，这出自然淘汰的老戏，就像在原始时代那样残酷地上演了。步枪和板斧以单调的规律上下飞舞，有时打中，有时落空。那些灵活的狗，睁着发狂的眼睛，露出流着口涎的狗牙，飞快地扑来躲去。人和兽，为了争夺主权，展开了一场惨烈的决战。接着，那群打败了的狗就爬到火堆旁边，舔着自己的伤口，不时对着星星，哀嚎着诉说它们的苦难。

全部的干鲑鱼都给狗吞掉了，前面还有两百多英里荒野，只剩下五磅左右的面粉。露丝回到她丈夫身边，马尔穆特·基德就把一条身体还热的死狗的肉割下来，它的脑壳已经给斧头劈碎了。基德很仔细地藏好每一块肉，只把狗皮和没用的杂碎丢给不久前还是它的伙伴的那群狗去吃。

早晨又出了新的乱子。那群狗互相打起架来。只剩下奄奄一息的卡门，已经给大伙儿扑倒了。用鞭子抽它们，它们也不理。尽管它们给打得畏畏缩缩地惨叫，它们还是要把那条狗的骨头、皮、毛和其他一切都吃得干干净净才肯散开。

马尔穆特·基德一边干活儿，一边听着梅森的声音，梅森又回到了田纳西州，他正在对他年轻时的伙伴们东扯西拉，争论不休。

基德利用附近的松树，很快地干着活儿，露丝瞧着他搭棚，这跟猎人储存兽肉，免得让狼和狗吃掉，有时搭的那种一样。他先后把两株小松树的树梢面对面地弯下来，差不多碰到地面，再用鹿皮带把它们捆紧。接着，他又把那些狗打得驯服了，把它们分别套在两架雪橇前面，把所有的东西都装上去，只留下梅森身上的皮褥子。然后，他把梅森身上的皮褥子裹好捆紧，把绳子的两头捆在弯倒的松树上。这样，只要用猎刀砍一下，就会让松树松开，把他的身体弹到半空中去。

露丝顺从地接受了她丈夫的遗嘱。可怜的女人，她受的服从教育太深了。从童年起，她就对造物主俯首听命，她所看到的女人也都是这样，好像女人生来就不应该反抗。当时，她得到基德的允许，才痛哭了一场，吻别了她的丈夫——她本族的人都没有这个习惯——然后，基德领着她走到第一架雪橇跟前，帮她套上雪鞋。她盲目地、本能地握着雪橇舵杆和狗鞭，吆喝一声，就赶狗上路了。基德于是回到已经昏迷过去的梅森身边；后来，等到早已看不见露丝的影子了，他还蹲在火堆旁边，等待着，祷告着，希望他的伙伴早点儿断气。

一个人独自待在寂静的雪野里，怀着痛苦的心事，可不是件好受的事。要是在阴暗的寂静里，那也许好一点儿，它笼罩着人，仿佛给了你一种保护，同时又对你吐露着一千种不可捉摸的同情；可是在铁青的天空下，这一片凛冽的白色的寂静，就显得冷酷无情了。

一个小时过去了——两个小时——可是梅森仍旧没有死。到了正午，太阳在南方地平线下，连边也不露，只把一片火红的光照在天空里，表示了一下意思，就很快地收敛了。马尔穆特·基德惊醒了，拖着脚步走到他的伙伴旁边。他向周围扫了一眼。寂静的雪野好像在嘲笑他，他不禁毛发悚然。尖厉的枪声一响，梅森就给弹到他的空中坟墓里去了。马尔穆特·基德于是鞭打得那些狗疯狂地奔跑起来，在雪野上飞驰而去。

## 为赶路的人干杯

"倒进去。"

"可是我说,基德,这不是太凶了吗?威士忌加酒精已经够糟了,要是再加上白兰地、胡椒酱跟……"

"倒进去,究竟谁在调五味酒呀?"马尔穆特·基德透过烟雾腾腾的蒸气亲切地微笑着,"孩子,等到你在这一带跟我住得一样久,总是靠着打兔子、钓鲑鱼过日子的时候,你就会明白,一年只有一次圣诞节。如果过圣诞节,却没有五味酒,那就等于说,虽然洞已经挖到床岩上,仍旧没有找到金矿矿脉。"

"你说得对。"大吉姆·贝尔登很赞成基德的话,他是从马齐·梅,他的矿场里到这儿过圣诞节的,在过去的两个月里,人人都知道,他完全靠着鹿肉过日子。"你还没有忘了我们在塔纳纳河边一块儿配的那种烈酒吧?"

"唔,我想是的。伙计们,要是你们看见就因为用糖和酸面团酿出了那样的烧酒,一大帮人全成了好斗的醉汉,心里一定很痛快的。这还是你出世之前的事呢。"马尔穆特·基德转过来对着斯坦利·普林斯说。普林斯是一个年轻的采矿专家,在北方住了两年。"当时,这一带没有一个白种女人,梅森想结婚。露丝的父亲是塔纳纳族的酋长,他反对这桩婚事,就像部落里其余的人一样。酒性很烈吧?嘿,我把剩下的一磅糖都用上了,这是我一生中做得最好的酒了。你们真应该看看那一次追逐,顺着河追逐,一直又追过转运线。"

"可是那个印第安女人呢?"路易斯·萨沃埃问道,这个高个子的法国种加拿大人听得津津有味,因为去年冬天,他在四十英里站的时候,就听到了这件无法无天的事。

马尔穆特·基德,这个天生好高谈阔论的人,于是毫不掩饰地讲起了这个北方的洛钦瓦尔①的故事。不止一个到北方来冒险的粗鲁汉子觉得心弦紧张起来,茫然若失地怀念着阳光普照的南方,那儿的生活,总比徒劳无益地跟寒冷和死亡斗争要好一点儿。

---

① 洛钦瓦尔,英国作家司各特的长诗《玛密恩》中的主角,因为爱慕艾仑,在她结婚的那天将她抢走。这里系指梅森。

"我们正好在第一块冰融化的时候走上育空河①，"基德在结尾的时候说，"她部落里的人只比我们晚了一刻钟。可是这样一来，就救了我们；因为第二次融冰，冲破了上游淤塞的冰块，把他们拦阻在河那面了。等到最后他们赶到奴克鲁克托的时候，全站的人都准备好了，在等着他们。至于结婚的事，你们问问这儿的鲁勃神父好了，他主持的婚礼。"

这位耶稣会的神父取出了含在嘴里的烟斗，只流露着教长式的微笑来表示他的喜悦心情。这时候，在场的新教徒和天主教徒都用力地鼓起掌来。

"我的天！"路易斯·萨沃埃叫了起来，这段浪漫故事好像使他非常感动，"那个小小的印第安女人！咱们的梅森真勇敢。我的天！"

接着，一杯杯用洋铁杯盛着的酒传递开了，浮躁的贝特尔斯就跳起来，唱起了他心爱的祝酒歌：

> 有一个亨利·华德·比契尔，
> 还有主日学校的几个教员，
> 全喝起了黄樟根酿的酒；
> 可是你照样可以打赌，
> 要是这酒有个合适的名儿，
> 那就是禁果酿的美酒。

---

① 育空河，阿拉斯加的一条大河。1895年以后，"育空"成为加拿大一个地区的名称。

哎嗨哟，用禁果酿的美酒。

于是，所有的酒徒都大声合唱着：

哎嗨哟，用禁果酿的美酒！
你照样可以跟他们打赌，
要是这酒有个合适的名儿，
那就是禁果酿的美酒！

马尔穆特·基德的这种吓人的混合酒发生了作用，宿营地的人和过路投宿的人在那种暖烘烘的热力影响下，都活跃起来，围着餐桌，说笑话，唱歌，讲着过去冒险的故事。这些从十几个国家来的异国人，互相敬酒。那个英国人普林斯为"山姆大叔，新世界的早熟婴儿"干了一杯；美国佬贝特尔斯举杯"祝贺女皇，愿上帝祝福她"；萨沃埃同那个德国商人迈耶斯，也为阿尔萨斯－洛林碰杯畅饮起来。

这时候，马尔穆特·基德站起来，手里端着酒杯，向油纸窗瞧了一眼，窗上结的冰霜足足有三英寸厚："祝今天夜里赶路的人身体健康；但愿他的干粮足够维持到底，他的一群狗始终不垮；但愿他的火柴永远不会划不出火。"

啪！啪！他们听到了熟悉的狗鞭的声音，以及马尔穆特那一群狗的呜咽般的嗥叫和一架雪橇驶近木房的沙沙声。他们的谈笑渐渐消沉了，大家都在等待下文。

"是个老手,先顾狗,再顾自己。"马尔穆特·基德悄悄地对普林斯说,他们听到狗咬东西的声音,像狼一样的嗥吠和痛苦的狺狺声,这些声音一传到他们的有经验的耳朵里,他们就知道那个陌生人正在打退他们的狗,喂他自己的狗。

终于传来了预料中的敲门声,声音急促而有力,于是,那个陌生人进来了。灯光照得他睁不开眼睛,他在门口停了一会儿,大家趁此机会仔细地打量了他一下。他是一个很引人注目的人,穿着一身北极的羊毛衣和皮衣,简直跟画上的人一样。他有六英尺二三英寸高,宽宽的肩膀,厚厚的胸脯,配得非常匀称,一张修得精光的脸冻得红通通的,长长的眉毛和睫毛上都结满了白冰,狼皮大帽子的护耳和护颈都松松地敞开来,他好像真的是冰霜世界里的一位国王,才从黑夜里走出来。他的厚呢夹克外面,系着一条子弹带,皮带上吊着两支柯尔特式自动手枪和一把猎刀,手里拿着一根必不可少的狗鞭,还背着一支口径最大、式样最新的无烟步枪。他走上前来的时候,尽管步伐很稳定,很有弹性,但是他们仍旧看得出他已经很累了。

一阵尴尬的沉默,可是他热诚地招呼了一声:"伙计们,你们好吧?"这使他们很快感到自在了。马尔穆特·基德和他紧紧握起手来。他们虽然从来没有见过面,可是彼此久闻大名,一见面就相互认出来了。客人还没有来得及说明此行的目的,主人就迅速给他介绍了大家,并且把一杯五味酒硬塞到了他手里。

"有三个男人赶着八条狗拖的一架柳条车身的雪橇,过去多久啦?"他问道。

"那还是两天以前的事了。你在追赶他们吗?"

"对,那是我的雪橇和狗。那三个该死的小子,简直是从我的鼻子底下把它们赶走的。我已经追了两天的路程——再追一程就赶上他们啦。"

"估计他们会跟你拼一下吧?"为了不使谈话中断,贝尔登问道,因为这时候,马尔穆特·基德已经把咖啡放在炉子上,正忙着煎腌猪肉和鹿肉。

这位陌生人意味深长地拍了拍他的左轮手枪。

"你什么时候离开道生的?"

"十二点。"

"昨天夜里吗?"贝尔登问,以为这是当然的事。

"今天白天。"

周围的人都啧啧称奇起来。这是很有理由的,因为这时正是午夜,在十二个小时内,在非常难走的冰河上奔跑了七十五英里,这可不能被讥笑。

不过,他们的谈话不久就变得和个人无关了,大家都回忆着童年时的情景。在这位陌生的青年人吃起他那顿简陋的饭食的时候,马尔穆特·基德仔细地研究了一下他的相貌。不久,他就断定了这是一张正直、诚实、坦率的脸,他很喜欢这个人。这个陌生人年纪还轻,可是脸上已经牢牢地印上了一道道劳碌辛苦的皱纹。他的脸色,虽然在谈话的时候很亲切,在休息的时候很温和,但是仍旧看得出,到了要动手的时候,尤其是在以寡敌众的时候,他那双蓝眼睛会射出严厉的、钢铁一样的光芒。他的宽大的牙床和方正的下巴说明了那种粗野顽强又不可制服的性格。不过，尽管他具有狮子一样的特性，他仍然有一种温柔的、带着少许女人气的神色，说明了他是一个多愁善感的人。

"我就是这样和我的老婆结婚的，"贝尔登结束他动人的求婚故事后说，"她说，'爸爸，我们来了。'她父亲对她说，'你这该死的，'然后又对我说，'吉姆，你，你把你那套好衣服换下来，吃饭之前，我要你把那四十亩地给我大部分犁好。'接着，他扭过脸对她说，'你，萨尔，你赶紧去洗盆子吧。'说完了，他好像用鼻子嗤了一声，和她亲了亲嘴。我真快活极了——可是他看见我还没走，立刻大吼了一声，'你，吉姆！'我就连忙跑到谷仓里去啦。"

"有孩子们在美国等着你回去吗？"陌生人问道。

"没有，萨尔还没有生孩子就死了。我就是为了这个才到这儿来的。"贝尔登心不在焉地点起了烟斗，因为烟斗已经熄了，可是，接着他又高兴起来，问道，"你怎么样，先生，是结了婚的人吗？"

作为答复，他打开怀表，把它从一根当作表链用的皮带上解下来，递了过去。贝尔登挑亮了油灯，细细地瞧着表壳里面，自言自语地粗鲁地称赞着，然后把它递给路易斯·萨沃埃。萨沃埃喊了好几声"我的天！"最后把它递给了普林斯，他们看出他的手在发抖，眼睛里平添了一种异常的温柔神色。于是，这只表就从一只粗手里传到了另一只粗手里——表壳里有一张女人的照片，怀里抱着一个孩子，正是这些人想象中的那种叫人难以割舍的照片。还没有看到这种珍奇物件的人都充满了强烈的好奇心,已经看过的都变得一声不响,想起了往事。他们都能够毅然承受饥饿的痛苦、坏血病的折磨,或者面对立刻可以置人于死地的荒野和洪水而毫无惧色,可是这个陌生的女人和孩子的照片,却使他们全变成了女人和孩子。

陌生人收回他的珍宝的时候说:"我还没有见过这个孩子——据她说,是个男孩子,已经两岁啦。"他依依不舍地又向表里瞧了一会儿,才合上表壳,扭过头去,可是动作不够快,并没有来得及掩藏住他忍住好久的,像泉涌一样的眼泪。

马尔穆特·基德把他领到一张床旁边,叫他上床躺下。

"到四点整叫醒我,可别误了我的事",是他说的最后几句话,过了一会儿,他就在筋疲力尽中呼呼睡着了。

"我的天!他可真是个有闯劲的伙计,"普林斯称赞道,"带着狗赶了七十五英里路之后,只睡三个小时,然后又要上路。他是谁呀,基德?"

"杰克·威斯顿德尔。在这儿待了二年,一无所有,除了他干活儿像牛马一样那种名声,可是他的运气要多坏有多坏。我一向不认识他。但是塞特卡·查理跟我讲过他的事情。"

"这可真不容易,像他这样,有了这么年轻可爱的媳妇,居然会跑到这种荒凉的地方,白白浪费光阴。这儿的一年,足足抵得上外面两年。"

"他的毛病是过分刚强固执。先前有两次赌钱,他也赚到了不少,可是最后都输光了。"

说到这里,他们的谈话就给贝特尔斯的一阵喧叫声打断了,因为那张相片的作用已经开始消失。过了不久,他们就在粗鲁的狂欢里，忘掉了只有单调寡味的伙食和劳累磨人的凄凉岁月。这时候，只有马尔穆特·基德一个人似乎还没有忘掉一切，他焦急地向他的表瞧了很多次。有一次，他戴上手套和海狸皮帽子，走出小木房，到贮藏室里摸索起来。

他无论如何也不能等到指定的时间，他提前十五分钟叫醒了他的客人。这个身材巨大的年轻人，身体僵得很厉害，必须激烈地揉搓一阵才站得起来。他吃力地摇摇晃晃地走出了木房，发现他的狗全套好了，一切准备停当，只等他动身了。大伙儿都祝他一路顺利，能够很快地追上去。接着，鲁勃神父匆匆为他祝福后，就领着一哄而散的这一群人回到木房里去了。这也难怪，光着耳朵和手，面对着零下七十四度的寒冷天气，可很不好受。

马尔穆特·基德送他上了大路，热诚地握着他的手，嘱咐了他几句。

"你在雪橇上会找到一百磅鲑鱼子，"基德说，"狗吃这种东西走的路程，就像吃一百五十磅鱼走的路程那么远。你也许指望在佩利能买到狗粮，可是你买不到。"那个陌生人吃了一惊，眼睛里闪现出光芒，可是没有插嘴。"不到五指河，不论人食狗粮，你连一英两也买不到。那是非常难走的二百英里路程。到了三十英里河，要留神没有结冰的地方，你一定得抄近路，走巴尔杰湖上那条捷径。"

"你怎么会知道的？消息总不会传得比我还快吧？"

"我没有听到什么消息，而且，我也不希望知道。不过，你追的那群狗根本不是你的。那群狗是去年春天，塞特卡·查理卖给他们的。但是,有一次,他跟我品评过你,说你很正派,我相信他的话。我已经看到了你的相貌,我很喜欢你那张脸。我已经看出……算啦,他妈的,你还是快点儿赶路,赶到海水那边,回到你老婆那儿去吧,还有……"说到这里,基德脱下手套,猛地掏出了他的皮口袋。

"不,我用不着。"眼泪冻结在他的脸上,当他抽搐着紧握着基德的手的时候。

"既然这样,那就别舍不得狗,只要它们一倒下来,就切断套绳;要买几条狗,就是十块钱一磅也应当觉得便宜①。你在五指山、小鲑鱼河用胡塔林卡可以买到狗的。还有,千万注意脚不要弄湿了,"这是他的临别赠言,"旅程一直维持在二十五英里以上,如果低于这个数,你就生一蓬火,换换袜子。"

才过了十五分钟,一阵叮叮当当的铃声宣布有新客人来了。开门之后,一个西北地区的骑警走了进来,后面跟着两个赶狗的混血儿。他们跟威斯顿德尔一样,也是全副武装,神色很疲倦。那两个混血儿是生来会赶路的人,满不在乎,可是那个年轻的警察却累坏了。不过,由于他那个民族的顽强固执的性格,他还是撑住了,可以说,只要他在路上不倒下来,他就撑得住。

"威斯顿德尔走了多久了?"他问道,"他在这儿歇过脚,是不是?"这些话简直是多余的,路上的雪橇痕迹早就清清楚楚地说明了一切。

---

① 那儿的狗是论磅卖的。

马尔穆特·基德看出了贝尔登的眼色,知道其中必有原因,就推托搪塞地回答道:"走了好一会儿啦。"

"爽快点儿,伙计,照实说吧。"警察训斥道。

"你好像要马上找到他。难道说,他在道生出了什么乱子吗?"

"他抢了哈利·麦克法兰四万块钱,在太平洋港湾公司的商店里换到一张西雅图的支票,要是我们不追上他,谁会拦住他,不让他兑现呢?他走了多久啦?"

这时候,马尔穆特·基德已经发出了暗示,每一个人都收敛住诧异的眼色,这个年轻的警官看来看去,张张脸都跟木头人一样。

他迈开大步走到普林斯面前,向他提出问题。怎样回答这个问题呢?虽然普林斯感到痛心,可是他瞧着他的同胞的坦率认真的脸色,仍旧用一些互相矛盾的话来回答他。

这时候,警察偶然看到了鲁勃神父,知道他不能撒谎。"走了一刻钟了,"神父回答道,"可是他跟他的那一群狗已经休息了四个钟头。"

"已经走了十五分钟,而且精神十足!我的天!"这个可怜的家伙又累又失望,不由得蹒跚地后退了两步,几乎昏倒,然后他就喃喃地说,他从道生赶到这儿,费了十个小时的工夫,那群狗都累坏了。

马尔穆特·基德硬塞给他一杯五味酒。接着,他就转身向门口走去,吩咐那两个赶狗的人跟着他走。可是暖和的房间和休息一阵的希望太诱人了,他们拼命反对。基德非常精通法国的方言土语,连忙注意地听着。

他们赌咒发誓地说,那一群狗垮了,走不了一英里路,沙瓦希和巴比特①就得开枪打死;其余的狗也是一样糟;无论人和狗,都要休息一下才好。

"借给我五条狗,行不行?"他转过身,对马尔穆特·基德说。

可是基德摇了摇头。

"我可以用康士坦丁队长的名义,给你开一张五千元的支票——这是我的证件,可以准许我随意提款。"

又是默默地拒绝了。

"那我就要用女皇的名义征用你的狗了。"

基德瞧了瞧自己的储备充足的武器库,表示怀疑地微微一笑,那个英国人了解自己无能为力,就扭转身,向门口走去。可是那两个赶狗的人仍然反对,他于是回转身来,凶恶地骂他们是女人、杂种。那个年纪比较大的混血儿站起来的时候,气得一张黝黑的脸通红,而且痛快淋漓地回敬了几句,说要让领队的狗跑得筋疲力尽,把他埋在雪里才高兴。

那个年轻的警官鼓足浑身的劲儿,坚定地向门口走过去,装出很精神的样儿。可是他们都明白,但是很钦佩他这种骄傲劲儿。不过,他也掩盖不住掠过他的脸上的一阵阵懊恼神情。那一群身上结满了冰霜的狗都蜷缩着卧在雪里,简直没有办法使它们站起来。这一群畜生在痛打之下哀嚎起来,因为赶狗的

---

① 沙瓦希和巴比特,均为狗名。

人非常生气,非常残酷。后来,直到他们切断套索,把领队的狗巴比特拖了出去,它们才拉动了雪橇,走了起来。

"这个该死的流氓,骗人的家伙!""他妈的!根本就不是好人!""一个贼!""比印第安人还坏!"很清楚,大家都冒火了——首先,因为他们都受了骗,再者,在北方,诚实是最宝贵的品德,现在,连这样的道德也遭到了破坏。"知道这家伙干了坏事,还要帮他的忙。"所有人的谴责眼光都转移到马尔穆特·基德身上。这时候,他正在房间的角落里把巴比特安置得舒服一点儿。然后,他就站起来,默默地把剩下的五味酒全斟在各人的杯子里,作为最后一巡。

"今天晚上可真够冷的,伙计们——真是冷得刺骨,"他用这些不相干的话作为替自己辩护的开场白,"你们都赶过路,都知道那是怎么回事。不要打落水狗。你们只听到一面之词。就拿那些跟咱们一锅吃饭、合盖一条毯子的人来说吧,谁也不比杰克·威斯顿德尔清白。去年秋天,他把所有的积蓄,四万块钱,交给裘·卡斯特尔到英国自治领地去买进股票。今天他本来会变成一位百万富翁。可是当时,他要留在圜城照顾一个生坏血病的朋友,而卡斯特尔干了什么事呀?他跑到麦克法兰的赌场里,把赌注加到最大限额,一下子全输光了。第二天,大家在雪地里找到了他的尸首。可怜的杰克本来打算今年冬天回家看望老婆和没见过面的孩子。你们要注意,他只拿走了四万块钱,正好是他那个伙计输掉的。好吧,他已经走了,你们打算怎么办呢?"

基德瞧着周围审判他的这些人,看出他们的脸色都缓和下来,就高高地举起了酒杯:"那么,让我们为今天晚上赶路的那个人的健康干一杯吧;但愿他的粮食够吃;但愿他那一群狗不跌倒;但愿他的火柴一划就着;愿上帝保佑他一路顺利,祝他幸福。祝他……"

"让那个骑马的警察见鬼去吧!"贝特尔斯和大家碰着空杯子,大喊起来。

## 老头子同盟

兵营里有一个人正在受着要判成死刑的审讯。他是个老头子，白鱼河本地人，那条河直通到巴尔杰湖下面的育空河里。这件事轰动了整个道生，也轰动了育空河上下几千英里的居民。在陆地上掠夺、在海洋上抢劫的盎格鲁－撒克逊人，向来用法律统治被征服的民族，这种法律有时非常严酷。可是，碰到了英勃尔这件案子，这种法律就破天荒第一次显得不适当和软弱无力了。如果单从数量上来说，他要受的刑罚，远远抵不过他犯的罪。至于判刑，那是无可逃避的结果，当然没有疑问；不过，尽管判的是死刑，英勃尔也只有一条命，而他的案子却牵涉几十条人命。

事实上，他手上沾着那么多人的血，也算不清他究竟杀了多少人。人们在路旁吸烟休息或者围炉烤火的时候，曾经粗略地估计过死在他手里的人数。那些不幸被他杀掉的人，全是白人，其中有单身的，也有一对对、一群群被杀死的。这种毫无目的、毫无顾忌的谋杀，长期以来，对那些骑警来说，一直是一个谜，甚至远在探险的船长们扬威的时代，以及后来小河变成了矿产，从大英帝国自治领地派来了一位总督，要这一带的人为当地的繁荣纳税的时候，也是如此。

不过，更不可思议的是，英勃尔竟会到道生来自首。这时候正是暮春，育空河水在冰层下咆哮翻腾，这个老印第安人从河面吃力地爬上岸来，站在大街上直眨眼睛。凡是亲眼看见他来的人，都注意到他身体衰弱，走路蹒跚，好不容易才走到了一堆盖房子的木料跟前坐下。他在那儿坐了一整天，老盯着面前像川流不息的潮水一样涌过去的白人。很多人都好奇地转过头，瞧着他那呆板的眼光，对这个神气古怪的西瓦希老头儿议论纷纷。无数的人事后还记得，他的奇特外表当时就使他们很惊讶，于是，从此以后，他们就永远夸耀他们的眼力，说他们能够认出不寻常的事物。

可是，这一次的主角，还得让狄肯森，也就是小狄肯森来担当。小狄肯森抱着极大的梦想，带着一口袋现款来到这儿。但是，钱用完了，梦也就做不成了。为了赚到一笔回美国的路费，他只好在霍尔布鲁克和梅森合伙开的贸易行里，当一个办事员。英勃尔坐着的那堆木料,就放在这家贸易行的对街。狄肯森去吃中饭之前,曾经从窗户里瞧见了他;吃完中饭回来,他又向窗外瞧了瞧,那个西瓦希老头儿仍旧坐在那儿。

狄肯森不断地望望窗户外面,而且,他也一直夸耀自己目光敏锐。他是一个爱幻想的小伙子,他把这个一动不动的老异教徒,当作了西瓦希族的化身,冷静地盯着那一群群入侵的撒克逊人。好几个钟头过去了,可是英勃尔的姿势没有改变,仍旧纹丝不动。狄肯森于是想起了一个人。有一次,他在人群往来不息的大街上,看见一个人直挺挺地坐在一架雪橇上。大伙儿都以为这个人正在休息,后来,他们摸了他一下,才发现他已经僵硬冰冷,冻死在热闹的大街上了。为了把他弄直,好装进棺材,他们只好把他拖到一堆火旁边,让他化一化冻。狄肯森一想到这件事就不由得发抖。

后来,狄肯森走到外面人行道上,去吸一支雪茄,使头脑清爽清爽。过了没有多久,艾米丽·特拉维斯碰巧从这儿路过。艾米丽·特拉维斯是个文雅娇贵的绝色佳人。不论在伦敦或者在克朗代克,她都穿戴得合乎百万富翁金矿工程师的女儿的身份。小狄肯森于是把他的雪茄放在临街的窗台上可以再找得到的地方,连忙行了个举帽礼。

他们聊了大约十分钟之后,艾米丽朝狄肯森的肩后一眼望去,忽然吓得小声尖叫起来。狄肯森转身一看,也吓了一跳。英勃尔已经穿过马路,站在附近,他面带饥容,身材瘦削,好像一个影子,他的眼睛一动不动地盯着艾米丽。

"你要什么?"小狄肯森鼓足勇气,用颤抖的声音问。

英勃尔咕噜了一下,就悄悄走到艾米丽·特拉维斯跟前。他把她从头到脚,仔仔细细,透透彻彻地打量了一番。他好像对她那丝一样的褐发,和她那柔嫩的、微微泛红的、好像蝴蝶翅膀上茸毛似的粉一样的脸蛋上的颜色,特别感兴趣。他绕着她走,细心地观察她,仿佛在研究一匹马的身材,或者一条船的轮廓。正在他这样兜圈子的时候,他忽然看见夕阳照在她的一只绯红的耳朵上,于是他就停下来,端详着这只透明的玫瑰色耳朵。接着,他又重新瞧着她的脸,长久地注视着她那双蓝眼睛。后来,他又咕噜了一下,用一只手抓住她的上臂,用另一只手把她的下臂折上来。这时,他脸上露出了厌恶惊异的神色,随后便丢开那只胳膊,轻蔑地哼了一声。然后,他就喃喃地发出几个喉音,转过身子,对狄肯森讲了几句话。

狄肯森不懂他的话,艾米丽·特拉维斯笑了起来。英勃尔皱着眉头,来回问着他们两个,可是他们都摇摇头。正在他要走开的时候,艾米丽喊道:

"喂,吉米!到这儿来!"

吉米从街对面走了过来。他是一个身体笨重高大的印第安人,穿着标准的白人服装,头上戴着一顶埃尔多拉多①国王式的宽边大帽。他跟英勃尔谈话的时候,结结巴巴,好像嗓子在抽搐。吉米是锡特卡人,他对内地的土话,不过略知一二。

"他是白鱼河的人,"吉米对艾米丽·特拉维斯说,"我不大懂他们的话。他想见白人的头领。"

---

① 埃尔多拉多,理想中的黄金国。

"总督。"狄肯森点明道。

吉米跟这个白鱼河的土人又谈了几句,他的脸色变得很严肃,又很疑惑。

"照我看,他是想见亚历山大队长。"他说明道,"他说他杀过白种男人、白种女人,还有白种小孩儿,他杀了很多白人。他想死。"

"我猜,大概是个疯子。"狄肯森说。

"这话是什么意思?"吉米问道。

狄肯森用手指着自己的脑袋,画了一个圈,当作解释。

"可能,可能。"吉米说着,回过头去又对英勃尔讲了几句,可是英勃尔仍然要见白人的头领。

一个骑警(现在在克朗代克工作,已经不骑马了)插到这伙人里面,听到了英勃尔的再三要求。他是一个魁梧的年轻人,宽肩膀、厚胸脯,两条匀称的腿叉得开开的,英勃尔虽然个子高,可是他比英勃尔还高半个头。他的眼睛是灰色的,又冷静、又沉着,带着一副由于血统和习惯而产生的特别相信自己的权力的神气。这个警察年纪很轻,因此,更加衬托出了他的雄赳赳的模样——他不过是一个大孩子——他那光滑的脸蛋,很容易发红,像个大姑娘。

英勃尔立刻给他吸住了。他一瞧到这个小伙子脸上的刀疤,眼睛里就闪闪发光。他先用一只干枯的手顺着这个小伙子的大腿,抚摩着他那鼓起的肌肉。然后,他又用指节敲敲他那宽阔的胸脯,并且在肌肉厚得像铁甲一样的肩膀上,按了几按,戳了几戳。这时,许多好奇的过路人已经围拢来了——有结实的矿工，也有山区和边区的人，总之，都是那种长腿、宽肩膀的人的子孙。英勃尔朝他们一个一个地瞧了一会儿，就用白鱼河的土话大声讲了几句。

"他说什么？"狄肯森问道。

"他说，他们全跟这位警察一个样。"吉米解释道。

小狄肯森的个子很小，而特拉维斯小姐又怎样呢？他很懊悔问那句话。

那个警察因为替他难受，就走过来解围："我想，他说的那些事也许有点儿道理。我要把他带到队长那儿审问审问。吉米，告诉他，叫他跟我一块儿走。"

吉米又结结巴巴地说着，英勃尔咕噜了几声，看样子好像很满意。

"吉米，你再问问他，先前他抓住我的胳膊的时候，他说了些什么话，他想干什么。"

艾米丽·特拉维斯说完了，吉米就把这个问题翻译过去，得到了答复。

"他说，你不要害怕。"吉米说道。

艾米丽·特拉维斯露出得意的神气。

"他还说，你不中用，也不结实，软得像个小娃娃。他可以用两只手，把你一小块儿一小块儿地撕碎。他觉得这种事很滑稽，很奇怪，像你这样的女人，怎么会养出跟那个警察一样高大、一样结实的男人。"

艾米丽·特拉维斯很镇定，没有垂下眼睛，可是面泛红晕。小狄肯森脸色通红，感到很窘。至于那个警察，他简直涨得满脸通红。

"你跟我走吧。"警察粗声喝着,用肩头在人群中挤开了一条路。

于是,英勃尔就这样到了兵营里,他在那儿主动招认了全部口供,从此以后,他就没有走出过兵营。

英勃尔看样子很疲倦。从他脸上,可以看出那种因为毫无希望和上了年纪而产生的疲劳。他抑郁地垂着两肩,眼睛里黯然无光。他那乱蓬蓬的头发本来应该是白的,可是风吹日晒已经弄得它十分松弛,毫无光泽,变成一种灰不灰、白不白的颜色。他对周围所发生的事情,一点儿也不感兴趣。审判室里挤满了在河里淘金和在山上打猎的人,在他们低沉的轰轰隆隆的声音里,带着一种不祥的调子,使他听起来好像海水在深穴里咆哮。

他靠窗口坐着,他那双毫无表情的眼睛,不时瞧着窗外凄凉的景色。天上阴云密布,正在下着灰蒙蒙的细雨。目前正是育空河涨水的季节。冰都融化了,河水已经漫进城区。人们乘着独木舟,或者用篙子撑着船,在大街上不停地来来往往。他常常看见那些船从街上拐弯,划到一块四四方方、被水淹没的地方去,那是兵营的校场。有时候,船划到他下面就不见了,只听到它们轧轧地撞着房子上的木头和船上的人爬进窗户的声音。随后便听见他们用腿把水搅得哗哗乱响,穿过楼下的房间,走上楼梯。接着,他们就出现在房门口,拿着脱下的帽子,穿着湿淋淋的航海靴子,走到等待着的人群里面。

当这些人的眼光全集中在他身上，都在残酷地、得意地等待他受刑的时候，英勃尔也瞧着他们，他默默地想着他们的生活方式、他们的法律。这是一种永远不会睡觉的法律，不论好年头、坏年头，闹水灾还是闹饥荒，或者在人们遭受苦难、恐怖和死亡的时候，这种法律总是不停地发挥着力量。他觉得，它好像要永远发挥这种力量，直到时间的尽头。

一个人很激烈地拍了几下桌子，谈话声就低下来，终于寂静无声了。英勃尔瞧了瞧这个人。他好像是一个很有权的家伙，可是英勃尔却认为，那个坐在后面一张桌子旁边，宽脑门的人，才是他们的首领，他不仅在他们全体之上，而且也在那个拍桌子的人之上。这时，跟他同桌的另外一个人站起来，拿着许多讲究的纸，开始高声读着。他读到每一页上栏的时候，总要清一下嗓子，而读到每一页末尾的时候，总要舐一舐指头。英勃尔不懂他的话，但是其他的人都懂得，他知道，这些话会使他们发怒。有时，这些话使他们非常气愤。有一次，有一个人还用简短的话骂他，声音很刺耳，很激烈，直到桌子旁边有个人拍了一下桌子，才使他安静下来。

那个人念了好久。他那种单调枯燥的声音，使得英勃尔打起瞌睡来，等到他念完了，英勃尔已经睡得很熟了。一个人正在用他的家乡白鱼河的口音对他说话。他醒过来，看见了他姐姐的儿子的脸，可是一点儿也不觉得惊讶；原来这个小伙子老早就流浪出去，跟白人住在一起了。

"你不记得我了吧。"那个人说着，算是跟他打招呼。

"不，"英勃尔回答道，"你就是走到外地去的霍坎。你妈死啦。"

"她是个上了年纪的人。"霍坎说。

可是英勃尔没有听见,霍坎只好再摇摇他的肩膀,把他弄醒。

"我要把那个人刚才念过的话,对你讲一遍,他说的就是你闹的那些乱子,而且都是你,你这个傻瓜,对亚历山大队长讲的。你要明白,你得老实地说这些话究竟是真是假。这是法庭上的命令。"

霍坎曾经跟教会里的人混过一阵,他们教会了他读书写字。他手里拿着先前那个人大声宣读过的许多讲究的纸张,纸上写的全是英勃尔的口供,当初他通过吉米,向亚历山大队长坦白的那些话,已经由一个书记员记录下来。霍坎开始读起来。英勃尔听了一会儿,脸上露出诧异的神色,他突然插嘴说:

"这都是我说过的话,霍坎。你的耳朵并没有听见过,怎么嘴里会说得出来。"

霍坎扬扬自得地微微一笑,他的头发是从中间分开的:"不,英勃尔,这些话都是纸上来的。我根本没有听见过。它们都是写在纸上,通过我的眼睛,钻进我的脑子,再由我的嘴讲给你听的。这些话就是这么来的。"

"就是这么来的?这些话都在纸上?"英勃尔心怀敬畏地低声问着,一面用拇指和食指沙沙地捧弄那些纸,盯着那些涂在纸上的文字,"这真是一种了不起的法术,霍坎,你简直是一个创造奇迹的大法师。"

"算不了什么，算不了什么。"这个年轻人满不在乎地说，他得意极了。于是他就随便拿起一页文件，读着："那一年，在解冻之前，来了一个老头子和一个跛脚的小小子。他们也给我杀死了，那个老头子叫唤得很厉害——"

"这可一点儿也不假，"英勃尔上气不接下气地插嘴说，"他叫唤得很厉害，过了好久还不肯死。可是霍坎，你怎么知道的？大概是白人的头领告诉你的吧？当时，谁也没看见我，我只告诉过他一个人。"

霍坎很不耐烦地摇了摇头："我不是跟你说过吗，这些话都是写在纸上的，你这个傻瓜！"

英勃尔使劲盯着纸上的笔迹："你是不是像猎人瞅着雪地，说：'昨天，有一只兔子从这儿跑过，它在这片柳树丛里站住听着，后来听到了什么，心里害怕，转身向后就跑。它在这儿一路飞奔猛跳，可是从这儿来了一头大山猫，比它奔跑得更快，跳得更远。这儿的雪里有几个很深的猫爪印子，准是山猫猛地一蹿，在这儿扑倒了那只兔子，兔子在它下面一滚，翻得肚皮朝天。于是，从这儿开始，于是，从这儿开始，只剩了山猫的脚印，再也找不到兔子了。'猎人看见雪上的印子，会这样地说上一大套，大概你也是这样，眼望着那张纸，嘴里就说，英勃尔干过这个，又干过那个，对吗？"

"一点儿也不错。"霍坎说，"现在，你好好听着，管住你那根舌头，别像女人一样唠叨。叫你说，你才可以说。"

此后，有好久，霍坎都在对他宣读他的口供，英勃尔一直在默默地沉思。最后，他说：

"这都是我说过的话，句句都是真的，可是我老了，霍坎，还有一些忘了的事情，现在才想起来，应该让那个首领知道。起初，有一个从冰山那面过来的人，带着灵巧的铁夹子，打算在白鱼河里捉海狸。我把他杀了。很久之前，还有三个到白鱼河来找金子的人。他们也给我杀了，让黑獾吃掉了。还有，在五指山那里，有一个人驾着木筏，带了许多肉。"

每逢英勃尔停下来回忆的时候，霍坎就翻译，书记员就连忙记录，审判室里的人神智麻木地听着一个个不加渲染的小悲剧，直到英勃尔讲到了一个红发斜眼的男人，说他远远一枪就打死了这个人。

"他妈的！"坐在旁听席前排的一个人说。他的声音很激动，很悲哀。他的头发是红的。"他妈的！"他又说了一次，"那是我哥哥比尔。"在整个审判过程中，每隔一定的时间，就会听到他庄严地说一声："他妈的！"他的伙伴也都不阻拦他，坐在桌旁的那个人也不拍桌子制止他。

英勃尔又垂下了头，他的眼睛模糊起来，好像生了一层膜，看不见周围的世界。于是他做起梦来，梦见了只有老年人才能想到的无限空虚的青春。

后来，霍坎又把他推醒了，对他说："站起来，喂，英勃尔。庭上命令你讲出来，为什么要闹这些乱子，杀死这些人，最后又跑到这儿来自首。"

英勃尔无力地站起来，前后摇晃着。他开始说了，声音很低，微微发出咕噜声，可是给霍坎打断了。

"这个老头子，他完全疯了，"他用英文对那个宽脑门的人说,"他讲的都是傻话,跟小孩子一样。"

"我们就听听他那种小孩子一样的话吧,"宽脑门的人说,"我们要一个字一个字地听他讲下去,你明白吗?"

霍坎明白了。这时,英勃尔眼睛里一亮,因为他亲眼看到了他的外甥和那个有权的人之间的活动。接着,他就讲起了他的故事,这是一位青铜肤色的印第安爱国者的史诗,值得刻在青铜碑上,传给后世。大伙儿都变得寂静得出奇。那个宽脑门的法官用手支着脑袋,思索着这个印第安人的灵魂和他那个民族的灵魂。在这片寂静里,只听见英勃尔深沉的音调,跟那个翻译的尖嗓子有节奏地交替着,不时还会听到那个红头发男人的奇怪的,而又仿佛沉思的叫声"他妈的",好像上帝的钟声。

"我是英勃尔,白鱼河的人。"霍坎这样翻译着,他一听到老英勃尔话里的野蛮口气和语调,他原有的野性就把他控制住了,使他忘记了教会的教养和文明的外表。"我父亲是奥兹巴奥克,一个很强壮的人。我小时候,太阳照得我们那儿暖洋洋的,大家都很快活。没有人渴望得到奇怪的东西,也没有人去听陌生人的话,祖先怎么过日子,我们就怎么过日子。女人都得到年轻男人的欢心,年轻的男人瞧着她们很称心。女人给孩子喂奶,孩子养得多,女人的屁股就大起来了。那时候,男人都像个男子汉。我们在太平富饶的日子里是男子汉,遇到战争和饥荒,我们仍然是男子汉。

"那时候,河里的鱼比现在多,树林里的兽肉也比现在多。我们的狗都是狼种,毛很厚,暖暖和和,不怕冰霜,也不怕暴风雪。我们的狗这样,我们也是这样,不怕冰霜,不怕暴风雪。后来,佩利的人来到我们的地面上,我们就杀了他们,也被他们杀死了不少。因为我们,我们白鱼河的人,是好汉子,我们的父辈和祖辈跟佩利人打过仗,划定了疆界。

"我说过,我们的狗这样,我们也是这样。有一天,来了第一个白人。他在雪地里,用两手和膝盖,就像这个样子,一点点爬过来。他的皮绷得紧紧的,里面尽是凸起的骨头。我们想,从来没有过这样的人,我们都很奇怪,不知道他是哪一个部落的人,从哪一个地方来的。当时,他很衰弱,衰弱极了,像小孩儿一样,因此,我们就在火旁边让了个位子给他,让他躺在暖和的皮褥子上,并且像喂小孩子一样,喂东西给他吃。

"他有一条狗,有我们的三条狗那么大,也很衰弱。这条狗的毛很短,不能保暖,它的尾巴冻僵了,尾巴尖儿已经冻掉了。于是,我们也喂了它一些东西,让它卧在火旁边,并且把我们的狗赶开,不然的话,它们会把它咬死的。这个人和他的狗吃了鹿肉和鲑鱼干之后,就有了力气,因为有力气,他们就变得大模大样,毫无顾忌了。这个男人说了很多不中听的话,他不管老的少的,都要取笑,还无礼地瞟我们的姑娘。那条狗也跟我们的狗打架,别瞧它的毛又短又软,它在一天里面就咬死了我们三条狗。

"有一次,我们向这个人问起他那一族的人,他说:'我有很多弟兄。'接着,他就不怀好意地笑了起来。后来,他气力足了,就走了,酋长的女儿瑙达也跟他走了。他走之后,第一桩事就是,我们的一条母狗养了小狗。从来也没见过这样的小狗——大脑袋,厚嘴唇,毛又短,一点儿也不中用。我还清清楚楚地记得我父亲,奥兹巴奥克当时的样子,他一瞧见那些小狗的不中用的样子,就气得脸色铁青,拿起一块石头,这样,又这样一下子,那些不中用的东西就完蛋了。以后过了两个夏天,瑙达抱着一个男孩子回来,又回到我们那儿了。

"这不过是开头。以后来了第二个白人,他带来了几条短毛狗,走的时候,他丢下了它们。他带走了我们的六条最结实的狗。这是他用一支能够飞快地连放六响的出色的手枪,跟我舅舅库苏提换来的。库苏提有了这支手枪就大模大样,嘲笑我们的弓箭。他说那是'女人的玩意儿',随后他就拿着手枪去打熊。现在,大家都知道,用手枪去打熊是不行的,可是当时我们怎么会知道呢?库苏提又怎么会知道呢?于是,他就十分勇敢地去打熊,他飞快地连放了六响,不料灰熊只哼了一下,像抓鸡蛋一样把他的胸口抓得粉碎,接着,库苏提的脑浆就像蜂窝里流出的蜜一样洒了一地。他是一个能干的猎手,从此再也没有人把肉带给他的老婆孩子了。我们都很悲痛,我们说:'对白种人好的东西,对我们就不会好。'这是真的。白种人很多,都是肥肥胖胖的,可是他们那些办法却使我们的人少了,瘦了。

"后来来了第三个白人,他带来了无数奇奇怪怪的吃的用的东西。他从我们那儿换走了二十条最强壮的狗。此外,他还用礼物和答应有好处的话,骗走了我们十个年轻的猎手,把他们弄到了谁也不知道的地方。据说,他们不是死在人迹难到的冰山上的积雪里,就是死在天边寂静的群山里。总之,不管怎么样,从此以后,白鱼河的人就再也没有看见那些狗和那些年轻的猎手了。

"白人一年一年地来得更多了,他们总是用出钱送礼的办法把年轻人带走。有时候,也回来了一些年轻人,跟我们讲起在佩利那边的地方,他们所经历的危险和辛苦。有时候,他们就根本不回来了。因此,我们就说:'如果说,那些白人,他们都不怕送命,那不过因为他们人多;但是,我们白鱼河的人少,青年人绝不能再走到外面去。'可是,年轻人仍然离开了家乡,连年轻的女人也走了,我们都很气愤。

"不错,我们吃到了面粉、咸猪肉,喝了茶,而且很喜欢喝茶;可是,到了我们弄不到茶的时候,那可糟透了,我们会变得懒得说话,又容易动怒。因此,我们就渐渐渴望白人带来做生意的那些东西。生意!生意!一年到头都是生意!有一年冬天,我们卖出去我们的肉,换来了许多不会走的钟、断了发条的表、磨光了的锉刀,还有几支不带子弹的手枪,都是不中用的东西。接着,就闹起了饥荒,我们没有肉了,在开春之前,一共饿死了四十个人。

"因此,大伙儿就说:'现在我们弱了,佩利的人会来攻打我们,侵占我们的疆土。'可是,我们有这样的遭遇,佩利人也有这样的遭遇,他们也变得很弱,不能来攻打我们了。

"我的父亲,奥兹巴奥克,一个很雄壮的人,这时已经老了,然而很聪敏。他向酋长说:'瞧,我们的狗都不中用了。它们的毛不厚了,也不结实了,它们会在冰雪里拉雪橇的时候冻死。现在,让我们到村子里去,把它们杀了吧,我们只把狼

狗留下来，然后每天晚上把它们拴在外面，让它们跟森林里的狼配种。这样，我们就可以重新得到许多毛皮暖和、身体结实的狗。'

"酋长听了他的话，我们白鱼河的人就因为有这样的狗而出名了，它们是这一带最好的狗。可是我们自己并不出名。我们的最好的青年男女，都跟白人从水旱两路，走到很远的地方去了。年轻的女人，回来的时候都老了，衰弱了，跟瑙达回来时一样，或者，她们就根本不回来了。有时，年轻的男人回来了，就在我们的火旁边待一个时期。他们满口的下流话，举止粗鲁，尽喝那种害人的酒，整天整夜地赌博。他们老是心神不安，只要白人一来叫他们，他们就又跑到我们不知道的那些地方去了。他们不顾廉耻，对谁都不尊敬，他们讥讽往日的习惯，当面嘲笑酋长和萨满①。

"正像我说过的那样，我们白鱼河的人，已经成了弱小民族。我们卖出去暖和的皮毛，换来烟草、威士忌和在寒天里让我们冻得发抖的薄薄布衣。于是，我们就害上了咳嗽病，男男女女，整夜地咳嗽，出汗，出去打猎的人会在雪地上吐血。今天这个人口里鲜血直流地死了，明天那个人也是这样死掉。女人也不常生养了，即使她们生了孩子，也都是一个个体弱多病。同时，白人还带来了许多其他的疾病，都是我们从来没见过的，也不懂是怎么回事。我曾经听别人说，这些病叫作什么

---

① 萨满，主持教宗教仪式的巫师。萨满教是在原始公社制度瓦解和向阶级社会过渡时期最发达的一种宗教，相信有灵魂存在。

天花、麻疹。我们的人常常害这样的病死掉，仿佛鲑鱼在秋天产完了卵，因为不需要再活下去了，就死在静静的水涡里面。

"不过奇怪的是，白人像死亡的风一样刮来；他们的那一套总是把人往死路上引，他们鼻孔里喷出的尽是死气，可是他们并没有死。他们有威士忌、烟草和短毛狗；他们有许多病，譬如天花、麻疹、咳嗽和吐血；他们的白皮肤经不起冰霜和暴风雪；他们的手枪能飞快地连发六响，可也不中用。可是，别瞧他们有这么多毛病，他们却越长越胖，越来越兴盛，控制着全世界，凶恶地践踏着全世界的人民。他们的女人全娇嫩得跟婴儿一样，虽然外表柔弱，可是不容易完蛋，那些男人就是她们养的。而且，从这种种娇嫩、疾病和柔弱之中，还产生了力量、权力和权威。至于他们是神是鬼，那就得看情形了。我可不知道。我，白鱼河的老英勃尔，又会知道什么呢？我只知道他们叫人没法儿了解，这些白人总是流浪到很远的地方，在世界上到处打仗。

"像我已经说过的，森林里的兽肉越来越少了。不错，白人的枪好极了，隔着老远也能把野兽打死；不过，到了没有野兽可打的时候，枪又有什么用呢？我小时候，在白鱼河一带，每一座山上都有麋鹿，每年都有数不清的驯鹿跑来。如今，猎人跑上十天十夜，也看不见一只麋鹿，至于那无数的驯鹿，根本就不来了。所以我说，那些枪虽然隔着老远就能把野兽打死，到了没有野兽可打的时候，它们就没有用了。

"我，英勃尔，看到白鱼河的人、佩利的人，和那一带所有的部落，都像森林里的野兽一样渐渐消亡，就反复地想着这些事。我反复地想了很久。我还跟萨满同有见识的老年人商量过。为了免得村里嘈杂的声音打扰我，我就走到村子外面去，同时，我还不吃肉，以免肚子胀得难受，使我的眼睛和耳朵变得迟钝。我在森林里昼夜不眠地坐了很久，我睁大眼睛，等待征兆，我竖起耳朵，耐心地、敏锐地听着那些要传给我的话。我独自在黑夜里徘徊，走到河边，那儿只有风的悲啸和水的啜泣，我打算在那儿的树林里，找到死去的萨满的阴魂给我的启示。

"最后，好像幻影似的在我面前出现了一群讨厌的短毛狗。办法似乎很简单。当初，靠了我的父亲，雄壮的奥兹巴奥克的见识，使我们的狼狗保存了纯种血统，因此它们始终有着温暖的毛，始终有力气拖雪橇。于是，我就回到村子里，向大家演说：'这些白人，他们是一个部落，一个很大的部落。他们那儿，一定是没有兽肉了，因此他们才跑到我们这儿来，想在这儿给自己开辟一个新天地。可是他们把我们弄弱了，我们的人正在一个一个地死掉。他们是贪得无厌的人。我们这儿已经没有兽肉了，如果我们想活下去，我们就得像对付他们的狗一样来对付他们。'

"接着我又对他们演说，劝大家同敌人作战。白鱼河的人听了之后，有的说这，有的说那，还有一些人说了些废话，没有一个人勇敢地谈到行动和战争。年轻人虽然孱弱得像水，胆小怕事，但是我看得出，那些老年人却默默地坐着，眼睛里闪烁着怒火。后来，等到村子里的人都睡着了，我就偷偷地把老年人叫到森林里，跟他们谈了一会儿。我们的意见完全一致，我们想起了年轻时的好日子，自由的土地，丰衣足食的光景，快活的心情和暖和的太阳。于是我们就结成兄弟，保证严守秘密，并且立下重誓，一定要把侵略我们的害人种族清除干净。现在，事情很清楚，我们都是傻瓜，不过，我们这些白鱼河的老头子，当时又怎么会知道呢？

"为了鼓励其他的人，我首先行动起来。我坐在育空河岸上守卫着，直到望见了从上游来的第一条独木船。那里面有两个白人，我站起来，扬着一只手，他们就改变了方向，朝我这面划过来。船首的那个人抬起头，打算弄清楚我为什么要招呼他，我的箭就嗖的一声，穿过半空，射中了他的咽喉，这时他才知道我要干什么。另外那个人本来在船尾划桨，他还没有来得及把来复枪举到肩头，我已经一连扔出三根矛，第一根就打中了他。

"等到老头子都走拢来了，我就对他们说：'这算开了个头。以后，我们要把各个部落的老头子都团结起来，然后再去团结那些还很强壮的年轻人，这样，干起来就容易了。'

"于是，我们把这两个死了的白人扔到了河里。至于那条独木船，那倒是一条好船，我们一把火就把它烧了，同时，我们把船里的东西也烧了。不过，未烧之前，我们还瞧了瞧那些东西，全是皮口袋，我们就用刀子把它们割开了。那里面有很多纸，霍坎，就跟你念过的那些一样，上面也有许多记号，我们瞧了都很奇怪，一点儿也搞不懂。现在，我变得聪敏了，知道它们都是人说过的话，就像你告诉我的那些一样。"

霍坎把独木船的事翻译完毕之后，审判室里充满了喊喊喳喳和嗡嗡的声音。有一个人说："那是1891年丢掉的邮包，押运人是彼得·詹姆斯和德莱尼。马休斯是最后看到他们的人，他还在巴尔杰湖边跟他们说过话。"书记员不断地写了下去，于是，在北方的历史上又添了一页。

"要说的也不多了，"英勃尔慢腾腾地说了下去，"我们干过的事情，都写在纸上了。我们都是老头子，我们都不懂得什么。我，英勃尔，就是现在也不懂什么。我们秘密地杀，不断地杀，年纪愈大，我们也愈精明，我们干得很快，然而毫不慌张。有一次，白人走到我们的人当中，铁青着脸，粗鲁地骂人，并且给我们的六个年轻人戴上镣铐，弄得他们毫无办法，然后把他们带走，因此，我们就懂得了，我们必须杀得更广，更远。于是，我们这些老头子就一个一个动身到上游一带和下游一带我们不知道的地方去。这是一件勇敢的事情。我们虽然很老了，可是什么也不怕，不过对于上了年纪的人来说，出远门还是非常可怕的。

"于是，我们就不慌不忙，巧妙地杀下去。无论在契尔库特，在德尔塔，从山隘到海边，只要有白人在那儿宿营或者开路，我们就杀。不错，他们是死了，可是毫无用处。他们的人仍旧会翻山过来，而且越来越多，而我们这些老头子却越来越少。我还记得，在驯鹿隘，有一个白人的帐篷。他是一个很矮小的白人，我们的三个老头子趁他睡着了的时候去杀他。第二天，我找到了他们四个人。只有那个白人还有一口气，他在临死之前，还咒骂了我一顿。

"于是，就这样，今天这个老头子死了，明天那个老头子也死了。有时候，隔了好久，消息才传到我们耳朵里面，我们才知道他们是怎么死的，有时，根本就没有消息。其他部落里的老头子，因为身体衰弱和胆小，都不愿意跟我们一块儿干。因此，我们的人，就像我说过的那样，一个一个地死了，只剩下我独自一个。我叫英勃尔，是白鱼河的人。我父亲是奥兹巴奥克，一个雄壮的男子汉。现在，已经没有白鱼河的人了，我是最后一个白鱼河的老头子。年轻的男人和年轻的女人都走了，有的去跟佩利人住在一块儿，有的去跟萨蒙人住在一块儿，不过，多数还是到白人那儿去了。我已经很老，很累了，跟法律斗争是没有用的，所以，霍坎，我就像你说的那样，到这儿来请求法律处分。"

"唉，英勃尔，你真是个傻瓜。"霍坎说。

可是，英勃尔正在做梦。那个宽脑门的法官也在做梦，他那整个种族都站了起来，像一个巨大的幻影出现在他眼前——他们是足踏钢靴、身披铁甲的种族，他们是人类各族之中制定法律、扭转乾坤的人。他看见这个幻影的黎明，红光闪烁，照过黑暗的森林和阴郁的海洋，他看到它发出血红的烈焰，变成壮丽全盛的中午；然后他又看见，在阴暗的下坡路上，血染红了的沙砾正在沉入黑夜。同时，从这一切里面，他还看到了无情的、强有力的法律。它永远不能改变，而且一直在发号施令，不仅比那些遵守法律或者被法律摧毁的人大得多，甚至比他自己还要强大。他的心软了。

# 北方的奥德赛[①]

## 一

  几架雪橇配合着挽具的嘎吱嘎吱的声音和领队的狗叮叮当当的铃声,正在唱着永远不变的悲歌,可是人和狗都累了,全不作声。路上积满了新下的雪,很难行走。他们从很

---

[①]《奥德赛》,希腊诗人荷马所作的叙事诗。诗中主角奥德赛(又叫尤利西斯)在特洛伊战争后,经过十年艰险的漂泊,才回到本国。这里是作者用作借喻。

远的地方来,雪橇里装着许多冻鹿,硬得跟燧石一样。滑板紧贴着还没压结实的路面,老向后退,倔强得差不多跟人一样。天色正在暗下来,可是这一夜他们没有帐篷可搭。雪从无声无息的空气里轻轻飘下来,不是雪片,而是玲珑纤巧的雪晶。天气很暖——只有零下十度——大伙儿都不在乎。迈耶斯和贝特尔斯已经翻上了护耳,马尔穆特·基德甚至把手套也脱下了。

这群狗早在那天下午就累坏了,现在却好像新添了一股劲头。有些感觉比较灵敏的,已经露出一种不安静的神气——好像受不了拖索的羁绊,想快跑又踌躇不决,正在竖起耳朵,用鼻子嘶嘶地吸气。渐渐地,它们就对那些感觉比较迟钝的伙伴发脾气了,用许多种狡猾的办法去咬它们的后腿,催它们前进。那些受到责备的狗,也染上了这种毛病,又把这种毛病传给其他的狗。后来,最前面那架雪橇的领队狗满意地高声吠了一下,低低地伏在雪里,用全身力量拉紧了领圈,向前一挣。其余的狗都学着它的样子。于是,后面的皮带一收,拖索一紧,一架架雪橇就向前冲出去了。那些人只好抓住舵杆,拼命加快脚步,免得给滑板压着。一天的疲倦都没有了,他们大声吆喝着,催狗赶路。那些畜生也用快活的吠声来回答他们。它们就在越来越黑的夜色里,放开步子,啪嗒啪嗒地飞奔起来。

"向右转!向右转!"他们依次喊着,一架架雪橇突然离开了大路,翘起一边的滑板,像顺风里的单桅小帆船一样驶去。

一下子冲了一百码路，到了一扇透出灯光的羊皮纸窗户跟前，一看就知道这个木房子是他们的家，里面有烧得呼呼响的育空式火炉和热气腾腾的茶壶。不过这个木房子已经给别人侵占了。六十条爱斯基摩狗气势汹汹地一同狂吠着，这些毛茸茸的东西立刻向拖着第一架雪橇的狗扑了过来。门开了，一个穿着西北警察红制服的人走出来，踩着没膝深的雪，冷静而公正地用狗鞭的把子，把那些发狂的畜生治得服服帖帖。以后，两方面就握起手来，马尔穆特·基德就这样被一个陌生人迎进了他自己的木屋。

其实，应该出去迎接他的，是斯坦利·普林斯，前面说过的那个育空式火炉和那壶热茶，就是由他负责照料的，可是他正在忙着招待客人。这伙客人大概有一打光景，虽则都是替英国女王执行法律和递送邮件的人，却难得这样形形色色。他们的血统各不相同，可是共同的生活却使他们变成了一个类型——一种瘦瘠坚忍的类型，有着在雪路上锻炼得很结实的肌肉，被太阳晒得黝黑的脸，无忧无虑的心，他们的明朗安定的眼睛总是坦率地向前面凝视着。他们赶着女王的狗，使她的敌人心惊胆战；他们吃的是她发下来的微薄口粮，然而很快活。他们见过很多世面，干过不少大事，他们的生活像传奇一样，可是他们自己却不知道。

他们像在自己家里一样。其中有两个人张手伸脚地躺在马尔穆特·基德的床铺上，正在唱歌，当初他们的法国祖先来到西北一带跟印第安女人结婚时所唱的，就是这种歌。贝特尔斯的床铺也受到了同样的侵犯，三四个身强力壮的押运员，盖着毯子，一面搓脚，一面听一个人讲故事。这个人曾经在沃尔斯利①进攻喀土穆时，在那位将军的舰队里服役。等到他说累了，一个牛仔就讲起了当年他跟布法洛·比尔②游历欧洲各国首都的时候，他所见到的宫廷和王公贵妇。房间的一角，还有两个混血儿，他们是一块儿打过败仗的老伙伴，正在一面修补雪橇上的皮带，一面谈着当初西北一带纷纷起义，路易·里尔③称王时的情形。

　　粗鲁的玩笑和更粗鲁的俏皮话，此起彼伏，水旱两路上极危险的事，一到他们口里，都变得稀松平常，好像他们所以会想到这些事，只不过为了其中还有一些幽默可笑的情节。这些无冕英雄的话使普林斯听得入了迷，他们亲眼见过历史的创造过程，可是他们总是把那些伟大的传奇式的事迹，当作日常生活里的一些平凡的、偶然的小事来谈。普林斯把自己珍贵的烟草，毫不在乎地分给他们，为了报答他的慷慨，生了锈的回忆的链子又一环一环地展开了，忘了很久的奥德赛式的故事也复活了。

---

① 沃尔斯利（1833—1913），英国将领。1870年任红河远征军司令，在加拿大镇压路易·雷勒的起义。1884年至1885年，他率兵进攻苏丹首都喀土穆。
② 布法洛·比尔（1846—1917），原名威廉·考狄，曾充当美军侦察兵，杀过很多印第安人。后来他改行当演员，在欧洲表演以美国西部冒险家生活为主的节目，称之为"野蛮的西部节目"。
③ 路易·里尔（1844—1885），加拿大人，有印第安血统，曾先后两次领导法国血统的印第安人举行红河起义。1884年起义失败，1885年被俘就义。

谈话停下来,旅客们装好最后一斗烟草,打开他们那些捆得很紧的皮毯子的时候,普林斯就回过头,找到他的老朋友基德,打算多了解一下这些人的情形。

"好吧,那个牛仔的来历,你是知道的,"马尔穆特·基德一面回答,一面动手解开他的鹿皮鞋的带子,"那个跟他同床的人有点儿英国血统,也不难猜到。至于其余的这些,他们全是森林中的流浪汉,他们的血统杂得只有天晓得。睡在门旁边的那两个,却是地地道道的'法种',也就是'木炭'①。那个围着绒线遮裆的小家伙——你只要仔细瞧一瞧他的眉毛和下巴,你就会知道有个苏格兰男人曾经到他妈妈那个烟雾腾腾的帐篷里擦过眼泪。还有这个把长大衣放在头下面的漂亮小伙子,他有一半法国血统——你听见过他说的话:他不喜欢那两个睡在他旁边的印第安人。你知道吗,当初这些'法种'在里尔的领导下起义的时候,纯种的印第安人并不支持他们,从此以后,他们彼此就不大有好感了。"

"可是,炉子旁边那个愁眉苦脸的家伙又是个什么样的人呢?我敢说他一定不会讲英语。他整夜没有开过口。"

"你错了。他的英语很好。你注意到他听人说话时的眼神没有?我注意到了。可是他跟别的人一点儿也不沾亲带故。每逢他们说起他们的家乡话的时候,你就看得出他听不懂了。真的,连我也弄不懂他究竟是什么样的人。让我们探听探听。"

"放两根柴到炉子里去!"马尔穆特盯着那个来历不明的

---

① 指第一批到加拿大森林以打猎为生的法国移民。

人，提高嗓门吩咐道。

他马上照办了。

"他准是在哪儿受过训练。"普林斯低声说。

马尔穆特·基德一面点头，一面脱下袜子，然后小心地从躺着的人堆里走到炉子旁边，把湿袜子挂在二十来双同样的袜子当中。

"你觉得你什么时候可以到道生呢？"他试探着问了一句。

那个人在回答之前，先仔细打量了他一下："据说，有七十五英里。是吗？大概要两天吧。"

他的口音听得出微微有点儿特别，可是没有停顿，也没有思索字眼。

"以前到这儿来过吗？"

"没有。"

"西北边区①呢？"

"去过。"

"你生在那儿吧？"

"不是。"

"嗯，他妈的你究竟是哪儿的人呢？你跟他们一点儿也不像。"马尔穆特·基德用手对那些赶狗的人一挥，连睡在普林斯床铺上的那两个警察也包括在内。"你究竟是从哪儿来的？像你这样的脸，以前我见过很多，可是我想不起究竟是在哪儿见过的了。"

---

① 指加拿大北部靠近北极圈一带。

"我认识你。"他文不对题地回答着,马上把马尔穆特·基德的问题岔开了。

"在哪儿?你见过我?"

"不是你,是你的伙计,牧师,在帕斯提里克,很久以前。他问我有没有见过你,马尔穆特·基德。他给了我一点儿干粮。我在那儿没有待多久。他对你讲起过我没有?"

"对啦!你就是那个用海獭皮换狗的人?"

那个人点了点头,把烟斗里的灰敲出来,拉起皮毯子裹住身体,表示他不愿意再谈了。马尔穆特·基德于是吹熄那盏用铁罐头做的油灯,跟普林斯一块儿钻到毯子里去了。

"喂,他是干什么的?"

"不知道——他把我的话岔开了,不晓得为什么,像蛤蜊一样闭住了口。但是他这个人会引起你的好奇心。我听人说起过他。八年前,所有沿海一带的人都觉得他很奇怪。老实说,他这人有点儿神秘。他在严寒的冬天从北边下来,那地方离这儿有好几千英里路,他沿着白令海一路赶来,好像有鬼在追他似的。谁也不知道他是从哪儿来的,不过他一定是从很远的地方来的。他到过高洛温湾,从瑞典牧师那里弄了一点儿粮食,还打听了一下到南方来的路线,这时候,他已经走得累坏了。这些事,我们都是后来听到的。接着,他就离开海岸线,笔直从诺顿海峡渡过来。天气可怕极了,尽是暴风暴雪,可是他撑下来了,换上别的人,哪怕一千个也会死掉。他因为错过了圣·迈克尔,就在帕斯提里克登陆。他什么都丢了,只剩下两条狗,自己差一点儿没有饿死。

"鲁勃神父看到他急着赶路,就给了他一点儿粮食,可是一条狗也不能送给他,因为等我一到,神父自己也要出门。我们的尤利西斯先生非常清楚,没有狗是不能动身的,因此他着急了好几天。他雪橇上有一捆硝得很好的海獭皮,你知道,海獭皮跟金子一样贵重。当时,帕斯提里克有个俄国商人,是个老夏洛克①,他有几条预备宰来吃的狗。这笔买卖没有费多少时间就谈妥了。等到这个怪人再向南走的时候,他的雪橇前面已经有一队跑得飞快的狗了。夏洛克先生于是得到了一批海獭皮。我见过,真是漂亮极了。我们算了算,他至少在每条狗身上捞到了五百块钱。倒不是这个怪人也许不懂得海獭的价钱;他虽是个印第安人,可是从他说的那寥寥几句话里,也听得出他跟白人一块儿混过。

"海上的冰融化以后,从努尼瓦克岛②来的人说,他到那儿找过粮食。后来他就没影子了,此后八年之中,我再没有听到过他的消息。可是现在,他究竟是从哪儿来的呢?他在那些地方干了些什么事呢?为什么他要离开那些地方呢?他是个印第安人,可是他到过那种谁也不知道的地方,而且受过训练,对于一个印第安人来说,这可是很少有的。普林斯,这又是一个要等你来解决的北方的奥秘了。"

"真谢谢你,可是现在我手头上要解决的事已经太多啦。"

---

① 夏洛克,莎士比亚剧本《威尼斯商人》中的主角,是一个极刻薄的犹太商人。
② 努尼瓦克岛,白令海里的一个岛。

他回答道。

马尔穆特·基德已经在打鼾了。可是这个年轻的采矿工程师仍然睁着眼睛,在一片漆黑中向上凝视着,等那种奇怪的、使他激动的兴奋心情平静下去。后来,他真的睡着了,可是他的脑子还在继续活动,霎时间,连他也在那种没人知道的雪野里流浪起来,在无穷无尽的路上跟狗一道跋涉着,而且梦见了人们在生活,劳碌,终于像男子汉一样死掉。

第二天一早,离天亮还有几个钟头,赶狗的人同警察就动身往道生去了。可是代表女王陛下的利益,替她掌握小百姓命运的当局,却不让这班邮差休息。一个星期以后,他们又到了斯图尔特河边,押着沉重的运往盐湖的邮件。不错,他们的狗倒是又换了一批新的;不过,那是狗。

这些人本来指望多少耽搁几天,休息休息;再者,克朗代克又是北方的一个新地区,他们都希望能见识一下这座金砂似水、舞厅里狂欢不停的黄金城市。现在,他们却差不多跟上一次来的时候一样,一个劲儿烘着袜子,抽着他们的晚烟;不过,其中有一两个胆子大的,已经起了开小差的念头,他们正在考虑有没有可能越过人迹未到的洛矶山,向东走,再经过麦肯齐山谷,走到契帕文地区,他们从前经常出没的老地方。另外有两三个甚至决定在他们服役期满之后,一块儿从那条路回家,并且预先订出计划,盼望着这番冒险事业能够实现,就仿佛一个生长在城市里的人,盼望能到森林里度过一天假期一样。

那个用獭皮换狗的人好像心里很不安,显然他对这种谈话一点儿也不关心,最后,他把马尔穆特·基德拖到一边,悄悄地跟他谈了一会儿。普林斯好奇地瞟着他们。后来,情形更神秘了,他们居然戴上帽子和手套,走到门外去了。他们回来之后,马尔穆特·基德把称金子的秤放在桌上,称了六十英两左右的金砂,放到那个怪人的口袋里。接着,赶狗的人的头目也参加了他们的秘密会议,并且跟他做了一点儿交易。第二天,这一伙人沿着河往上走的时候,那个用獭皮换狗的人却带着几磅干粮,回道生去了。

等到普林斯问起来的时候,马尔穆特·基德说:"我也摸不清是怎么回事。总之,这个可怜的家伙总是有什么缘故才不肯干了的——看起来,这在他还是一个很重要的理由,不过他不肯让别人知道。你当然明白,干这种差事就跟当兵一样,他签过字,得干两年,现在要提前离开,唯一的办法只有用金子把自己赎出来。如果开了小差,他就不能再留在这儿,可是他又像发疯一样地想待在这一带。据他说,他一到道生,就打定了主意,可是那儿他没有熟人。他身上一分钱也没有,他只跟我还讲过几句话。因此,他就跟副总督谈了一下,并且讲好,只要他能从我这儿弄到钱就办退役的手续——这就是说,他要跟我借钱。他说,他在年内可以还我,要是我愿意,他可以给我指出一条发财的道路。他从来没到过那地方,可是知道那儿有很多金子。

"听我告诉你!唉,刚才他把我拉到外面,他简直要哭了。他又是求,又是央告,还在雪里对我跪下,我只好把他拉起来。他像疯子一样说了半天。后来还赌咒,说他为了达到这个目的，已经辛苦了很多年，现在要让他落空，他可受不了。我问他是什么目的，他老不肯讲。他只说，他怕他们把他分配在这条路的另外半段上干活儿，使他在两年之内回不了道生，这样，那就会太晚啦。我这一辈子，从来没见过这么伤心的人。等到我答应借给他金子的时候，我又不得不把他从雪里拖起来。我跟他说，这笔钱算是我垫出的一份股金好了。你以为他很愿意吗？完全不对，老兄！他赌咒发誓地说，他要把他找到的东西全归我一个人，让我阔得连做梦也想不到，他说来说去，总是这么一套。平常，一个为别人的垫款而成年累月拼命的人，一旦得到了东西，总是连一半也舍不得付给投资的人的。普林斯，你记住好了，这里面一定有什么道理，要是他还待在这一带的话，我们准会听到他的消息的……"

"要是他不待在这一带呢？"

"那就算我好心没有得到好报，白白丢了六十英两金子好啦。"

严寒的天气已经跟着漫长的黑夜一块儿来了，太阳也沿着雪地南面的地平线，玩起了捉迷藏的老把戏，可是马尔穆特·基德的那笔垫款仍旧毫无消息。后来，在1月初的一个阴寒的早晨，许多狗拖着几架沉重的雪橇，到了斯图尔特河下游他那所小木头房前面。那个用獭皮换狗的人果真来了，跟他一块儿来的还有一个人，那种身材，大概上帝现在也记不得是怎样创造的了。人们只要谈到运气、胆量和一铲五百元的金砂，就都会想起阿克赛尔·冈德森这个人的；大家如果围着营火，讲到关于勇气、体力和剽悍的故事，那也少不了要谈一谈他的事迹。而且，每逢大家的谈兴低落下去，只要有人提起跟他同甘共苦的那个女人，他们的谈话也一定会变得又热烈起来。

前面已经讲过，大概上帝在创造阿克赛尔·冈德森的时候，又想起了他们古代的手艺，仿照洪荒时代的人把他塑造了出来。他身材魁伟，足足有七英尺高，穿着一身华丽的服装，显示出一位黄金国王的身份。他的胸脯、脖子和手脚，都跟巨人一样。他那双雪鞋，因为要负担三百磅重的骨头和肌肉，比别人的长一码多。他那张粗线条的脸上，头角峥嵘，下巴肥大，一双淡蓝色的眼睛，从来不知畏缩，一看他这张脸就知道他是个只懂得强横霸道的家伙。他那结了霜的头发，黄得像熟透了的玉米缨子——衬托着他那张脸，仿佛日光横扫黑夜，一直披到他的熊皮袄上。他在狗前面从窄路上摇摇摆摆地走过来的样子，隐隐约约地露出一种过惯了海上生活的人的习气。他用狗鞭的把子敲马尔穆特·基德的门的神气，简直像一个到南方打劫的北欧海盗猛攻城堡的大门。

普林斯露出他那女人一样的胳膊，揉着生面团，不住地瞟着这三位客人——三个这样的客人同时走进一个人的屋子，这可真是一辈子也碰不到的事。那个怪人，马尔穆特·基德管他叫尤利西斯的那个家伙，仍然吸引着他；不过他最感兴趣的，却是阿克赛尔·冈德森和他的老婆。她赶了一天的路，已经觉得很辛苦了，自从她丈夫获得了寒带的金矿矿苗，发财之后，她的身体就在舒服的木房里变得软弱了，她觉得很累。她就像一株娇弱的鲜花靠着墙似的，偎在她丈夫的宽阔的胸脯上，懒洋洋地回答着马尔穆特·基德的好意的取笑。她那深深的黑眼睛，偶尔对普林斯瞟上一眼，就使普林斯很不自然地激动起来。因为普林斯是个男人，身体很健康，一连好几个月难得见到女人。还有，她的年纪比他大，又是个印第安女人。可是她跟他见到过的那些土著的老婆都不一样：她出过远门——他从他们的谈话里知道她到过许多国家，还到过他的故乡英国。白种女人懂得的事情，她几乎全懂得，此外她还懂得许多女人不该知道的事情。她能够用鱼干当作一餐饭，在雪地里搭一张床，可是她故意逗弄他们，详细地描述着精致的筵席，让他们听到几乎已经忘记了的各种菜名，肚子里怪不自在。她懂得麋鹿、熊和小蓝狐以及北方海洋里那些两栖动物的习惯。她对森林里和江河上的事件件精通，无论人、鸟或者野兽在脆弱的雪面上留下什么痕迹，她都能一目了然。普林斯还注意到她在看着他们的宿营规则的时候，露出赞赏的眼光。这些规则是那个镇不住的贝特尔斯一时冲动订出来的，写得语气幽默，文字简洁。普林斯总是在女人来之前，把它翻过来，对着墙，可是谁又能猜到这个土著女人会……算啦，反正现在已经来不及啦。

总之，阿克赛尔·冈德森的老婆就是这么一个人。她的声名，跟她的丈夫一样，也传遍了整个北方。吃饭的时候，马尔穆特·基德仗着老朋友的资格，毫无顾忌地逗着她玩，普林斯也摆脱了初见面怕难为情的拘束，跟着取笑。她虽然寡不敌众，嘴里可一点儿也不饶人；至于她的丈夫，他因为口才不灵，不敢插嘴，只好给她喝彩助阵。他因为能有这样的妻子，非常得意，从他的每一个眼色，每一个举动里，都可以看出她在他的生活里占着很重要的地位。那个用獭皮换狗的人只顾不声不响地吃饭，在这场热闹的会战里，他被大家忘记了。还没等到别人吃完，他已经老早退席，走到外面跟狗待在一块儿了。不过，他一走，他的伙伴们也立刻戴上手套，穿上皮外衣，跟着到了门外。

当时，因为好多天没有下雪，雪橇沿着冻得很坚硬的育空路上滑去，就跟在光滑的冰上一样省力。尤利西斯驾着第一架雪橇，普林斯同阿克赛尔·冈德森的老婆驾着第二架，马尔穆特·基德跟那位黄发巨人就驾着最后一架。

"这仅仅是一种预感罢了，基德，"冈德森说，"不过我倒认为这件事很可靠。他从来没到过那儿，可是他讲得头头是道，还给我看了一张地图。几年以前，我在库特奈①一带就听人谈到过这张图。我本来想邀你一块儿去，不过他是个怪人，他说得很干脆，只要有别人插进来，他就马上散伙。可是，等我回来之后，我会让你头一个知道，我会把邻近的矿给你，另外还把筹建城市的地基分一半给你。"

"不！不！"他叫了起来，因为基德要打断他的话，"这是我的事，在事情没办成功之前，也需要有个人商量。假使这件事靠得住，嘿，老伙计，那可是第二个克利普尔河②啊，你听见了没有？第二个克利普尔河！你知道，那是石英金矿，可不是矿砂呀！如果我们干得对头，我们能把整个矿都弄到手——那要值几百万、几千万啦。这地方，从前我听人说过，你当然

---

① 库特奈，加拿大西南部，靠近美国的一个城市。
② 克利普尔河，美国科罗拉多州的一个金矿区。

也听人说过。我们要造一座城市——雇几千工人——开一条水道——轮船航线——大规模的运输生意——开往上游的小火轮——也许，我们还要勘测一条铁路——一些锯木厂——发电站——而且，我们还要有自己的银行——商业公司——辛迪加——嘿！在我回来之前，你可别跟人说呀！"

在这条路通过斯图尔特河口的地方，雪橇停下来了。一片连续不断的冰海伸向谁也不知道的东部。他们把缚在雪橇上的雪鞋解下来了。阿克赛尔·冈德森跟他们握过手以后，就走到了最前面，他那双巨大的蹼足似的雪鞋，在鹅毛似的雪里，足足沉下去半码多深，把雪压得结结实实的，让狗不至于陷在雪里打滚儿。他的妻子跟在最后一架雪橇后面，她在运用这种笨重的雪鞋的技术上，看得出是经过长期锻炼的。愉快的告别声打破了沉寂，狗汪汪地叫着。至于那个用獭皮换狗的人，他正在用鞭子教训一条倔强的狗。

一个钟头之后，这队雪橇好像一支黑铅笔，在这张雪白的大纸上，画出了一条长长的直线。

## 二

好几个星期之后，有一天晚上，马尔穆特·基德同普林斯找到一张从旧杂志上撕下的纸，正在研究那上面的棋谱。基德才从他的波纳扎矿山上回来，打算先休息一下，然后花一段相当长的时间去打麋鹿。普林斯几乎在河道同雪路上度过了整个冬天，也非常想在木屋里享一个星期的福。

"把黑骑士跳上去，将一军。不行，没有用。你瞧，下一步……"

"为什么要让卒子进两步呢?应当用它来换子,只要吃了主教……"

"慢一点儿!那样会留下漏洞的,还有……"

"不会的,万无一失,走上去!你瞧吧,这样走准行。"

这盘棋很有趣,因此,外面敲了两次门,马尔穆特·基德才说了声"进来"。门打开了。有一个东西摇摇晃晃地走进来。普林斯迎面一看,不由得跳起来。他那双吓昏了的眼睛,使得马尔穆特·基德急忙转过身来。别瞧他见过不少险事,这一回,连他也吃了一惊。那个家伙盲目地蹒跚着朝他们走过来。普林斯侧着身子慢慢向后退,直到摸着了那个挂着他的手枪的钉子。

"我的天!这是什么家伙?"他轻轻地问马尔穆特·基德。

"不知道。看情形,也许是冻僵了,没吃过东西。"基德一面回答,一面朝对面溜过去。等到他关好门回来,他又警告道:"留神!这家伙也许疯了。"

那家伙走到了桌子跟前。油灯的亮光照在它的眼睛上。它很高兴,发出可怕的咯咯声,表示它很快活。接着,这个人——原来它是个人——突然向后一跳,束紧皮裤,唱起水手起锚歌来。这是水手们转动着绞盘,在海浪震耳的时候唱的:

美国船,顺流而下,
能干的小伙子呀!拉呀拉!
你想知道船长是谁吗?

能干的小伙子呀！拉呀拉！

他就是南卡罗来纳的江奈生·琼斯，

拉呀拉！能干的……

他忽然不唱了，像狼一样嗥了一声，摇摇晃晃地朝食品架子走过去。他们没有来得及把他拦住，他的牙齿已经咬进一块生腌肉里了。他和马尔穆特·基德凶猛地争夺起来；不过，他那股疯力气来得快，去得也快，他衰弱地交出了已经抢到手的腌肉。基德和普林斯把他架到一张凳子上，他就把半个身子趴在桌子上面。一小杯威士忌酒使他提起了精神。马尔穆特·基德把一罐糖放到他面前，他已经能用匙子去舀糖了。后来，等到他的胃口有点儿满足了，普林斯就一面哆嗦着，一面递给他一杯淡牛肉茶。

这个家伙的眼睛里流露着一种阴沉的、疯狂的光芒，他每吃一口，这种光芒就一亮一暗。他脸上的皮肤已经很少了，因此，这张凹陷瘦削的脸简直一点儿也不像人的脸了。一次一次的严寒把他的脸冻坏了，头一次冻伤还没有完全好，新的冻伤又在那上面结了一层疤。表面又干又硬，颜色黑紫，还有好几条深深的锯齿形裂痕，露出红肉。他的皮衣又脏又破，一边的毛已经焦了，有些地方甚至给烧光了，一看就知道他曾经用那一边身子贴着火睡过觉。

马尔穆特·基德指着他那件给日光晒黑了的皮衣上割得一条条的地方——可怕的饥饿的标志。

"你——是——谁？"基德慢腾腾地问，每一个字都说得非常清楚。

那个人好像没有听见他的话。

"你是从哪儿来的？"

"美国船，顺流而下。"他声音颤抖地唱了一句，算是答复。

"没问题，这个要饭的准是顺着河下来的。"基德一面说，一面摇着他，想叫他回答得明白些。

可是基德刚碰到他，他就尖叫了一声，一只手拍着腰部，显然是因为疼痛。然后他慢慢地站起来，把半个身子靠着桌子。

"她笑我——就这样——她恨恨地瞧着我；她——不——肯——来。"

他的声音几乎听不见了，身子往后倒下去，这时马尔穆特•基德抓住他的手腕，叫道："谁？谁不肯来？"

"她，恩卡。她笑我，打我，这样，又这样。后来——"

"嗯？"

"后来——"

"后来怎么样？"

"后来她就安静地躺在雪里，躺了很久。现在，她还——还——躺在——雪里。"

两个人你瞧着我，我瞧着你，不知所措。

"究竟是谁在雪里？"

"她，恩卡。她恨恨地瞧着我，后来——"

"嗯，嗯。"

"后来她拿起刀子,这样,一下,两下——可是她没有力气。我一路上走得很慢。那地方有很多金子,很多金子。"

"恩卡在哪儿?"从马尔穆特·基德所能听懂的话来看,也许她就在离他们一英里左右的地方,快要死啦。他狠狠地摇着那个人,一再问他,"恩卡在哪儿?恩卡是谁?"

"她——在——雪——里。"

"往下说!"基德狠命地握紧他的手腕。

"所——以——我——本来——也——想——在——雪——里,可——是——我——有——一——笔——债——要——还。它——很——重。我——有——一——笔——债——要——还,一——笔——债——要——还——我——有——"他的断断续续、一个字一个字的话停住了,他把手摸到旅行袋里,掏出一个鹿皮口袋。"一——笔——债——要——还——这——五——磅——金——子——垫——款——马——尔——穆——特——基——德——我——"这个筋疲力尽的头倒在桌子上,马尔穆特·基德再也没办法把他扶起来了。

"他是尤利西斯,"他安静地说,一面把那袋金子扔到桌子上,"看起来,阿克赛尔·冈德森和那个女人都完蛋啦。来,让我们把他抬到床上,盖上毯子。他是个印第安人。他会脱离险境的,恐怕他还会给我们讲出一个故事来的。"

等到他们把他身上的衣服割下来的时候,只看见他右面的胸口上有两处没有愈合的刀伤,伤口已经变硬了。

## 三

"我打算把我亲身经过的事情谈一谈,我想你们会明白的。我要从头说起,谈谈我自己和那个女人,以后,还要谈谈那个男人。"

这个用海獭皮换狗的人向火炉靠近了一点儿,他就像丢掉了火种的人害怕普罗米修斯的这份礼物会随时消失一样。马尔穆特·基德挑亮油灯,把它挪了个位置,让它可以照在讲故事的人的脸上。普林斯也把身体从床边挪过来,跟他们凑在一块儿。

"我叫纳斯,是一个酋长,又是酋长的儿子。我是在日落以后,日出以前,在黑沉沉的大海上出生在我父亲的皮船里的。那天,整个晚上,男人不停地划桨,女人把冲到我们船上的海水泼出去,我们跟暴风雨搏斗。发咸的海水在我母亲胸口上结成冰,等到浪退了,她的呼吸也随着停止了。可是我——我随着狂风暴雨大声喊叫,总算活下来了。

"我们住在阿卡屯……"

"哪儿?"马尔穆特·基德问道。

"阿卡屯,那地方在阿留申群岛。阿卡屯这个岛,比契格尼克岛远,比卡尔达拉克岛远,而且比乌尼马克岛还远。我刚才说过,我们住在阿卡屯,在大海当中,世界的边缘。我们在盐海里捉鱼,捉海豹和海獭。我们的家都是毗连在一起的,房子造在树林旁边黄黄的沙滩中的一长条岩石上,沙滩上放着我们的皮舟。我们的人数不多,世界也很小。我们东面有几座陌生的岛——都跟阿卡屯一样；因此我们就以为全世界都是岛，也不在意。

"我跟我族里的人不同。在海边的沙滩上有一条船，只剩了几根弯曲的船骨和几块给浪冲翘了的船板，我族里的人从来也没造过这样的船。我还记得，在那三面临海的岛端，有一株整齐、挺拔、高大的松树，也是我们岛上过去所没有的。据说从前有两个男人来到那地方，转来转去，从天亮望到天黑，一连待了许多日子。这两个人就是坐着那条在沙滩上成了碎片的小船从海外来的。他们长得跟你们一样白，身体衰弱得就像海豹已经逃走、猎户空手回家时挨饿的小孩子一样。这些事都是老年人告诉我的，他们是从自己的父母那儿听来的。起初，这两个陌生的白人不喜欢我们的生活习惯，可是他们吃了鱼和油，身体就强壮起来了，而且变得非常凶猛。以后，他们各自造了一幢房子，讨了我们最好的女人，日子一长，也都生了孩子。于是，我父亲的父亲的父亲，就出世了。

"我刚才说过，我跟我族里的人不同，因为我有那个从海洋上来的白人的强壮的外来血统。据说，在这两个白人来到之前，我们本来另有一套规矩，可是这两个人既凶猛，又爱争吵，他们总是跟我们族里的人打架，直到没有一个人敢跟他们打架才停。于是，他们就自封为酋长，取消了我们的老规矩，并且给我们定下了新规矩，规定男人是他父亲的儿子，而不像我们从前那样，规定是他母亲的儿子；他们又规定，头生的儿子有权继承他父亲的一切，他的弟弟和姐妹都得自谋生计。他们还给我们定了一些其他的规矩。他们教我们用新方法去捕鱼杀熊，我们森林里的熊真是多极啦。同时，他们又教我们多贮存一些东西，以防饥荒。这些，全都是好事。

"不过，等到他们当了酋长，没有人敢触怒他们的时候，这两个外来的白人就彼此打起来了。其中有一个，也就是我得了他的血统的那个人，当时便把刺海豹的鱼叉朝另外一个人身上扎进去有一胳膊深。于是，他们的孩子就接下去再打，然后再由他们的孩子的孩子接下去。他们之间的仇很深，常常彼此伤害，甚至到了我这一代也是这样，因此每一家只有一个人能够传宗接代。我这一家，只剩了我一个人，那一家只有一个女儿，就是恩卡。她跟她母亲住在一起。有一夜，她的父亲跟我的父亲出去打鱼，没有回来；后来，他们给大潮冲上了沙滩，两个人还是紧紧地扭在一块儿。

"我们两家的这种仇恨使大家都惊叹不已。上了年纪的人全一面摇头，一面说，等到她养了孩子，我也有了孩子，这个仗还是要打下去的。他们在我小时候就对我讲过这话，后来，我也相信了这种话，把恩卡当作仇人，以为她将来当了母亲，她的孩子一定会跟我的孩子打架。我天天想着这种事，到了我长成一个小伙子的时候，我就问他们为什么一定要弄到这一步。他们回答我说：'我们可不知道，只知道你们的祖先都是这么干的。'我觉得很奇怪，死去的人打过的仗居然一定要让未来的人接下去再打，这样的事我实在看不出有什么道理。可是大伙儿都说非这样不可，那时候，我的年纪还轻。

"于是，他们就说，我一定要赶快结婚，这样，我的孩子就会比她的孩子先长大，先长得结实起来。这种事很容易办，因为我是酋长，为了我祖先的功绩和他们制定的规矩，还有我自己的财产，大家都很尊敬我。无论哪个姑娘都愿意嫁给我，可是我一个也不中意。于是老年人和那些姑娘的母亲都催我要赶快，因为当时已经有许多猎人正在向恩卡的母亲提出大宗聘礼，如果她的孩子比我的孩子先长得强壮，我的孩子一定性命不保。

"不过，我仍然没有找到一个合意的姑娘，直到有一天黄昏，我打鱼回来。当时，太阳正向西沉，低落的阳光迎面照着我的眼睛，风很顺，几只皮舟乘着雪白的浪花飞驰而来。忽然，恩卡的皮舟在我旁边驶过，她瞧了我一眼，她的头发飘动，像一朵黑云，脸蛋给浪花打得湿淋淋的。我刚才说过，迎面的阳光照着我的眼睛，我的年纪还轻；可是不知怎么一来，我就完全明白了，我知道这是情投意合的表示。等到她催舟向前，划了两桨的时候，她又回头瞧了我一眼——那种瞧人的样子，只有像恩卡这样的女人才有——于是我知道这又是那种表示。我们破浪催舟，飞快地超过了那些慢腾腾的大皮船，把它们远远丢在后面，这时候，大伙儿都给我们喝彩。她飞快地划着桨，我的心像一片满帆，但是，我没有追上她。后来，风加了一把劲儿，海上一片白花花的浪，船像海豹一样在波涛上飞蹿，我们就在澎湃声中，迎着海面那道金色的阳光，奔腾而去。"

纳斯弯着腰，身体已经一半离开了凳子，做出一种划船的姿势，仿佛又在比赛似的。他好像从炉子后面看到了那只颠簸的皮舟和恩卡迎风飘扬的头发。他的耳朵里好像听见了风声，鼻子里也闻到了海水的咸味。

"可是她到岸了,她跑上沙滩,一路大笑,奔回她母亲的房子。那天晚上,我想到了一个伟大的主意——一个不愧为阿卡屯全体人民的领袖的主意。于是,等到月亮上来了,我就走到她母亲的房子前面,瞧了瞧雅希-奴希堆在她门口的那些货色——这是雅希-奴希的聘礼,他是一个结实的猎户,想做恩卡的孩子的父亲。另外还有几个年轻人也曾经把他们的东西堆在那儿,但是后来都自动搬回去了,而且每一个年轻人堆的东西,都比以前那个小伙子堆得要多一点儿。

"我对着月亮和星星大笑起来,然后回到我自己贮存财产的房子里。我来回搬了几趟,直到我堆下的东西比雅希-奴希的那堆高出一只手。那里面有晒干的和熏的鱼;四十张海豹皮和二十张毛皮,而且每张皮都是扎好口,装满了一大肚子油;此外还有十张熊皮,那是春天熊出来的时候我在森林里打到的。那里面还有玻璃珠子、毯子和红布,都是我跟住在东面的人交换来的,而他们又是跟住在更东面的人交换来的。我瞧着雅希-奴希的那堆东西,不由得大笑起来,因为我是阿卡屯的首领,我的财产比我族里那些年轻人的财产都多得多。我的祖先曾经立下丰功伟绩,定下了很多规矩,使他们的名字在人民口中永远流传。

"等到天一亮,我就到海滩上去,从眼角里斜瞟着恩卡的母亲的房子。我的聘礼仍然原封不动地堆在那儿。很多女人都在笑,还偷偷地彼此议论。我觉得很奇怪,因为从来没有谁出过这么多聘礼。当天夜里,我在那一堆东西上又添了许多东西,还在它旁边放了一条从来没有下过海的、硝得非常好的皮舟。可是第二天它仍然堆在那儿,任凭所有的人来拿它当作笑谈。恩卡的母亲可真刁滑,我气坏了,我不能在我族里人面前受这样的羞辱。因此,那天晚上我又加了很多东西,让它变成很大的一堆,并且把我那条大皮船拖上岸放进去,这条船足足抵得上二十条皮舟的代价。于是,到了早晨,那堆东西就不见了。

"接着,我就准备结婚,因为宴会很丰盛,还有礼物分送给客人,连住在海东面的人都来了。恩卡比我大四个太阳——这是我们计算年纪的方法。我不过是一个毛头小伙子,但是我是酋长,又是酋长的儿子,所以也不成问题。

"但是,有一条船在海面上露出帆来,随着一阵阵的风势,帆看起来愈来愈大了。它的排水口里正在流出清水,上面的人正在匆忙地使劲抽动抽水机。船头上站着一个十分魁梧的男人,正在一面注视水的深浅,一面发出命令,声音跟打雷似的。他的淡蓝色眼睛,跟海水一样,头发像海狮的鬃毛,颜色黄黄的,仿佛南方人收割的稻草,又仿佛水手用来编绳子的马尼拉黄麻。

"在前几年里,我们也见过不少从远处来的大船,可是只有这一艘到阿卡屯来靠岸。宴会散了,女人同小孩儿都逃回家里,我们这些男人全张好弓,拿起长矛,等那伙人来。不过,等到船头碰到了沙滩,那些陌生人却只顾忙着他们自己的事,并不理会我们。海潮一退,他们就把这只双桅帆船倾侧过来,把船底的一个大洞补好。于是,女人们也慢慢回来了,宴会又继续下去。

"到了涨潮的时候,那伙在海上漂泊的人就把那只双桅帆船在深水里抛下锚,然后走到我们当中。他们带来了一些礼物,样子也很和气。因此我们给了他们几个座位,并且像我对待所有的客人一样,慷慨地照样给了他们纪念品,因为这是我结婚的日子,我又是阿卡屯的酋长。那个头发像海狮的鬃毛的男人也来了,他长得又高大,又结实,使人觉得仿佛他的脚一踏下去,地面也会震动起来。他交叉着两只胳膊,老是盯着恩卡,一直待到太阳落山,星星出来,他才回到他的船上去。他一走,我就拉着恩卡的手,领她到我自己家里。客人们在我家里又是唱又是笑,那些女眷都来取笑我们,就像妇女在这种时候的那种样子。可是我们并不在乎。后来,大家就丢下我们两个,回家去了。

"热闹的声音还没有散尽,那个海上流浪者的头儿已经进了门。他带来了几个黑瓶子,我们一块儿喝着瓶子里的东西,搞得很快活。要知道,当时我年纪还很轻,又一向住在世界的边缘。所以,我就喝得血像火烧,我的心轻飘飘的,好像从浪头上飞到悬崖的泡沫。恩卡一声不响地坐在角落里一堆堆的皮子上,她的眼睛睁得大大的,好像有点儿害怕。那个头发跟海狮的鬃毛一样的人,直愣愣地瞧了她好久。后来,他手下的人就带着一捆捆的货物进来,他把这些货物堆在我面前,都是阿卡屯岛上所没有的东西。那里面有大大小小的枪,有火药、子弹和炮弹,有亮晃晃的斧头和钢刀,灵巧的工具,还有许多我从来没见过的奇怪东西。他比着手势告诉我,这些东西全算我的。当时我就想，他这么大方，一定是个了不起的人。可是接着他又比起手势，要恩卡乘上他的船跟他一块儿走。你们听明白了吗？——他要恩卡乘上他的船跟他一块儿走。我祖宗的血一下子就火辣辣地涌上来了，我拿起矛，打算把他戳穿。可是瓶子里的那种鬼东西已经夺走我胳膊上的力气，他抓住我的脖子，就这样，把我的头朝房间里的墙上乱撞。我给他撞得有气无力，像新出世的娃娃，两条腿再也站不住了。当他把恩卡拖向门口的时候，恩卡尖声地叫着，用手乱抓房里的东西，弄得那些东西在我们周围倒了一地。后来，他用那双大胳膊把她抱起来，恩卡就扯他的黄头发，可是他反而哈哈大笑，笑得跟发情时期的大雄海豹一样。

"我爬到海滩上叫我的人出来，可是他们都害怕。只有雅希-奴希是个真正的男子汉，可是那些人用桨打他的头，一直打得他脸朝下，趴在沙滩上，不会动了才停。接着，他们就扯起帆，唱着歌，趁着顺风把船开走了。

"当时，大家都说，这样也好，因为以后在阿卡屯，再也不会有流血打仗的事了，可是我一句话也没说，等到月圆的那天，我就把鱼和油装上我的皮舟，动身往东面去。我见过很多岛和很多人，到了这时候，我这个生长在世界边缘的人，才知道世界原来是很大的。我比着手势跟他们谈话，可是他们并没有看见过什么双桅帆船，也没有见过那个头发像海狮鬃毛的人，他们总是指着东面。我睡在各种古怪的地方，吃着各种稀奇的东西，碰见各种陌生的面孔。很多人都笑我，把我当作疯子；不过有时候，有些老年人会叫我面向阳光，给我祝福；还有一些年轻的女人，当我向她们问起那只外来的船、恩卡和那些航海的人的时候，眼睛都有些湿了。

"于是，我就这样，越过奔腾的大海，穿过暴风骤雨，来到了乌纳拉斯卡岛。那儿有两艘双桅帆船，不过都不是我要找的那艘。接着，我就再往东走，世界也变得越来越大了，可是无论在乌纳莫克岛、科迪亚克岛，或者阿托格纳克岛，都没有那只船的消息。有一天，我到了一个多岩的地方，那儿有许多人在山里掘了好几个大洞。那儿也有一艘双桅帆船，不过不是我要找的那艘，那些人正在把他们掘出来的石头运上船。我觉得这种事简直是小孩子的玩意儿，因为世界上到处都是岩石。他们给我东西吃，还逼着我干活儿。等到船吃水深了，船长就把钱给我，让我走。我问他要到哪儿去，他指着南面。于是我比了个手势，表示我愿意跟他一块儿走，起初，他只是笑，后来因为船上缺人，他就让我在船上帮着干活儿。这样一来，我就学着他们的样子说话，帮他们拉锚索，在突然起了狂风的时候去卷起绷硬的帆，并且轮班掌舵。不过这也没什么稀奇，因为我的祖先和这些航海的人本来就是同一血统的。

"我本来以为，只要一旦我到了他那一族人当中，要找到他就容易了。有一天，我们望到了陆地，我们的船就穿过海峡，驶向港口，我原来想，这里的双桅帆船也许只有我手上的指头那样多。可是沿着码头一连几英里路，都停着这种船，靠得紧紧的，像无数小鱼挤在一块儿。我走到这些船上去打听那个头发像海狮鬃毛的人的时候，船上的人都笑起来了，他们用各种民族的话来回答我。我才知道他们是从天涯海角来的。

"我于是走进市区,瞧着每一个过路人的脸。可是人多得像游到浅滩上的密密层层的鳌鱼,数也数不清。喧嚣的声音搞得我耳朵也聋了,那种乱哄哄的情形,搞得我头也昏了。就这样,我继续往前走着,经过了许多阳光和煦、歌声荡漾的地方;经过了平原上堆满了丰饶的庄稼的地方;还经过了许多很大的城市,那里面有很多男人过着女人般的生活,他们口里尽是假话,只贪图金子,良心都变得漆黑。可是这时候在阿卡屯岛上,我的人却在打猎捕鱼,快快活活,以为世界不过是一块小小的天地。

"但是,那次恩卡打鱼回家看我的眼光,我始终也忘不了。我知道,到了时候,我会找到她的。过去,她常常在朦胧的夜色里,到幽静的小路上散步,有时还引得我穿过晨露沾湿了的茂密的田地去追她,从她眼睛里看到默默相许的神色,也只有恩卡这样的女人才会有这样的神色。

"我一路流浪,经过了上千个城市。有的人很和气,还给我东西吃,有的人就笑我,还有一些人骂我。可是我咬定牙根,不声不响,仍旧在陌生的路上走着,瞧着种种陌生的光景。有时候,我,一个酋长,又是酋长的儿子,居然给人做苦工——给那种言语粗鲁、心肠似铁的家伙做苦工,他们从同胞的血汗和痛苦里榨取金子。但是,我仍然打听不到我要找的那个人的消息,直到我像归巢的海豹一样又回到了海上,才有了一点儿音信。不过这是在另外一个港口,在另外一个北方的国家里听到的。我在那儿听到了一点儿关于那个黄头发海上流浪汉的并不详细的传闻,我才知道他是个捉海豹的,当时正在海上航行。

"因此,我就跟几个懒惰的西瓦希人一起乘上一艘猎海豹的双桅帆船,沿着他那条不留痕迹的路线到北方去,这时候,那里正是猎海豹的旺季。我们又累又乏地在海上过了好几个月,谈到了很多关于船队的事,而且听到了很多关于我要找的那个人的野蛮行为,可是一次也没有在海上遇见过他。我们继续向北,直到普里比洛夫群岛,在那儿的沙滩上杀死了成群的海豹。我们把它们搬上船的时候,它们的身体还是热的。我们尽量往船上装,一直装到船上排水口流出来的都是油和血,没有人能在甲板上站得住为止。接着就有一条开得很慢的轮船来追赶我们,用大炮向我们开火。可是我们扯起帆,直到海浪冲上甲板,把甲板冲洗得干干净净,于是,我们的船就隐没在大雾里了。

"据说,就在我们吓得心惊胆战飞逃的时候,那个黄头发的海上流浪汉正好开到普里比洛夫群岛,他一上岸就直接走到工厂里,一面叫他手下的一部分人扣住公司里的职工,一面叫其余的人从仓库里搬了一万张生皮装上他那条船。我说过,这是听别人讲的,但是我相信是真的。我虽然在沿海的航行里从未遇见过他,可是北方的海洋上却传遍了他那些野蛮大胆的行径,以致在那儿有属地的三个国家都派出船来捉拿他。我还听到了关于恩卡的消息,因为许多船长都对她称颂备至。她总是跟那个家伙待在一块儿。据他们说,她已经习惯了他那种人的生活,而且很愉快。可是我比他们明白——我知道她的心还是向着阿卡屯的黄沙滩上她自己的同胞。

"过了很久,我又回到了那个靠近海峡的港口,一到那里,我就听说他已经横渡大洋,到俄罗斯海南面温暖地区的东岸捉海豹去了。这时候,我已经成了一个水手,就跟他那一族的人乘船出发,追踪着他去捉海豹。那个新地区没有多少船,整整一春,我们的船都守在海豹群的旁边,把它们朝北方赶。后来,母海豹怀了孕,全游到了俄国沿海,我们的人就发起牢骚,害怕了。因为那儿常常下雾,乘小船的人每天都有几个失踪。水手们都不肯干了,船长只好沿原路返航。不过我知道那个黄头发的海上流浪汉不会害怕的。他会跟在海豹群附近,一直追随它们到很少有人去的俄罗斯群岛。于是我就在黑夜里,趁守望的人在船头甲板上打盹儿的时候,放下一只小艇,独自朝那个暖和的长岛划去。我一路向南划,去同江户湾①附近的人会合,他们也是什么都不怕的野家伙。吉原的姑娘个子很小,皮肤光亮得像钢一样,非常漂亮。可是我不能在那儿停下来,因为我知道恩卡一定在北方的海豹巢穴附近的海上颠簸。

"江户湾的人来自世界各地,他们不信神,也没有家,乘的船都挂着日本旗。我跟着他们一块儿,到了富饶的铜岛的海岸,我们的船舱里皮子堆得高高的。直到我们准备要走的时候,我们在那片沉寂的海面上一个人也没有看见过。后来,有一天,一阵狂风吹散了大雾,有一只双桅帆船正在急急地向我们驶来,它后面有一艘烟囱里冒着浓烟的俄国战舰在紧紧地追赶着。我们张满帆,吃住横扫过来的风飞逃,那只双桅帆船却

---

① 江户湾,即日本的东京湾,江户系旧名。

愈逼愈近,因为我们每前进两英尺,它却已经追过来三英尺。船尾站着的正是那个头发像海狮鬃毛的家伙,他正在按着横木压住帆,生命力非常充沛地笑着。恩卡也在那儿——我一眼就认出是她——炮火一开始从海面上飞过来,他就把她送下舱去了。我刚才说过,我们前进两英尺,它却已经追过来三英尺,直到它给浪一掀起来我们就看见了它的绿色的舵——我们已经处在俄国人的炮火射程之内,我一面掌稳舵轮,一面咒骂。因为我们知道,他有心要赶过我们,趁我们给捉住的时候逃掉。我们的桅杆给轰倒了,我们像受伤的海鸥一样在风中乱转。他就一直向前驶去,驶出水平线外——他同恩卡。

"我们有什么办法呢?新剥下的皮本身就说明了一切。于是他们把我们押到一个俄国港口,然后又押到一个荒凉的地方,逼着我们在矿里挖盐。因此,有的人就死了,还有……还有几个总算没死。"

纳斯掀开他肩膀上的毯子,露出疙疙瘩瘩的肌肉,分明是给鞭子打的一道道伤痕。普林斯连忙替他盖好,因为看见了真不好受。

"我们在那儿熬了很久,有时也有人往南面逃,不过他们总是又给抓了回来。因此,等到我们这些从江户湾来的人在晚上动起手来,夺下警卫队的枪之后,我们就向北走。那片地方很辽阔,有潮湿多水的平原,还有许多大森林。天冷之后,地上的雪很深,谁也认不出路。我们在无边无际的森林里疲惫不堪地走了好几个月——那种光景,现在我也记不得了,因为那里没有什么吃的,我们常常躺着等死。最后,我们还是走到了寒冷的海边，不过，只剩下三个人看到了大海。一个是从江户来的船长，这一带大陆的地形，他脑子里都记得，他还知道人们在哪儿的冰面上可以从这片大陆到另外一片大陆。他于是领着我们走——因为路太长，也不知走了多久——后来只剩下了两个人。等我们走到了那个从冰上渡海的地方，我们遇到了五个陌生人——当地的土人，他们有很多狗，还有很多皮子，可是我们穷得什么都没有。因此，我们就在雪地里跟他们打架。后来，他们都给打死了，那个船长也死了，狗和皮子都归了我。接着，我就从冰上渡海，不过冰已经碎了，我曾经一度在海里漂流，直到一阵强大的西风把我刮上了岸。然后我就到了高洛温湾，帕斯提里克，还有那个神父那里。接着我就向南，向南，走到了我头一次流浪到的那个温暖的、充满阳光的地方。

"可是，海里不再有什么出息了，出去捉海豹的人，利润小，风险大。船队都分散了，那些船长和水手，都不能告诉我我要找的那个人的消息。因此我就离开了永远不会安静的海洋，到树木、房子和群山永远待着不动的陆地上去奔波了。我走得很远，也学会了很多事情，甚至连读书写字都会了。我觉得，这样也好，因为我想，恩卡一定也学会了这些事情，有朝一日，到了那个时候……我们……你们当然明白，到了那个时候。

"我到处流浪，像小渔船一样，只能迎风张帆，而没有舵。不过，我的眼睛和耳朵可随时都在注意瞧，注意听。我常常去接近那些游历很广的人，因为我知道，只要他们见过我要找的那两个人，他们一定会记得的。后来，我碰到一个新从山里出来的人,他有几块矿石,那里面嵌着许多跟豆子一样大的金粒。他不仅听人谈到过他们,而且见过他们,还认识他们。据他说,他们发了财,就住在他们从地里掘金子的那个地方。

"那地方很荒凉,而且很远,可是我终于走到了那个隐藏在群山里的宿营地。那儿的人白天黑夜都在干活儿,老是见不着太阳。不过时机未到。我倾听着那些人的谈话。他已经走了——他们已经走了——到英国去了。据说,他们是去弄几个有钱的人来一块儿组织公司。我看见了他们住过的房子,好像古老国家里的王宫。晚上,我从窗户里爬进去,想瞧瞧他待她究竟怎么样。我从一个房间走到一个房间,觉得只有国王和王后的生活才是这样,一切都好极了。他们都说,他待她像王后一样。好多人都奇怪,不知道她究竟是哪一个民族的人,因为她带着外来的血统,跟阿卡屯的女人不一样,谁也不知道她是怎么回事。不错,她是王后;不过我是酋长,而且是一位世袭的酋长,为了她,我付出了无法估价的皮子、船和玻璃珠子。

"可是,为什么要说这么多话呢?我是一个水手,我知道船在海里走的路线。我追踪到英国,然后又到过其他几个国家。有时候,我从别人口里听到了他们的消息。有时还会从报上看到他们的消息;可是我一次也没有见到过他们,因为他们的钱很多,走起路来也快,我可是个穷光蛋。后来,他们也倒了霉,有一天,他们的财产就像一缕烟似的溜走了。当时,报纸上满版地登载着这件事,可是过后又一字不提了。所以,我知道他们一定又回到了那个可以从地里掘出更多金子的地方。

"现在,他们已经穷了,也被世上的人抛弃了。我从一个宿营地流浪到另一个宿营地,甚至到了北方的库特奈一带,我在那儿得到了一点儿过时的线索。他们到过那儿,可是已经走了。有的说往这边走了,有的说往那边走了,还有一些人说他们已经到育空河一带去了。因此,我有时往这儿走,有时往那儿走,总是到处走,一直走到我对这个无边无际的世界几乎感到厌倦了。不过,我在库特奈一带曾经跟一个西北的土人一起赶路,那条路又坏又长,他耐不住饥饿的折磨,觉得还是死了的好。他曾经从一条没人知道的路,翻山越岭,走到育空河一带。当时,他知道自己快死了,就给我一张地图,并且把秘密的地方告诉我,他凭着上帝起誓,说那儿的确有许多金子。

"那以后,所有的人都拥向北方。我是个穷人,只好卖身给别人赶狗。其余的事情你们都知道了。我在道生碰见了他们俩。恩卡一点儿也认不出我,因为当初我不过是一个小伙子,她的生活又那么富裕,所以她也没有空儿来想起我这个为她付出了无数代价的人。

"可不是吗?你帮我提前脱离了苦役。我回转去,要把事情按照我自己的办法去做,因为我已经等了很久,现在既然把他抓到了手,我也不忙在一时。我刚才说过,我打算把这件事照我自己的办法去做,因为我把我的一生回想了一遍,记起我看到的和经受过的一切,还记起了在俄罗斯海边的无边森林里,我怎样受冻挨饿。你们也知道,我带着他向东走——他和恩卡——向东走。那地方,去的人多,回来的可很少。我要把他们领到那白骨和带不走的黄金堆在一起、人们咒骂的地方。

"这条路很长,一片雪地,又是没有人走过的。我们的狗很多，它们吃得也多。我们的雪橇不可能把开春以前所要的东西都带上。我们必须在河水化冻之前赶回来。因此，我们就把粮食藏在沿途的许多地方，让雪橇的负担轻一点儿，在回来的路上也不至于饿死。在麦克奎森住着三个人，我们在他们附近搭了一个藏粮食的棚；走到马育，我们又搭了一个，那儿有十二个佩利人在打猎宿营，他们是越过南面的分水岭到这儿来的。从那以后，我们再往东走，就看不见人了，一路上只有沉睡的河、不动的森林和北方的寂静雪野。我刚才说过，这条路很长，又是没有人走过的。有时候，我们辛苦了一整天，也不过走上八英里到十英里路。晚上，我们睡得跟死人一样。他们做梦也没有想到我是纳斯，阿卡屯的首领，要报仇雪恨的人。

"这时候，我们搭的粮食棚比以前小了，到了晚上，我又从开过的雪路上回到那儿，把它变个样，让人看了以为东西已经给黑貛偷走了。这种事干起来一点儿也不难。再者还有那种容易掉到河里的地方，因为水势很急，冰只结在浮面，底下的那层冰总是受着水的冲刷。我走到这么一个地方，我赶的雪橇连狗一块儿掉了下去，这对他和恩卡，当然是倒霉的事，不过以后再也没出过这种事。那架雪橇上的粮食很多，狗也是最结实的。可是他因为自己精力旺盛，反而大笑起来，从此，他就只用很少一点儿粮食喂剩下的那几条狗。后来，我们就切断缰绳，把它们一个一个地拖出来，扔给它们的伙伴。他说，这样，我们回家的时候就轻松多了，我们可以一路上从这个粮食棚吃到那个粮食棚，用不着狗和雪橇了。这倒是真的，因为我们的粮食的确很少，等到那个晚上，我们走到了那个摊着黄金和白骨、给临死的人咒骂过的地方时，最后的一条狗也死在挽索里了。

"要走到那地方——地图上画得不错，它就在群山中心——我们得在一座冰封的分水岭的峭壁上凿出梯阶来。我们指望岭后面有个山谷，可是并没有什么山谷，一片积雪，伸展得像丰收的大平原一样平。我们周围到处都是巍峨大山，把雪白的峰头插到满天星斗之中。在那片本来应该是山谷的奇怪平原当中，大地和积雪都向下沉，好像一直沉到了大地的心脏。要是我们没有做过水手的话，看到了这种光景，我们一定会头晕的，可是我们仍然站在这个叫人头昏眼花的山边，想找到一条下去的路。其中有一面，而且也只有这一面的峭壁是逐渐倾斜下去的，可是也陡得跟刮起飓风时的甲板一样。我不明白这个坡为什么会那样，不过它就是那样。他说：'这是地狱的口，我们走下去吧。'于是，我们就走下去了。

"谷底下有一座小木房，大概是用从前有人从上面扔下去的木头造成的。那是一栋很老的木房，因为先后到那儿去的人，都在那个木房里孤零零地死掉了，我们从地上几片桦树皮上看到了他们的遗言和咒骂。一个是害坏血病死的；还有一个是因为他的伙伴夺去他仅有的一点儿粮食和弹药之后溜走了，才死的；第三个是给一头脸上有白斑的灰熊伤害的；第四个想打猎充饥，结果仍旧饿死了……其他的，情形也差不多。总之，他们都不肯离开那些金子，最后只好死在金子旁边，只不过死的方式不同而已。他们掘来的那些没有用的金子，弄得木房里的地板上到处都是黄澄澄的，好像人在梦里看到的一样。

"不过,给我引到这么远的那个人,他心里很镇静,脑子也很清醒。他说:'我们一点儿吃的东西也没有了,我们只能瞧一下这里的金子,弄清楚它是从哪儿来的,到底有多少。然后我们就得赶快走开,免得它迷住我们的眼睛,使我们失去主张。这样,我们终究还可以回来,多带点儿粮食,全部的金子就都是我们的了。'于是,我们就察看了一下那个大矿脉,它好像人的脉络那样贯穿着谷壁。我们把它测量了一下,又从上到下画出轮廓,然后打下一根根木桩,在树上刻了字,作为所有权属于我们的标志。当时,我们因为没有吃东西,膝盖都在发抖,肚子里很难过,心脏也扑通扑通地快要跳出口了,因此,我们最后就爬上那个大峭壁,走回来了。

"在最后一段路上,我们两人架着恩卡走。我们常常摔跤,可是到底走到了那个粮食棚。瞧吧,粮食都光了。这件事做得很巧妙,他觉得东西是给黑獾偷走了,他一个劲儿地骂那些黑獾和他的上帝。不过恩卡很勇敢,她微笑着,把她的手放在他的手里,我只好转过脸,克制住自己。她说:'我们在火旁边歇歇吧,等到早晨再走。我们可以先把鹿皮鞋吃了,添点儿力气。'于是我们就把鹿皮鞋的统子切成一条一条,煮了半夜,让我们可以嚼碎了吞下去。第二天早晨,我们谈了谈我们的处境。要走到下一个粮食棚还有五天路程,我们走不到。我们一定要找着野兽才行。

"'我们打猎去。'他说。

"'对,'我说,'我们打猎去。'

"于是他规定恩卡留在火旁边,保存气力。我们就出发了,他去找麋鹿,我就到我挪过的粮食棚那儿。可是我只吃了一点儿,免得他们看出我体力很强。那天晚上,他摔了好多次跤,才回到我们露宿的地方。我也装出十分衰弱的样子,栽栽跌跌,常被雪鞋绊倒,仿佛每一步都是最后一步似的。后来我们把鹿皮鞋吃了,添点儿力气。

"他真是个了不起的人。他那种精神一直把他的体力支撑到临终时刻。除非为了恩卡,他从来没有大声哭过。第二天,我跟着他去打猎,免得看不到他的结局。他常常躺下来歇一会儿。那天晚上,他几乎不行了,可是到了早晨,他有气无力地骂了几句,又往前走。他就像一个喝醉了酒的人,有好几次,我都以为他要完蛋了,不过,他是一个最坚强的人,他有巨人的那种精神。他能支持住身体,筋疲力尽地熬过那一整天。他打到了两只松鸡,可是他不肯吃。松鸡是不用举火可以生吃的,它们能救他的命,可是他惦记着恩卡,因此他就转身向我们露宿的地方走去。他再也走不动了,只能用手和膝盖在雪里爬。我走到他跟前,在他的眼睛里看到了死亡。即使到了这一步,只要吃下松鸡,也不算太晚。他丢掉来复枪,像狗一样,用嘴衔着那两只松鸡。我挺直身体,在他旁边走着。他在歇一下的那会儿,总是瞧着我,不明白我怎么会这样结实。虽然他已经不会说话了,可是我看得出,他的嘴唇在动,不过没有声音。我刚才说过,他真是一个了不起的人,我也觉得心里有点儿不忍;可是我想起了过去的一切,又记起了我在俄罗斯海边的无边森林里怎样受冻挨饿。再者,恩卡本来是我的,我为她付出了无法估计的皮子、船和玻璃珠子。

"照着这个样子,我们穿过了白茫茫的森林,四外一片沉寂,像潮湿的海雾一样,沉重地压在我们身上。过去的情景,像幻影一样出现在空中,缠绕在我们周围。我看见了黄色的阿卡屯海滩,打完鱼飞快地回家的皮舟,还有森林旁边的许多房子。我还瞧见了那两个自封为酋长,定下了种种规矩的人,一个是我的祖先,一个是我娶下的恩卡的祖先。对啦,还有雅希-奴希也在跟我一块儿走路,他的头发里沾着潮湿的黄沙,他摔下去时折断了的那根长矛仍旧在他手里。我知道时候到了,我看见了恩卡眼睛里默默相许的神色。

"我刚才说过,我们就这样穿过了森林,直到鼻子里闻到了营火的烟味。于是我就俯下身子,从他的牙齿里夺下那两只松鸡。他侧转身子,歇了一会儿,他的眼睛里涌上诧异的神色,他下面的那只手就朝他屁股上的猎刀慢慢摸过去。我拿走了他的刀,然后紧贴着他的脸朝他笑。不过就是这时候,他也还不明白。因此我就做出从黑瓶子里喝酒的样子,装着在雪地上堆起一堆很高的货物,把我结婚那天晚上的事重新表演了一番。我一句话也没说,可是他明白了。不过他并不害怕。他的嘴上露出微微的嘲笑,眼中含着冷冷的愤怒,同时,因为知道了这些,他好像力气也大了一点儿。这条路并不远,可是路上的雪很深,他爬得很慢。有一次,他躺了很久,我把他翻过来,盯着他的眼睛。有时候,他眺望远方,有时眼睛就没有神了。等到我放掉了他,他又向前挣扎。这样,我们终于走到了火堆旁边。恩卡立刻赶到他身边。他的嘴唇动了几下,没有出声,然后他指着我,想让恩卡明白。后来他就躺在雪里,安安静静地过了很久。直到现在,他仍旧躺在那儿。

"我在烧好松鸡之前,一句话也没说。后来我对她说话,我说的是她的家乡话,她已经好多年没有听见过这种话了。她挺直身子,就像这样,她的眼睛惊讶地睁得大大的,然后问我到底是谁,从哪儿学会了这种话。

"我说:'我是纳斯。'

"'是你?'她说,'是你?'她于是爬得近一点儿,好仔细看看我。

"我回答她说:'是我,我就是纳斯,阿卡屯的酋长,我这一家的最后一个人,正像你一样,你也是你一家最后的一个人。'

"她大笑起来。我凭着我见过的和做过的一切赌咒,但愿别再听到那样的笑声吧。它使我寒了心,在那寂静的雪夜里,只有我一个人跟死神和那个大笑的女人坐在一块儿。

"'来吧!'我觉得她神经错乱了,就说,'来!吃了东西,我们就走。从这儿到阿卡屯的路还很远呢。'

"可是她把脸埋在他的黄头发里,大笑起来,一直笑到好像我们耳边的天要塌下来一样。我本来以为她见了我,会欢喜得发狂,会立刻想起从前的事情,可是她采取了这种形式,倒使我觉得很奇怪了。

"我用力地抓着她的手,大声说:'来!路又长又黑。赶快动身走吧!'

"'到哪儿去?'她坐起来问我,这时候,她已经不再奇怪地笑了。

"'到阿卡屯去。'我回答道,我一心一意盼着她一听到我的话,脸色会变得很快活。可是她跟他一样,嘴上露出微微的嘲笑,眼中含着冷冷的愤怒。

"'好,'她说,'我们走,我跟你,手拉着手,一块儿到阿卡屯去。我们去住在肮脏的草房里,吃鱼和油,养个小子——让我们一辈子觉得得意的小子。我们会忘掉这个世界,变得快快活活,非常快活。这样真好,真是好极啦!来!我们赶快走。我们回到阿卡屯去吧。'

"她一面用手指梳着他的黄头发,一面恶意地笑着。她眼睛里并没有默默相许的神色。

"我不声不响地坐着,想不透这个女人为什么这样古怪。我想起了那天晚上,他把她从我那里拖走的时候,她那样尖叫,那样撕他的头发——现在,她反而抚弄着它,舍不得丢下。我还想起了我付出的代价和多年的等待,于是我就紧紧地抓住她,像他先前一样把她拖走。可是她也像那天晚上一样,往后退缩,像母猫保护小猫一样地抵抗我。等到我们扭到火堆那面,跟那个男人隔开之后,我放开了她。她坐了下来,听我讲话。我把经过的情形全讲给她听,我讲到了我在陌生的海洋里遇到的一切,在陌生的地方做过的种种事情,我怎样找得筋疲力尽,挨了好多年的饿,以及初次见面她就对我流露的默默相许的表示。哎,我全对她说了,连当天我跟那个男人之间的一切经过,以及我们年轻时的事情,都告诉了她。我一面说,一面看出她眼睛里又渐渐露出了默默相许的表示,又强烈,又广阔,好像黎明时的一片阳光。我看到了她眼睛里的怜悯、女人的温柔和爱情，我看到了恩卡的心和灵魂。于是我又变成了一个年轻小伙子，因为这种神色，就是当初恩卡奔上沙滩，一面笑，一面跑到她母亲屋里去的时候流露的神色。严酷不安的心情消失了，挨饿和焦躁的等待也成了过去的事。时候到了。我觉得她的胸口在招呼我，好像我非要把头搁在她的胸口上，忘掉一切不可。她向我伸开双手，我就向她扑过去。可是，忽然她眼睛里又燃起了仇恨的火焰，她的一只手已经伸到了我屁股旁边。一下，两下，她刺了我两刀。

"'狗！'她冷笑着说，把我推倒在雪里。'猪！'她大笑了起来，笑声冲破了那一片沉寂，她又回到了她的死人那儿。

"我刚才说过，她刺了我一刀、两刀；但是她饿软了，根本杀不死我。可我还想留在那地方，闭上眼睛，跟那两个人一块儿长眠。他们的生活同我交错在一起，使我走了无数陌生的道路。但是有一笔债总是压在我心头，使我不能安息。

"路很长，又冷得刺骨，粮食也只有一点儿。那些佩利人找不到麋鹿，已经把我的粮食棚抢光了。那三个白人也是这样，可是我从那儿路过的时候，看到他们自己也饿得瘦瘦的，死在木房里了。以后我什么都记不得了，直到我来到这儿，看见了吃的东西和火——很多火。"

他说完之后，不胜羡慕地弯下腰，更靠近火一些。有好大一会儿工夫，仿佛油灯投射在墙上的影子也在演出种种悲剧。

"可是恩卡呢？"普林斯喊了起来，那一幅情景仍旧在对他产生强烈的影响。

"恩卡吗？她不肯吃松鸡。她躺在那儿，搂着他的脖子，把脸完全埋在他的黄发里。我把火挪得近一点儿，让她不至于受冻，可是她爬到另一边。我又在那边生了一堆火，可是也没有用，因为她不肯吃东西。现在，他们仍旧照那样子躺在雪里。"

"你怎么办？"马尔穆特·基德问道。

"我不知道。阿卡屯是个小地方，我也不打算回去，住在世界的边缘。可是活着有什么用。我可以走到康士坦丁队长那儿，他会给我戴上脚镣手铐，总有一天，他们会给我套上一根绞索，这样，我就会睡得很安稳了。可是……这也不好。总之，我不知道。"

"可是，基德，"普林斯坚决地说，"这是谋杀呀！"

"嘘！"马尔穆特·基德命令道，"有很多事情是我们的智慧所不能及的，也超出了我们的公道标准。这件事究竟谁是谁非，我们也说不上来，而且也不能由我们来判断。"

纳斯朝火炉靠得更近了。一片沉寂。无数的图景在每一个人眼睛里一幅接着一幅地展现着。

# 一千打

大卫·拉斯蒙森是个拼命向上爬的人,而且和很多大人物一样,也是个专心致志的人。所以,等到向北方出发的号声传进了他的耳朵,他就想出了一个在鸡蛋上搞一次投机倒把的主意,他要用全副力量来使这个主意实现。他简单扼要地盘算了一下,这种冒险简直跟找到了一个五光十色的宝库一样妙。就算一打鸡蛋在道生可以卖到五块钱吧,这样的估计总是拿得稳,行得通的。那么,将来到了这座"黄金城",毫无疑问,一千打鸡蛋准可以卖到五千块钱。

此外，开销也是要考虑的。他考虑得很周到，因为他是一个谨慎的人，处处精打细算，生就了一副冷静的头脑和一颗从来不会给幻想引得激动起来的心。照每打一角五分计算，一千打鸡蛋的成本不过一百五十块钱，在那样大的利润面前，真是显得微乎其微。假定，就假定这一趟他大大地挥霍了一下，人同鸡蛋的运费一共要八百五十块钱吧，那么，等到最后一个鸡蛋脱了手，最后一粒金砂进了他的口袋的时候，他仍然可以不折不扣地赚到四千块钱。

"你瞧，艾尔玛，"——他于是跟他的妻子盘算起来。他们的舒服的饭厅里，摆满了各种地图和政府测量报告，还有许多旅行指南和关于阿拉斯加的旅行手册——"你瞧，要到狄亚以后，费用才算真正开始——起头的一段路，连头等船票也算上，只要五十块钱就足够了。从狄亚到林得尔曼湖，运货的印第安脚夫，每一磅要一角二分，一百磅要十二块，一千磅要一百二十块。就算我的货重一千五百磅吧，总共是一百八十块——稳当一点儿，算它二百好啦。有一个刚从克朗代克回来的很可靠的人对我说过，我可以出三百块钱买到一条小船。这个人还说，我准可以弄到两个搭客，从每一个人身上赚到一百五十，那条船等于白送给我的，此外，他们还可以帮我驾船。还有……全算进去啦。我一到道生，就把鸡蛋从船里运上岸。现在先让我算算，一共是多少。"

"从旧金山到狄亚，五十；从狄亚到林得尔曼湖，两百；船价是搭客付的——一共二百五十。"她马上算好了。

"还有我自己的衣服行李，要一百，"他很快活地接下去说,"这样,起码还剩五百块钱来对付意外的开支。可是,究竟会有什么意外开支?"

艾尔玛耸耸肩,扬了扬眉毛。如果那个辽阔的北方吞得下一个人和一千打鸡蛋,当然也有地方容纳他所有的一切。她是这么想的,可是她什么也没说。她对大卫·拉斯蒙森的为人了解得太清楚了,所以她不说。

"就算因为意外的耽搁,要多用一倍时间,我这一趟旅行需要两个月吧。想想看,艾尔玛!两个月到手四千!这比我现在的每月一百块干薪可强得多啦。嗯,将来我们要在城外造一幢房子,让我们住得宽敞一点儿,非但每间房里都有煤气灯,而且要望出去眼界开阔,至于现在的这幢房子,可以出租,收来的房租除了付捐税、保险费、水费之外,还有剩余。此外,也许我还会找到一个金矿,变成一位百万富翁哩,这种机会总是有的。艾尔玛,你认为我的想法是不是一点儿不过分?"

艾尔玛简直不可能朝别处想。可不是吗?她娘家那个堂兄弟——当然,这门亲很远,是个害群之马,没出息的、野蛮的冒失鬼——当初从那个神秘的北方回来的时候,不就带来了十万块钱的金砂吗?这还没算上他在开采金砂的矿上拥有的一半股权呢。

大卫·拉斯蒙森常去买东西的杂货店的老板,看见他在柜台一头的秤上称鸡蛋,觉得非常诧异。可是,拉斯蒙森自己更觉得诧异,他发现一打鸡蛋有一磅半重——这样,他那一千打鸡蛋就有一千五百磅重了!即使不算他在路上必须吃的粮食,他预算的重量中,也没有余地留给他的衣服、毯子和餐具了。

他的算盘完全垮了,正在他要重新盘算的时候,他忽然想到了用小蛋来称称的主意。他很精明地对自己说,"反正不论大小,一打鸡蛋总是一打鸡蛋"。而一打小蛋的重量,根据他称出的结果,只不过是一又四分之一磅。于是,旧金山城里立刻充满了神色焦急的跑街,那些牙行和畜产品批发所看到突然有人要一打不到二十两的鸡蛋,都吃了一惊。

拉斯蒙森于是把他的小房子抵押了一千块钱,把老婆安置在娘家多住些日子,然后辞掉差事,动身到北方去。为了不超出预算,他只买了一张二等船票,可是因为正在淘金的浪头上,二等舱比统舱还糟。这时候是夏末,等到他带着鸡蛋,登上狄亚的海岸,他已经变成一个面色苍白、走路一摇一晃的人了。不过不久他的腿又有劲了,胃口也好了。他跟契尔库特人①脚夫的第一次谈判,使他挺起腰杆,硬起了头皮。对这二十八里路,他们讨的运费是四角一磅,于是,等到他缓过气,刚咽下一口唾沫,运价又涨到了四角三分。后来,十五个结实的印第安人看到他肯出四角五分一磅,就把皮带套上了他的货箱,不料有一个穿着脏衬衫和破烂罩衣的斯卡圭财主,因为在白隘口路上丢掉了马匹,急于要穿过契尔库特山道往前走,肯出四角七分,他们又把箱子放下了。

不过,拉斯蒙森是个很刚强的人,终于以五角一磅的代价雇到了几个脚夫。两天之后,他们已经把这些鸡蛋安安稳稳地送到林得尔曼了。可是五角一磅就等于两千块钱一吨,他这一

---

① 印第安人的一族。

千五百磅已经耗尽了他那笔备用的款子,搞得他困在谭塔劳斯角,只好每天看着那些新造好的小船开往道生。还有,造船厂里也充满了一种非常焦急的气氛。所有的人都在起早落夜,不顾一切地干活儿,至于他们为什么要这样急急忙忙地嵌缝,钉钉子,涂油,要找到适当的解释也是不难的。那些荒凉嶙峋的山峰上的雪线,每天都要爬下来一截,夹着冰霰雨雪的大风,刮了又刮,湖里有漩涡的地方和平静的水面已经结起了薄冰,冰层正在随着飞逝的光阴加厚。每天早晨,那些辛苦得手僵脚硬的人,全要扭转苍白的脸瞧瞧湖面上是不是已经封冻。因为一封冻他们的希望就落空了——就不能趁着这一连串的湖泊封冻之前,在湍急的河里顺流而下了。

不过,还有使他更伤心的事,他发现了三个跟他竞争的蛋商。当然,那个德国矮子已经破产了,他正在亲自背着最后一箱鸡蛋,伤心失意地回去。可是另外那两个定造的船已经快完工了,他们正在天天恳求商贩的保护神把严冬的铁掌再拦住一天。可是这双铁掌已经扣紧了大地。很多人都在横扫契尔库特山的暴风雪里冻伤了,拉斯蒙森的脚趾也不知不觉地冻伤了。这时候,他碰到了一个机会,他带着货物可以搭上一条正要从碎冰块上开航的船,不过要两百块现款,可是他没有钱。

"我看,你稍微等一会儿吧。"那个造船的瑞典人说,他在这儿简直等于找到了金矿,他是个聪明人,他自己也知道这一层,"稍微再等一会儿,我就会给你造一条非常好的小船,放心好啦。"

得到这句空口无凭的保证之后,拉斯蒙森回到火山湖那边去了,他在那儿碰到了两个记者,他们在从石屋屯越过山道,在到幸福营的路上,散失了很多乱七八糟的行李。

"是的,"他郑重其事地说,"我有一千打鸡蛋在林得尔曼,我的船的最后一条缝也快嵌好了。总算我运气还好。现在船很宝贵,你们当然知道,连买也买不到。"

那两个记者听到这种话,都吵着要跟他去,简直像要动武似的,然后又用绿颜色的钞票在他眼前晃来晃去,并且在手里玩弄着黄澄澄的二十元一枚的金币。他根本不要听这些话,可是他们缠得他毫无办法,等到他们每个人出到三百块的时候,他也只好勉强答应了。此外,他们还硬要把旅费先付给他。等到他们各自写信给他们的报馆,说起这位有一千打鸡蛋的"好心的撒马利亚人"① 的时候,这位"好心的撒马利亚人"已经匆匆回到林得尔曼,找那个瑞典人去了。

"喂,我说啊!把那条船给我!"他一见面就这样招呼,手里叮当叮当地玩弄着那两个记者的金币,一双眼睛贪婪地注视着那条已经完工的船。

那个瑞典人麻木地瞧着他,摇了摇头。

"那个家伙出了多少钱?三百吗?唔,这儿是四百。收下吧。"

他打算把钱硬塞给那个瑞典人,可是那个瑞典人却倒退了

---

① 在《新约·路加福音》第十章里,耶稣讲过一个故事,说是有一个人给土匪打得半死之后,幸亏遇到了一个好心的撒马利亚人才得救。后来的人常常就用"好心的撒马利亚人"来泛指能扶危救难的人。

几步。

"不成。我说过,这条船是给他的。你得再等一等……"

"这儿是六百。出到顶了。要不要随你。跟他说搞错啦。"

那个瑞典人动摇了,最后他就说:"好吧。"等到拉斯蒙森最后一次瞧见他的时候,他正在结结巴巴用不通的英语费力地对那几个定船的人解释怎么搞错了。

这时候,那个德国人因为在深湖附近的陡峭山峰上摔坏了脚腕子,已经用一元一打的价钱卖掉了他的存货,雇了几个印第安脚夫,把他抬回狄亚去了。不过,等到拉斯蒙森跟记者出发的那天早晨,另外的两个蛋商也要开船了。

"你带了多少?"其中的一个瘦小的新英格兰人问道。

"一千打。"拉斯蒙森趾高气扬地回答。

"哼!我是八百打,我敢跟你打赌,我能赶上你。"

记者自动地要借钱给他打赌,可是拉斯蒙森谢绝了。那个新英格兰人于是跟另外一个蛋商比赛,那是一个结实的水上人,是一个阅历丰富的水手。这个水手于是说,等到张满篷帆的时候,他要对他们显一两下本事。他果然张满篷帆,飞快前进,每逢遇到一个浪头,他那张大油布方帆就把船头压得一半淹在水里。他是头一个驶出林得尔曼湖的人,可是因为他不屑在浅滩上搬下货物把船拖过去,他那条满载的船在激流里的礁石上搁浅了。至于拉斯蒙森跟那个也载了两位搭客的新英格兰人,他们都是先背着货物涉水过去,然后驾着空船通过这条险恶的水道,驶入本乃湖。

本乃湖是一个又窄又深,长二十五里的湖,像漏斗一样坐落在两旁的高山当中,总是受着暴风的折磨。湖口的沙滩上有很多冒着北极的严寒准备到北方去的人和船,拉斯蒙森于是也在这儿搭起了帐篷。第二天早晨他醒来的时候,呼啸的大风正在从南面刮过来,夹着雪峰和冰谷里的寒气,简直跟北风一样。不过天气很晴,他可以看出那个新英格兰人正在张起满帆,一路颠簸着驶过第一座陡峭的山岬。所有的船全在一条接一条地准备出发,那两个记者都干得非常起劲。

"我们会在驯鹿口之前赶上他的。"他们很有把握地对拉斯蒙森说着,一面拉起帆来,头一片冰冷的浪花已经溅上了"艾尔玛号"的船头。

拉斯蒙森生平见了水就有点儿胆怯,可是这时他板着脸,咬紧牙关,紧紧握住那根一跳一跳的当作舵用的大桨。现在,他那一千打鸡蛋全在他眼前的小船里,安安稳稳地放在记者的行李下面,他好像还看见,他那幢小房子和一千元的押单也在眼前。

天气冷得刺骨。他常常要拖上那根当作舵用的桨,换一根新的放下去,让他的乘客敲掉桨上的积冰。浪花溅到哪儿,立刻就在哪儿结成一片冰霜,斜杠帆的下桁,有一边沾着了水,很快就挂满了冰柱。"艾尔玛号"一路奋勇前进,后来给大浪冲击得连船上的缝和接合处都松了,可是那两个记者却只顾去敲碎冰块,把它们扔到船外,而不去戽水。来不及了。必须赶在冬天前面的疯狂比赛已经开始了,所有的船都在不顾一切地破浪前进。

"我……我……我们要想活命,就不能住手!"一个记者结结巴巴地说,他是冷得这样结结巴巴的,并不是因为害怕。

"说得对!老伙计,让船从湖当中划过去吧!"另一个记者鼓励道。

拉斯蒙森报以露齿的傻笑。冰坚似铁的湖岸上尽是浪花的泡沫,即使顺着湖当中划下去,也要避开那些大浪才有一线指望。一落帆就会给浪赶上并淹没。他们常常从那些触礁的小船旁边划过去,有一次,他们看见一条在浪头上的船正要撞到礁石上去。他们后面有一条小船,载着两个人,帆一转,船底就朝天了。

"留……留……留神呐,老伙计!"那个结结巴巴的人喊道。拉斯蒙森傻笑了一下,用那双疼手加紧地握住舵柄。激浪一再地抓住"艾尔玛号"的又大又方的船尾,把它倒掀起来,弄得斜杠帆的后翼空荡荡地拍来拍去,每一次,全靠他使出一切力气,才把船救了出来。现在,他那种傻笑已经变成了一种固定的标志,弄得那两位记者一瞧见就觉得很不舒服。

这时候,他们正在咆哮的浪声里,掠过一块离开湖岸一百码左右的峙立的礁石。有一个人正在这块给浪打得湿淋淋的礁石顶上拼命喊叫,喊声居然一时透过了怒吼的风浪。但是,一转眼,"艾尔玛号"已经一掠而过,那块礁石也迅速地变成了激浪中的一个黑点。

"这一下,那个新英格兰人可完了!那个水手又在哪儿?"一个搭客喊道。

拉斯蒙森猛一回头,瞧见了一片黑帆。一个钟头之前,他就看出了这片方帆怎样从灰蒙蒙的湖上窜到上风头里,怎样时隐时现，逐渐变大。那个水手分明已经修好了他的船，正在急起直追。

"瞧，他来了！"

两个记者全不顾敲冰，只顾瞧了。船后是二十里的湖面——形势如此开阔，也足够排山的大浪向天空怒涌了。

那个时沉时浮，逐波赶浪的水手，一下子超过了他们。那张大帆好像一会儿抓住这条浪头上的小船，拉得它离开了水面，一会儿又把它甩下来，按在两浪之间的大口里。

"这种浪永远也抓不住他！"

"可是他会让……让船头钻到水里面去的！"

正在他们谈话的时候，那张油布黑帆已经给后面的一个大浪卷得不见了。一个浪头接着一个浪头从那个地方涌过去，可是那条船一直没有出现。"艾尔玛号"冲过那儿的时候，只看见了一点儿桨和木箱的破片。二十码外的湖面上，有一个人从水里伸出一只胳膊，露出了一个披头散发的脑袋。

一时间，大家都不声响了。到了看得见湖的尽头的时候，激浪不住地打上船来，那两位记者就不再敲冰，只顾用桶把水舀出去了。可是这样舀仍旧无济于事，他们大喊大叫地跟拉斯蒙森商量了一会儿，就去抓船上的行李。面粉、腌肉、豆子、毯子、炉子、绳子，总之，凡是可以抓到手的东西，都给他们扔到船外面去了。这样，果然立刻生效了，船里进的水果然少了，船身也浮得高了一点儿。

"行啦！"拉斯蒙森声色俱厉地喝道，因为他们正在伸手去抓放在头一层的几箱鸡蛋。

"鬼才行啦!"那个牙齿打仗的人很野蛮地回敬了一句。除了他们的笔记本、照相软片和照相机以外,他们已经把所有的行李都牺牲了。他弯下腰,抓住一箱鸡蛋,打算把它从绳子下面拉出来。

"住手!告诉你,住手!"

拉斯蒙森已经拔出他的左轮枪,正在用肘子架在桨柄上瞄准。那个记者于是立起来,站在坐板上,前后地摇晃,给这种威胁和说不出的愤怒气得脸上的肉不住地抽搐。

"老天爷呀!"

他的同行的记者这样喊了一声,就脸朝下地扑到船底去了。这时候,因为拉斯蒙森分散了注意力,"艾尔玛号"给一片大浪一掀,就转了向了。帆的后翼的缆绳一断,帆身一落空,猛然一跳,帆的下桁就以可怕的威力横扫过船面,打断那位发怒的记者的脊梁,把他带下水了。同时,桅杆和帆也翻倒在船外去了。船一停止前进,一片大浪就扑上了船,拉斯蒙森连忙跳过去抓住戽水的桶。

在后来的半小时里,从他们旁边掠过了好几条船——都是跟"艾尔玛号"一样大小的小船,而且一样受尽惊吓,无能为力,只顾疯狂地向前奔驶。后来,有一条十吨的驳船,冒着灭顶的危险,在上风里收下帆,很吃力地向他们开了过来。

"让开!让开!"拉斯蒙森拼命地喊叫。

可是,他的低矮的船舷已经碰到那条笨重的大船边上,仅存的那位记者已经爬上了大船。拉斯蒙森像猫一样蹲在鸡蛋箱上,在"艾尔玛号"的船头,竭力用他的麻木的手指去把拖绳系拢。

"上来!"一个红胡子对他喊道。

"我这儿有一千打鸡蛋。"他用同样大的声音回答道,"拖我一下!我会给你们钱的!"

"上来!"大船上的人异口同声地喊道。

一片白花花的大浪从他们附近扑过来,冲过那条驳船,淹得"艾尔玛号"里积了半船水。那些人于是一面扯帆开船,一面咒骂他。拉斯蒙森回骂了几句,就去戽水。幸亏他的桅杆和帆仍旧给帆旗的升降索拉得很紧,像海船的大锚一样,在风浪里撑住了船头,使他能够借此和积水奋斗。

三个小时之后,这个浑身麻木,筋疲力尽,像疯子一样胡言乱语,可是仍旧不停地戽水的人,终于在驯鹿口附近的一个堆满冰块的湖滩上靠了岸。有两个人,一个是政府的信差,一个是混血儿旅行家,一块儿把他从浪里拖出来,救出他的货物,把"艾尔玛号"拖上了岸。他们划着一条独木船,正要离开北方,当天晚上就留他在他们避风雨的帐篷里过了一夜。第二天早晨,他们全走了,可是他宁可守着他的鸡蛋。从此以后,这个带着一千打鸡蛋的人的名声就在这一带传开了。那些在封冻以前赶到北方找金矿的人,已经把他就要来的消息带到了。四十里站和圜城的那些头发花白的老住户,那些牙床像皮革一样,胃里给豆子磨出茧的采矿老手,一听见他的名字就像做梦一样想起了童子鸡和青菜。狄亚和斯卡圭的人都很关心他,他们常常向那些从隘口过来的人打听他的情形;至于道生——只有黄金却没有炒鸡蛋的道生——那儿的人已经等得心烦意乱,只要偶尔来了一个人,他们全会拦着他向他打听拉斯蒙森的消息。

不过,关于这些情形,拉斯蒙森一点儿也不知道。他在落难之后的第二天就修好"艾尔玛号",又动身了。从塔吉什来的凛冽东风,一直刮到了他的牙齿缝里,尽管有一半时间为了敲去桨上的积冰他又漂了回来,可是他仍旧在船旁边按着桨,勇敢地迎风划了下去。后来,按照当地的惯例,他给风刮到了风浪湾的岸上,接着又在塔吉什搁浅了三次,终于被困在冰封的马什湖里。"艾尔玛号"已经给浮冰挤垮了,可是那些鸡蛋却没有受到一点儿损伤。他背着它们,从冰上走到两里外的岸上,在那儿搭了一个藏东西的棚,后来过了很多年,这个棚仍旧竖在那儿,让那些知道它的由来的人指点着它议论。

这时候,他和道生之间,还隔着五百里的冰路,水道已经封冻了。可是拉斯蒙森却神色非常紧张地徒步从湖上走了回去。他只带了一张毯子、一柄斧头和一把豆子,一路上孤零零的,受的苦绝不是常人所能想象的。这只有到北极冒过险的人才能了解。他在契尔库特山上遇到了一场暴风雪,单单这一次,他就在绵羊寨的外科医生那儿送掉了两个脚趾头。可是他挺住了,并且在"帕汪纳号"船上找到了一个在厨房里洗碟子的工作,借此来到了普吉特海湾,在那里又在一条客船上找到了加煤的工作,回到了旧金山。

等到他一瘸一拐,走过银行里的光亮地板,向那儿的人提出第二次抵押借款的时候,他已经成了一个形容枯槁、蓬头垢面的人了。两颊凹陷得连一蓬大胡子都掩饰不住,眼睛好像陷在两个很深的洞里，射出两股寒光。他的手，由于风吹日晒和辛苦操劳，已经变得非常粗糙，指甲缝里尽是嵌得很结实的积垢和煤屑。他含含糊糊地谈起了鸡蛋、冰块和狂风大浪。等到他们表示不能再借给他一千元以上的时候，他就变得语无伦次起来，尽说些关于狗和狗粮的价钱，以及雪鞋、鹿皮靴和雪路的事。后来，他们借给了他一千五百元，这已经超过了他那幢房子所能担保的数目，这样，他才舒了一口气，涂上自己的签名，走出银行门外。

两个星期之后，他带着三架由五条狗拖一架的雪橇，走过了契尔库特。他自己驾着一架，其余的由两个印第安人驾驶。到了马什湖的时候，他们打开那个棚，把鸡蛋装上了雪橇。可是没有现成的路。他是头一个从冰上来的人，因此，他必须担负起踏雪开路、穿过冰块壅塞的河道的工作。沿途，他常常看见后面寂静的天空里有一缕淡淡的篝火炊烟袅袅上升，不由猜测着为什么那些人不赶上来。不过，因为他对北方还陌生，他总是搞不明白。甚至在那两个印第安人尽力对他解释之后，他也不明白。他们都认为开路是很艰难的事，因此，每逢他们踟蹰不前，不肯在早晨拔营开路的时候，他就用枪口逼着他们工作。

后来，他在白马隘附近的一座冰桥上滑了一跤，冻坏了他那只已经生了冻疮，肿得一碰就疼的脚，那两个印第安人都以为他一定要躺下了。可是他牺牲了一条毯子，把脚包起来，套上一只大得跟水桶一样的鹿皮靴，仍旧跟他们轮流着驾驶第一架雪橇开路。这是最惨最苦的事，尽管他们常常背着他用指节敲着前额，彼此会意地摇头，但也不得不佩服他。有一天晚上，他们打算逃跑，可是他的子弹打在雪里的嗤嗤声，把这两个印第安人追了回来。他们虽然口出恶言，可到底屈服了。不过，他们都是野蛮的契尔凯特人，因此他们就一块儿商量，打算杀死他。可是他睡得跟猫一样警觉，无论他醒着睡着，从来不给他们一点儿机会。他们常常竭力把后面那一缕烟的意义告诉他，他非但不能理解，反而对他们添了一层疑心。每逢他们的脸现出怒容或者畏缩不前的神情时，他总是马上给他们当面一拳，然后一下子掏出那支随时备用的左轮枪，让他们发热的头脑冷静下来。

于是，日子就这样过了下去——既要对付叛逆的人、凶野的狗，还得忍受使他筋疲力尽的跋涉。他跟人斗，为的是留住他们；他跟狗斗，为的是不让它们走近鸡蛋。此外，他还要跟冰，跟寒气，跟他那只不会好的冻脚的痛苦斗争。新的肌肉一生出来，立刻长了冻疮，结成硬块，终于烂成一个流脓的大洞，几乎连他的拳头都塞得进去。每天早晨，那只脚刚一踏在地上，他的头就觉得发晕，疼得他简直要昏过去；可是早晨一过，他又会照例变得麻木，直到他爬进毯子，打算睡觉的时候，才开始恢复知觉。尽管如此，这个当了一辈子小职员，一向坐在办公桌旁边的人，却操劳得连那两个印第安人，甚至连那些狗都觉得筋疲力尽，支持不住。他甚至连自己操劳得多么辛苦，受了多少罪都不知道。他本来是个心无二念的人，现在既然生了此念，这个念头也就把他完全控制住了。在他的意识里，他的前景是道生，他的背景就是那一千打鸡蛋，而在这两者之间飘动着他的自我,总是竭力要把这两者拉拢来合成一个闪闪发亮的金点。而这个金点就是那五千块钱,这是他的思想的顶点,也是他可能有的一切新念头的出发点。除此之外,他不过是一部自动机器。其他的,他全不理会,即使看见了也像隔着昏暗的玻璃望到的一样,从来不把它们放在心上。他的手做事,全凭这部机器来指挥,他的头脑也是这样。因此,他的脸色终于变得非常紧张,连那两个印第安人见了也很害怕,他们看到这个把他们当作奴隶的古怪白人,强迫他们去这样蛮干,都觉得非常诧异。

后来,严寒来到了巴尔杰湖上,地球的这一端受到外层空间冷气的袭击,气温降到了零下六十多度。当时,为了呼吸得比较自在,他张着嘴干活儿,一下子冻坏了肺,从此以后,他就得了干咳的毛病,一闻到篝火的烟子或者操劳过度,就咳得非常难受。走到三十里河的时候,他发现河面有好多处没有结冰,上面横架着靠不住的冰桥,旁边镶着不坚固的窄窄的薄冰。这种薄冰根本不牢靠,可是他居然不顾一切地走上去,而且仗着他的左轮枪,逼着他的雪橇夫也走了上去。至于冰桥上面,那儿虽然覆满积雪,预防的办法倒还是有的。他们在过桥的时候,都套上雪鞋,手里横拿着长杆,以便遇到意外可以有所凭借。他们总是人一过去,马上招呼狗也跟过去。后来,他们走到这样一座冰桥上,积雪之下掩藏着一个未结冰的空洞,一个印第安人就此送了命。他沉得很快很干脆,好像刀子插到薄薄的奶油里面,立刻给浮冰下的河水冲得看不见了。

这天晚上,他的伙伴趁着暗淡的月色逃走了,拉斯蒙森枉自开了几枪,只划破了夜里的沉寂——枪虽快,枪法并不高明。三十六小时之后,这个印第安人已经跑到大鲑鱼河上的警察所里去了。

"这……这……那家伙真古怪……你说他是什么呢?……他简直昏了头。"译员向莫名其妙的警察队长解释道,"呃?对啦,疯啦,完全是个疯子。鸡蛋,鸡蛋,说来说去还是鸡蛋!懂吗?他就要来啦。"

拉斯蒙森过了好几天才走到这个警察所。这一路,他把三架雪橇拴在一块儿,把所有的狗全并在一起。这样走当然很不方便,尽管在大多数情形下,他总是使出赫克里斯般的神力①,勉强把三架雪橇一次全拖过去,可是到了实在难走的地方,他只好一架一架地拖。据这个警察队长说,那个印第安人正在奔向道生,这时候大约在塞克尔克和斯图尔特河之间,可是他听了之后,一点儿也不动气。甚至在他听到那些警察已经打通去佩利的路之后,他也不觉得高兴。现在,他完全抱着一种听天由命的态度,不论好坏,都随它去。不过,等到他们告诉他道生正在闹饥荒的时候,他反而笑了笑,连忙套上狗,动身赶路。

关于烟的秘密,在他走到下一个落脚的地方的时候,总算搞清楚了。自从大鲑鱼河传出到佩利去的路已经打通的消息之后,这些烟子就用不着等在他后面了,蹲在寂寞的火堆旁边的拉斯蒙森,只看见一连串各种各样的雪橇疾驰而过。头一批过

---

① 赫克里斯,希腊神话中的大力士。

去的，是把他从本乃湖拖出来的那个信差和那个混血儿。其次是到圜城去的邮差，一共有两雪橇人，然后就是那些拼凑起来到克朗代克淘金的人。这些人同他们的狗都是精神饱满，身强体壮，而拉斯蒙森同他的畜生却累得筋疲力尽，瘦得只剩了皮包骨头。这些升起一团团炊烟的人每三天里面只有一天赶路，他们总是养精蓄锐，以便等到路打通了的时候，可以猛奔。而拉斯蒙森却每天都在跋涉挣扎，搞垮了他的狗的精神，夺去了它们的勇气。

至于他自己，那可是搞不垮的。既然他替那些精神饱满、身强体壮的人出了不少力，他们也不免要亲切地感谢他一番。他们都咧着嘴，嬉皮笑脸地谢过了他。现在，因为他已经明白了，所以他就不再去理睬他们。不过，他并没有怀恨在心。这种事实在算不了什么。他那个主意——以及那个主意所根据的事实——并没有变。他和他的一千打鸡蛋仍旧好好的，道生仍旧在那儿，问题丝毫未变。

走到小鲑鱼河的时候，因为缺少狗粮，狗就吃起了他的粮食，从这里开始，直到塞克尔克，他就只吃豆子——粗糙的焦黄的大豆，只能勉强维持营养，梗得他的胃每隔两小时就要疼得他弯腰驼背一次。不料塞克尔克的站长在驿站门口挂起了一张布告，说是育空河上游已经两年没有见到轮船，因此粮食已经成了无价之宝。尽管这样，那位站长仍旧愿意以一杯面粉抵一个鸡蛋的方式跟他交换。可是拉斯蒙森摇摇头，就拔腿开路了。过了驿站之后，他设法买了一点儿冻马皮来喂狗，那儿的马全给契尔凯特的牧人杀死了，宰下来的零碎废肉全归了印第安人。他自己也尝了尝这种马皮，可是马毛钻到他口里的疮里面，疼得他不能忍受。

同时，在塞克尔克，他还碰到第一批从道生逃荒出来的人，他们一路挣扎，样子非常凄惨。"没有东西吃！"他们异口同声地说。"没吃的，只好走。""人人都认为春天粮食还要涨价。""面粉涨到一块半钱一磅，还是没有人卖。"

"鸡蛋吗？"其中的一个人回答道。"一块钱一个，可是一个也没有。"

拉斯蒙森迅速地算了一下。"一万二千块钱。"他高声说道。

"怎么回事？"那个人问道。

"没什么。"他一面回答，一面就赶着狗走开了。

走到斯图尔特河，离道生七十里的时候，他的狗已经死掉了五条，其余的拖着雪橇，也都支持不住了。现在，连他自己也背着套绳，尽他剩余的一点儿气力来拖雪橇了。即使这样，他每天也只能撑十里路。他的颧骨和鼻子，因为不断地生冻疮，已经变得净是淤血的黑斑，非常难看。那个握着舵杆的大拇指，因为经常跟其他的指头分开，也冻坏了，疼得他受不了。那只大得出奇的鹿皮靴仍然套在他的脚上，现在，连那条腿也感到了一种奇怪的痛楚。走到六十里河的时候，他省着吃了好久的豆子也吃完了，可是他下定决心不去动那些鸡蛋。他不肯跟自己的思想妥协，承认这是一种合法的行为。因此，他只好跌跌撞撞地向印第安河撑。到了那里，他碰到了一位慷慨的老住户，给了他一头新杀死的麋鹿，他和他的狗才添了一点儿气力。走到恩斯里的时候，他碰到一个在五小时之前才从道生仓皇逃出来的人，听说他的鸡蛋一定可以卖到一块二角五一个，不禁起了一种苦尽甘来的感觉。

他在爬上道生的营盘旁边的陡坡的时候，心里扑扑乱跳，膝盖抖个不停。那些狗简直不能动弹了，他只好让它们休息休息，自己就无力地撑着舵杆等着。一个人，一个仪表堂堂，穿着一件熊皮大外套的人很悠闲地走到了拉斯蒙森旁边。他瞧了拉斯蒙森一眼，就停下来，打量着那些狗和那三架捆在一起的雪橇。

"你这里面是什么东西？"他问道。

"鸡蛋。"拉斯蒙森用嘶哑得跟耳语一样的声音回答道，他简直没有办法把声音提得再高一点儿。

"鸡蛋！太好啦！太好啦！"他一下跳到半空里，像发狂一样旋转了一圈，然后迈着军人的步伐走了几步，"难道说——都是鸡蛋吗？"

"都是鸡蛋。"

"唔，你一定是那个蛋商了。"他绕过去，从另一面打量着拉斯蒙森，"喂，说话呀，你究竟是不是那个蛋商？"

拉斯蒙森一点儿也不明白这是怎么回事，只好假定就是这样，那个人才镇静了一点儿。

"你打算卖什么价钱？"他很小心地问道。

拉斯蒙森立刻变得毫无顾忌起来。"一块半钱，"他说。

"好！"那个人立刻回答道，"给我一打。"

"我……我是说一块半钱一个。"拉斯蒙森吞吞吐吐地解释道。

"当然罗。我听得懂你的话。给我两打吧。金子在这儿。"

那个人掏出一个很体面的装金砂的口袋,大约有一根小腊肠那么大,毫不介意地用它敲着舵杆。拉斯蒙森觉得胃里有一种奇怪的颤动,鼻子痒丝丝的,真想坐下来大哭一场。这时候,他周围已经聚拢了一群好奇的、睁大着眼睛的人,个个都喊着要买鸡蛋。他没有天平,可是那个穿熊皮外套的人立刻弄来了一架,在拉斯蒙森把蛋递出去的时候,很殷勤地帮他把金砂称了一下。不久,他周围就熙熙攘攘,挤满了一大群人,全在大喊大叫。人人都要买蛋,争先恐后的。等到他们变得非常兴奋的时候,拉斯蒙森反而冷静了下来。这可不成。他们这样争先恐后地抢着要买,里面一定有什么道理。不如先歇一歇,摸摸行情,要聪明一点儿。也许一个鸡蛋值两块钱也说不定。总之,无论什么时候,只要他想卖,一块半钱一个总是拿得稳的。"停一停!"他喊道,这时候,他已经卖出了两百个蛋。"现在不卖了。我很累了。我得先弄一所房子,以后你们可以到那儿来瞧我。"

大家听到这种话,都不住叹气,可是那个穿熊皮外套的人很赞成。既然三十四个冻蛋已经骨碌碌滚进了他的大口袋,他就不管城里其余的人有没有东西吃了。再者,他也看得出,拉斯蒙森的确是撑不住了。

"从蒙特·卡罗街过去第二个拐角上,有一所房子,"他告诉他说,"一所窗子用草泥做的房子。它不是我的,不过归我管。房租是十块钱一天,价钱很便宜。你马上就搬进去好啦,以后我会来看你的。别忘了窗子是用草泥做的。"

"嘿！嘿！嘿！"过了一会儿，他又回头喊道，"我可要到山上吃鸡蛋，做家乡梦去啦。"

拉斯蒙森在往那所房子去的路上，想起肚子饿了，就到北美商业运输公司的铺子里买了少量的食品——另外到肉店里买了一块牛排和一些喂狗的鲑鱼干。他没有费多少事就找到了那所房子，于是，他就任凭那些狗套在拖索上，一个人进去升起火，煮起了咖啡。

"一块半一个——一千打——一万八千块钱！"他一面干活儿，一面反反复复地这样自言自语。

他刚把牛排放到油锅里，门就开了。他扭过头一瞧，原来是那个穿熊皮外套的人。他进来的样子很坚决，好像专门为了什么事，可是他一瞧到拉斯蒙森，脸上又出现了一种疑惑不定的表情。

"喂……喂，告诉你……"他刚说出口，又停下了。

拉斯蒙森恐怕他是来讨房租的。

"喂，告诉你，他妈的，你知道，那些鸡蛋都是坏的。"

拉斯蒙森摇晃了一下。他觉得好像有人给了他迎面一拳，打得他昏天黑地。房子里的墙全转得倾斜了。他伸出手，想撑住自己，不觉把手放到了炉子上面。炽烈的痛苦和烧焦了的肉味，终于使他清醒了过来。

"我明白了。"他慢慢地说着，一面伸手到口袋里去摸那袋金砂，"你要我还你的钱。"

"我不是为了钱，"那个人说，"你还有鸡蛋没有……有好蛋吗？"

拉斯蒙森摇了摇头。"你还是把钱拿回去吧。"

不料那个人不肯，反而后退了几步。"我会再来的，"他说，"等你的新货到了，我再来买。"

拉斯蒙森把劈柴的砧头滚到屋里之后，就把那些蛋搬进去。他忙来忙去，一直非常镇静。接着，他就拿起斧头，把鸡蛋一个一个地劈成两半。劈开的蛋经过仔细检查之后，都给他扔到了地板上。起初，他只从各个蛋箱里挑出几个来试试，后来就索性一箱一箱地劈。地板上的蛋也愈堆愈多。咖啡煮过了头，烧焦的牛排气味充满了一屋子。可是他仍旧单调地、不住地劈下去，直到劈完了最后一箱。

这时候，有人敲了敲门，然后又敲了敲，接着就自己推门进来了。

"怎么搞得这么乱七八糟！"他一面说，一面停下来打量了一下这种情形。

劈开的蛋给炉子里的热气一熏，都化开了，臭味也越来越浓了。

"毛病一定是出在轮船上面。"他推测道。

拉斯蒙森迷茫地瞧着他，瞧了很久。

"我叫默雷，大吉姆·默雷，无论哪个都认识我。"那个人自我介绍道，"我刚才听说你的蛋都坏了，我愿意出两百块钱，把它们一起买下来。它们虽然比不上鲑鱼，可是用来喂狗也还不坏。"

拉斯蒙森好像变成了一块石头。他一点儿也不动弹。"你给我滚开。"他毫无感情地说。

"仔细想想吧。这么一堆臭蛋,还能得到这个价钱,照我看,也算不坏啦,总比一点儿也捞不着要强吧。两百块,你说怎么样?"

"你给我滚开,"拉斯蒙森轻轻地重复了一遍,"滚出去。"

默雷吓得张口结舌,不由得盯着对方的脸,小心谨慎地倒退了出去。

拉斯蒙森跟着他走到外面,解开了那些狗。他把他买来的鲑鱼全丢给它们之后,就拿起雪橇上的一根绳子,盘在手里。接着,他立刻回到屋里,把门拴上。乌焦的牛排发出的烟熏得他的眼睛生疼。他站在床上,把绳子套过房梁,用眼睛打量着它摆动的距离。这样好像还不称心,他于是又搬来一张凳子,放在床上,爬到凳子上面。他在绳子的一头打了一个活结,把头伸进去。同时,他把绳子的那一头也拴紧了。接着,他就踢开了脚下面的凳子。

# 意 外

　　摆在面前的东西,是容易看到的,意料中的事情,做起来也很方便。每个人都喜欢过安定的生活,所谓一动不如一静。人类愈文明,生活也愈安定,因此,在文明社会里,事情都摆得清清楚楚,很少遇到意外。不过,一旦发生了意外,而且情形相当严重时,那些不能适应的人就要完蛋了。他们看不出隐蔽的事物,不能应付意外,也不能改变原有的习惯来适应新的、陌生的生活方式。总之,等到他们习惯的生活过不下去的时候,那就只有死路一条了。

不过，也有一些适于生存的人，要是他们由于迷失方向，或者被迫离开了一向熟悉的平静环境，走向一条陌生的道路，他们就能使自己适应新的生活。伊迪茨·惠特尔塞就是这样。她生长在英国的一个农村里，那儿的生活，向来都是循规蹈矩，打破常规的事不仅会使人感到意外，甚至会给人看成是不道德的。她很早就工作了，按照那儿的传统，她在少女时期，就当了一位贵妇人的侍女。

文明的作用就在于强迫环境服从人类的规律，直到它变得跟机器一样听话。麻烦的事儿不会有，不可避免的事情可以预先料到。人甚至能雨淋不湿，霜冻不冷，就是死，也不是那样可怕和偶然，随时潜伏在你周围。它已经成了一出事先编排好了的戏，它会很顺利地演到进入家族的坟墓的一场，非但不会让墓门上的铰链生锈，连空气里的灰尘也要不断地打扫干净。

伊迪茨·惠特尔塞的环境就是这样，一点儿也没有出过什么事。二十五岁那年，她陪她的女主人到美国旅行了一趟，可是这也算不了一回事。路仍然是那条顺顺当当、按部就班的路，只不过换了一个方向。这条横跨大西洋的路，非常平稳，因此，船也不成其为海船，只好算是一座宽广的、有许多走廊的旅馆，在海里迅速而平稳地移动，凭着它那笨重的身体，把波涛压得服服帖帖，使海洋变成了一个安静单调的磨坊水池。到了大西洋彼岸之后，这条路就在陆地上继续向前——这是一条安排得很好、很体面的路，在每一个落脚的地方都有许多旅馆，而且在那些落脚的地方之间，还有许多装上了轮子的旅馆。

住在芝加哥的时候,她的女主人看到了社交生活的一面,伊迪茨·惠特尔塞看到了另一面。直到她向她的女主人辞掉差事,变成伊迪茨·纳尔逊之后,她才显露了一下她的才能,也许只是稍微显露了一下,表示她不仅能应付意外,而且能控制意外。汉斯·纳尔逊是个移民,原籍瑞典,职业是木匠,他身上充满了条顿人的孜孜不倦的精神,正是因为这种精神,这个民族才不停地向西方进行伟大的冒险事业。他是一个身强力壮、头脑迟钝的人,他虽然缺乏幻想,却有无穷的进取心,他的忠诚和他的爱情,跟他的体魄一样坚强。

"等我辛辛苦苦地干一个时期,积攒了一点儿钱,我就要到科罗拉多去一趟。"结婚的第二天,他对伊迪茨说。一年之后,他们果真到了科罗拉多。汉斯·纳尔逊在那儿头一次采矿,就害上了采矿热的毛病。他到处勘探金矿银矿,走遍了南北达科他、爱达荷和俄勒冈州的东部,然后又走到了英属哥伦比亚的丛山里面。无论宿营走路,伊迪茨·纳尔逊总是和他同甘共苦,一块儿操劳。她在做家庭妇女时走惯了的小步,已经变成了登山越岭的大步。她学会了用冷静的眼光和清醒的头脑来应对危险,再也不至于像过去那样吓得不知所措了。那种出于无知的恐惧,是生长在都市里的人的通病,它会使他们变得跟笨马一样愚蠢,一受惊就僵在那儿听天由命,而不去搏斗,要不然,就吓得盲目奔逃,彼此拥挤,把路也堵住了。

伊迪茨·纳尔逊一路上老是遇到意外的事情,眼光也锻炼出来了,她不仅能看到山光水色里明显的一面,也看到了其中隐秘的一面。她这个一辈子没有下过厨房的人,居然学会了不用忽布花、酵母或者发面粉就可以做面包的本事，用普通的锅子，在火堆上烘面包。遇到连最后一块腌猪肉也吃完了的时候，她能够当机立断，用鹿皮鞋或者行李里硝得比较软的皮子，做成代食品，让他至少可以保全性命，勉强前进。她学会了套马，套得跟男人一样好——这是无论哪个都市里的人干起来都要灰心的。她知道哪一种行李该用哪一种方法捆扎。她还能够在倾盆大雨里用湿木头生火而不发脾气。总之，不论在什么环境里，她都能够应付意外。可是，最大的意外还没有来，她还没有受过这样的考验。

当时，寻找金矿的浪潮正在向北涌到阿拉斯加，因此，汉斯·纳尔逊同他的妻子也不可避免地给卷进了这股潮流，涌向克朗代克。1897 年秋天，他们到了狄亚，因为没有钱，不能带着行李穿过契尔库特山隘，再从水路到道生。于是，这一年冬天，汉斯·纳尔逊就干起他的老本行，帮着大家建设这个应运而生的供应行李用品的史盖奎镇。

他好像停留在黄金国的边缘上似的，这一冬，他总是觉得全阿拉斯加都在召唤他。其中，以拉图亚湾的呼声最高，于是，到了 1898 年夏天，他同他的妻子就乘着七十英尺长的西瓦希木船，顺着曲曲折折的海岸线摸索前进。跟他们同路的，还有许多印第安人和三个白人。那些印第安人把他们和他们的给养运到离拉图亚湾一百英里左右的一个荒凉的小地方登陆之后，就回到史盖奎镇去了。可是那三个白人留下来了，因为他们跟纳尔逊夫妇是合伙的。费用由大家公摊，以后赚的钱也由大家平分。在这段时间里，伊迪茨·纳尔逊负责给大家烧饭，将来也可以跟大家一样分到一份好处。

首先，他们砍下了许多枞树，造了一幢三间房的木屋。伊迪茨·纳尔逊的责任是操持家务。男人们的责任是去找金矿，而且要找到金矿，他们都办到了。这并不是什么惊人的发现，它不过是一个贮藏量很低的冲积矿床，一个人一天要极辛苦地干上很多钟头才能得到十五到二十块钱的金砂。这一年，阿拉斯加的短暂的夏天比往年长得多，为了利用这个机会，他们一直在推迟回到史盖奎镇的时刻。等到他们要走的时候，已经太晚了。他们本来是跟当地的几十个印第安人约好的，趁他们在秋天到沿海一带做生意的机会，跟他们一块儿走。那些西瓦希人等着他们，直到不能再等了才动身走了。现在，这伙人除了等偶然的机会搭船以外，已经没有别的路可走了。在这段时间里，他们就把金矿挖空，又砍了许多木柴贮存起来以备过冬。

晚秋的暖和天气，像梦境一般，持续不断，突然间，在锐利的呼号声中，冬天来了。一夜之间，天气就变了，这几个淘金者醒来之后，已经是狂风怒号，大雪漫天，千里冰封了。风暴一个接着一个，在间断的时候，四处都是静悄悄的，只有荒凉的海岸上澎湃的浪潮打破这一片沉寂，浓霜似的盐好像在海滩上镶了一条白边。

木房子里面的一切都很好。他们的金砂已经称过了，大约值八千块钱，谁也不能说不称心。几个男人都做了雪鞋，打一次猎就可以带回许多新鲜的肉，再贮藏起来。在长夜里，他们无休止地玩起纸牌来，有时玩惠斯特，有时玩五点。现在，既然采矿已经结束，伊迪茨·纳尔逊就把生火洗盘子的活儿交给男人们去做，自己来给他们补袜子、补衣服了。

这个小木屋里，从来没有发生过抱怨、口角，或者无谓的吵闹，因为大家的运气还算不错，他们常常彼此庆贺。汉斯·纳尔逊头脑迟钝，性情随和，伊迪茨待人接物的本领，是他早就非常钦佩的。哈尔基，这个又高又瘦的得克萨斯州人，虽然沉默寡言，性情孤僻，可是非常和气，只要没有人来反对他那种金子会生长的论调，他总是跟大家相处得很好的。这一伙里面的第四位，麦克尔·邓宁，他给这所木屋子里的欢乐增添了爱尔兰情调。他是个身材高大，很有气力的人，容易为了一点儿小事突然发火，可是遇到事态重大、局面很紧张的时候，他的脾气却又很好。其中的第五位，也就是最后一位，名字叫达基，他是一个甘心为大家充当小丑的人，为了使大家高兴，他甚至会拿自己来开玩笑。他一生为人好像就是为了引人发笑。在这伙人的平静生活之中，从来没有发生过严重的争吵。他们只干了短短的一个夏天，每人就能得到一千六百元，这所木屋子里自然要充满富裕满足的欢乐气氛了。

接着就发生了意外的事情。一天，他们刚坐下来准备吃早餐，这时候，已经八点钟了（淘金停止以后，早餐自然而然地推迟了），可是还得点着那支插在瓶口里的蜡烛来吃东西。伊迪茨同汉斯面对面坐在桌子两头，哈尔基同达基背朝着门坐在桌子的一边。他们对面空着一个位子。邓宁还没有来。

汉斯·纳尔逊瞧了瞧那个空椅子，慢慢地摇摇头，打算卖弄一下他那笨拙的幽默，就说："平常吃东西，他总是第一个到。这可太奇怪了。也许他生病了吧。"

"麦克尔到哪儿去啦?"伊迪茨问道。

"他比我们起来得早一点儿,到外面去了。"哈尔基回答道。

达基脸上露出调皮的笑容。他假装知道邓宁为什么没来,故意摆出一副神秘的样子,好引得他们都来向他打听。伊迪茨到男人们的卧室里看了一下,回到桌子边来。汉斯看看她,她摇了摇头。

"他以前吃饭,从来不迟到。"她说。

"我可不懂,"汉斯说,"他的胃口一向大得像马一样。"

"太糟啦!"达基悲伤地摇着头说道。

一个伙伴没来,他们却借此开起了玩笑。

"这可真是太不幸了!"达基自动地开了个头。

"什么?"他们异口同声地问道。

"可怜的麦克尔呀。"他凄惨地回答道。

"麦克尔究竟出了什么事?"哈尔基问道。

"他再也不会饿啦,"达基悲切切地说,"他没有胃口啦。他不喜欢这种伙食了。"

"不喜欢?他吃起来,连耳朵也会浸在盆子里。"哈尔基说。

"他那样做,是为了对纳尔逊太太表示礼貌。"达基立刻反驳道,"我明白,我明白,太糟啦。为什么他不在这儿呢?因为他出去了。出去干什么呢?因为他要开开胃口。怎么才能开胃呢?他光着脚在雪里走路。哎呀!难道我还不明白吗?有钱的人遇到胃口不开的时候,就是用这个法子来开胃的。麦克尔有一千六百块钱。他是个有钱的人了。他就没胃口了。所以呀,这就是因为他正在想法子开胃。你们只要把门打开,就会看见他光着脚在雪里走路。不过,你们可看不见他的胃口。这就是他的麻烦。等他找到了胃口,他就会抓住它回来吃早饭啦。"

达基的胡言乱语引得他们哈哈大笑起来。笑声未停,门就开了,邓宁也进来了。大家都回过头来瞧他。他手里提着一支猎枪。就在他们瞧他的时候,他已经把枪举到肩头,开了两响。头一颗子弹才打出去,达基就倒在桌子上面,撞翻了他的咖啡,他那乱蓬蓬的黄头发就浸在他那盆玉米粥里了。他的前额压在盆子边上,使盆子翘起来,跟桌面构成一个四十五度的角。哈尔基跳了起来,身子还在半空,第二枪又响了,他就脸朝下,栽倒在地板上了。他那句"我的天!"在嗓子里只咕噜了一声就听不见了。

这可真是料想不到的事。汉斯和伊迪茨都吓呆了。他们浑身紧张地坐在桌子旁边,眼睛像中了魔似的,盯着那个杀人的凶手。他们从火药的烟雾里,隐隐约约地看到了他。这时候,一片寂静,只听见达基的那杯倒翻的咖啡滴在地板上的声音。邓宁拆开猎枪的后膛,抽出了子弹壳。他一手端着枪,用另一只手伸到口袋里去掏子弹。

正在他要把子弹装上膛的时候,伊迪茨·纳尔逊清醒过来了。他分明是要打死汉斯和她。这件意外的事来得太可怕,太叫人不解了,因此,她神志迷惑、精神麻木了大约三秒钟。接着,她就挺身而出,跟他进行斗争。她真的和他斗争起来了,她像猫一样跳到凶手面前,用两只手揪住他的衣领。她这一撞,使他踉踉跄跄,倒退了几步。他打算把她甩开,可是又不肯放弃手里那支枪。这可不容易,因为她的结实的身体已经变得像猫的身体一样了。她掐住他的脖子,用全身的力量向旁边一拉,几乎把他摔倒在地板上。他立刻站直了,飞快地转起来。她因为抓得很紧,身体随着他转,脚就离开了地板,她于是用手抓紧他的脖子,悬空转了起来。转了一会儿,她的身体撞在一把椅子上,这一男一女就在拼命挣扎之下,摔倒在地板上,占了半个房间。

汉斯·纳尔逊碰到这种意外,要比他的妻子迟半秒钟才开始行动。他的神经和头脑的反应都比他的妻子慢。他的感觉比较迟钝,要多耽搁半秒钟的时间才能明白情况,拿定主意,开始行动。伊迪茨已经扑到邓宁面前,掐住他的脖子了,汉斯才跳起来。可是他没有她那样冷静。他气疯了,就像古时喝醉了酒混战的武士那样怒气冲天。他从椅子上一跳起来,嘴里就发出一种一半像狮吼、一半像牛鸣的声音。伊迪茨同邓宁的身体已经旋转起来了,他还在那儿咆哮嘶吼,接着,他就在房间里到处追赶这股旋风,直到他们摔在地板上了,他才追到。

汉斯一扑到那个躺平了的男人身上,便发狂似的用拳头揍他。这拳头跟打铁的锤子一样。后来,伊迪茨觉得邓宁身上没劲了,就松开手,一翻身滚到旁边。她躺在地板上,一面喘气,一面瞧着。狠命的拳头仍然像雨点一样不停地打下去。邓宁好像并不在乎,他甚至连动也不动。这时候,她才想到他已经昏过去了。她连忙大叫汉斯停手。接着她又喊了一遍。可是任凭她怎么喊,他也不理。她抱住他的胳膊,他还是不理,只不过使他挥起拳头来不大方便罢了。

于是,她只好把自己的身体阻挡在她丈夫和那个不会抵抗的凶手之间。她这种举动,并不是出于理智,也不是出于怜悯,更不是为了服从宗教的戒律。这可以说是出于一种守法的精神,这是她从小养成的道德观念迫使她这样做的。汉斯直到发觉自己是在打自己的妻子时才停手。他乖乖地任凭伊迪茨把他推开了,好像一条凶猛而听话的狗给主人赶开了似的。这种比喻还可以再进一步。汉斯的嗓子里,和野兽一样,仍然有一种余怒未息的狺狺之声,有好几次,他都仿佛要跳回去,扑到他的俘虏身上,幸亏他的妻子迅速用身体挡住了他。

伊迪茨一步一步地把她丈夫向后推。她从来没见过他这种样子,她觉得他的神气比邓宁跟她搏斗得最激烈的时候还要可怕。她简直不能相信这只狂怒的野兽就是她的汉斯。她战栗了一下,畏畏缩缩,突然感到一种出于本能的恐惧,怕他会跟发狂的野兽一样来咬她的手。至于汉斯,他虽然不想伤害她,却不肯罢休,仍然要回过去再打,有好几秒钟,他总是忽而往后退,忽而向前扑。因此,她就坚决地拦住他,直到他恢复了理智,平静下来。

他们站了起来。汉斯摇摇晃晃地回到墙边,靠在那儿,脸上的肉抽搐着,嗓子里继续发出深沉的嘶吼,可是声音已经在轻下去,几秒钟之后就不响了。现在,他回过神来了。伊迪茨站在房间当中,拧着手,气喘吁吁,浑身都在猛烈地哆嗦。

汉斯什么也不瞧,可是伊迪茨的眼睛却在房间里瞟来瞟去,一一瞧着刚才发生的情景。邓宁一动不动地躺在那儿。在狂转之中撞翻了的那把椅子，就在他旁边。那支猎枪一半压在他身体下面，后膛仍然是拆开的。那两颗没有装上膛的子弹已经滚出了他的右手，他本来是捏得很紧的，直到失去了知觉才松手。哈尔基脸朝下，扑在他摔下去的那个地方。达基向前伏在桌子上，乱蓬蓬的黄发浸在他那盆玉米粥里。那个盆子仍然翘起一边，跟桌面构成一个四十五度的角。这个翘起来的盆子使她觉得很奇怪。为什么它没有倒呢？这真是太不近情理了。即使出了人命，一只盛粥的盆子这样翘在桌子上，也是不合情理的。

她回头瞟了邓宁一眼，双眸又立刻回到了那个翘起的盆子上。这真是太不近情理啦！她感到一种想笑一下的神经质的冲动。随后她注意到了房间里的沉寂，期望着发生点儿什么事情，便把那个盆子忘了。从桌子上滴下去的咖啡，声音那么单调，只不过加强了这片沉寂的气氛。为什么汉斯没有动静呢？为什么他不说话呢？她瞧着他，想说点儿什么，这才发现自己的舌头已经不听使唤了。她嗓子里有一种疼得很特别的感觉，她的嘴又干又苦。她只能瞧着汉斯，汉斯也在瞧她。

突然，一个尖锐的金属声打破了这一片沉寂。她尖叫了一声，立刻掉转眼光瞅着那张桌子。那个盆子已经倒了。汉斯叹息了一声，好像才从梦里醒过来。盆子的声音使他们想到了今后他们将要生活在一个新的世界里。而这所木房子，就是今后他们要生活、行动的那个新世界了，原来的木房子中的生活已经一去不返，眼前的全然是新的、生疏的生活。这个意外的变故在事物的表面施了一层魔法，更换了它们的远景，改变了它们的价值,把现实的和不现实的交织起来,混乱得令人无所适从。

"我的上帝呀,汉斯!"这是伊迪茨的第一句话。

他没有回答,只是面带恐怖地瞪着她。他慢慢地瞧了瞧房间里的情形,这才看了个仔细。接着,他就戴上帽子,朝门口走去。

"你要到哪儿去?"伊迪茨极其担心地问着。

他已经抓住了门上的把手,于是扭转半个头,回答道:"去刨几个坟。"

"汉斯,别让我一个人留在这儿,跟这些——"她向整个房间扫了一眼,"跟这些待在一起。"

"迟早总是要刨的。"他说。

"可是你不知道该刨几个坟。"她拼命地反对。她看他犹疑不决,又说道,"再说,我也要跟你一块儿去,帮帮忙。"

汉斯于是走到桌子旁边,不假思索地吹灭了蜡烛。接着,他们就一块儿来检查房间里的情形。哈尔基和达基已经死了——死得很可怕,猎枪的射程太近了。汉斯不愿意走到邓宁附近,伊迪茨只好一个人去进行这一部分的检查。

"他没有死。"她对汉斯说。

他走过去,低下头瞧了瞧那个凶手。

伊迪茨听见她丈夫在含含糊糊地咕噜着,就问道:"你说什么?"

"我真丢脸,居然没有把他揍死。"这就是他的答复。

伊迪茨正在弯着腰检查邓宁。

"你走开!"汉斯非常粗暴地命令着,声调有点儿奇怪。

她突然惊慌起来,瞧了他一眼。他已经抓起邓宁丢下的猎枪,正在把子弹塞进去。

"你要干什么?"她一面喊,一面迅速地挺直了弯下去的腰。

汉斯没有回答,可是她看出猎枪正在举向他的肩头,她连忙用手抓住枪口,把它向上一推。

"别管我!"他厉声喝道。

他打算把枪从她手里夺过来,可是她靠得更近了,已经把他抱住。

"汉斯!汉斯!醒醒吧!"她喊道,"别发疯啦!"

"他杀死了达基和哈尔基!"这就是她丈夫的答复,"我要打死他。"

"可是这样做是不对的,"她反对道,"还有法律。"

他冷笑了一声,他不相信在这种地方,法律会有什么作用,他只是固执地,毫无感情地,重复着那句话:"他杀死了达基和哈尔基。"

她跟他争论了很久,这不过是一种单方面的争论,因为他很固执,总是一再地重复那句话:"他杀死了达基和哈尔基。"而她又摆脱不开她小时候所受的教育,和她本身的民族传统。这是一种守法的传统,对她来说,正确的行为就等于守法。她看不出还有什么更正确的路。她认为汉斯这种把执法权揽到自己手里的行为,并不比邓宁干的事来得正当。用错误来对待错误是不对的,现在,要惩罚邓宁,只有一个办法,应当按照社会上的规定,依法处理。最后,汉斯终于给说服了。

"好吧,"他说,"随你好了。说不定明天或者后天,他就会把你我都打死的。"。

她摇了摇头,伸出手要他交出猎枪。他刚伸手要交,又缩了回去。

"最好还是让我打死他吧。"他恳求道。

她又摇了摇头,于是他又准备把枪交给她,这时候,门开了,一个印第安人没有敲门就进来了。随着他刮进了一阵猛烈的风雪。他们转过身子,面对着他,汉斯手里仍然抓着猎枪,这个不速之客看到这番情景,一点儿也不慌张。他眼睛一扫就看清楚了有死的,也有伤的。他脸上一点儿也没有吃惊的神气,甚至连好奇的样子也没有。哈尔基就躺在他脚旁边,可是他理也不理。对他来说,哈尔基的尸首并不存在。

"好大的风呀,"这个印第安人说了这么一句,算是问候,"都好吗?都很好吗?"

汉斯手里仍然抓着那支枪,他觉得那个印第安人一定以为摊了一地的尸首都是他打死的。他用恳求的眼光瞧着他的妻子。

"早晨好,尼古克,"她说,声音显得很勉强,"不好,很不好。乱子很大。"

"再会,现在我要走了,事情很忙。"那个印第安人说完了,就不慌不忙,非常仔细地跨过地板上的一摊血渍,开了门,走出去了。

纳尔逊夫妇面面相觑。

"他以为是我们干的,"汉斯上气不接下气地说,"他以为是我干的。"

伊迪茨一声不响地停了一会儿，然后用很简短，很老练的口气说："他怎么想，不用去管，那是以后的事。现在，我们要挖两个坟。不过我们得先把邓宁捆起来，别让他跑掉。"

汉斯连碰一碰邓宁都不愿意，可是伊迪茨一个人也把邓宁的手脚捆紧了。后来，她同汉斯走到门外的雪地里。地已经冻硬了。锄头凿不进去。他们先弄来许多木柴，扫开积雪，在冻结的地面上生起一蓬火。烧了一个钟头之后，才烧化了几英寸深的泥。他们挖出这些泥，又生了一蓬火。按照这样的速度，一个钟头只能挖下去两三英寸深。

这是一件又困难又辛苦的工作。暴风雪刮得火总是烧不旺，风又在穿透他们的衣服，冻得他们浑身冰冷。他们很少谈话。风不容他们开口。除了偶尔猜测邓宁犯罪的动机以外，他们总是默默无言，心头压着这场悲剧给他们带来的恐怖。到了下午一点钟的时候，汉斯瞧着木房子那面，说他饿了。

"不成，现在还不成，汉斯，"伊迪茨回答道，"屋子里弄得那个样子，我可不能一个人回去烧饭。"

两点钟的时候，汉斯主动提出要陪她回去，可是她一定要他干下去。到了四点钟，两个坟才挖好。坟坑很浅，不过两英尺深，可是也够了。到了晚上，汉斯拉出雪橇，在暴风雪的黑夜里，拖着两个死人走向那个冻结的坟墓。这简直不像出殡。雪橇深深地陷在风刮成的雪堆里，非常难拖。他们夫妇从昨晚起一点儿东西也没有吃过，他们又饿又累，身体已经十分衰弱。他们没有抵抗风的力气了，有时，甚至还会给风吹倒。有几次，连雪橇也翻了，他们只好把这批可怕的货色再装上去。

走到离坟坑一百英尺的时候,他们要爬上一个陡坡,两个人只好趴下去,像拖雪橇的狗一样,把胳膊当成腿,把手插到雪里。即使这样,有两次,他们还是给沉重的雪橇拖倒,从山坡上滑下来,弄得活人同死人、绳子同雪橇,可怕地纠缠在一起。

"明天,我再来插上两块木牌,写上他们的名字。"他们把坟做好以后,汉斯说。

伊迪茨抽抽噎噎地哭着。她所能做的,只不过是断断续续地祷告几句,就算完成了葬礼。现在,她的丈夫只好扶着她回到木房子里。

邓宁已经苏醒过来了。他在地板上滚来滚去,白费气力地想挣脱捆住他的皮带。他用亮闪闪的眼睛瞅着汉斯和伊迪茨,可是不想说话。汉斯仍旧不肯碰一碰这个凶手,他闷闷不乐地瞅着伊迪茨把邓宁从地板上拖到男人的卧室里。可是,用尽力气,也不能把他从地板上抬到他的床上。

"最好让我给他一枪,省得以后麻烦。"汉斯最后一次恳求道。

伊迪茨摇了摇头,又弯下腰去搬邓宁了。使她感到奇怪的是,这一次,轻易就把他搬起来了。原来汉斯在帮她搬,她知道汉斯的心已经软了。然后,他们就打扫厨房。可是地板上惨不忍睹的血渍仍然洗不清,汉斯只好把那一层刨掉,用刨花在炉子里生起了一蓬火。

日子一天一天地过去。大部分的时间都是在黑暗和寂静里度过的,只有暴风雪和波涛打在冰冻的海岸上的轰隆声打破这种沉寂。汉斯对于伊迪茨真是唯命是从。他那种惊人的进取精神已经完全消失了。她要用她的办法来对付邓宁，因此他就把这件事完全交给她去处理。

这个凶手是一个经常的威胁。不论什么时候，他都可能挣脱捆着他的皮带，因此，他们只好昼夜地监视着他。汉斯或者伊迪茨总是坐在他旁边，拿着那支实弹的猎枪。最初，伊迪茨规定八小时一班，可是这种不断的监视太紧张，后来她同汉斯就每隔四小时换一次班。由于要轮流睡觉，轮流看守邓宁，他们几乎连做饭和砍柴的工夫都没有了。

自从尼古克那一次来得不巧以后，当地的印第安人就不肯再到这间木屋里来了。伊迪茨于是叫汉斯到他们的木屋里去一趟，要他们用一只独木船把邓宁送到沿海最近的白人村落或者贸易站上，可是交涉没有结果。伊迪茨只好亲自去拜访尼古克。他是这个小村子的村长，完全懂得他所负的责任，三言两语就把他的观点对她说清楚了。

"这是白人闹的乱子，"他说，"不是西瓦希人闹的乱子。我们的人要是帮助了你们，这件事就会变成西瓦希人的乱子了。等到白人的乱子跟西瓦希人的乱子混在一块儿，成为一个乱子，那就会变成一个搞不清的、没完没了的大乱子。闹乱子可没有好处。我们的人没有做错事。他们为什么要帮助你们，给自己添麻烦呢？"

于是，伊迪茨只好回到那间可怕的木屋里，去过那无休无止的、四小时值一次班的日子。有时候，轮到了她值班，她坐在邓宁旁边，腿上搁着实弹的猎枪，就会闭上眼睛，打起盹儿来。每逢这种时候,她总是会突然惊醒过来,抓起枪,马上盯着邓宁。这分明是神经过度紧张所致,对她的影响当然不好。她非常怕他,甚至在她清醒的时候,如果他在被子里动了一动,她也禁不住要吓一跳,急忙去抓猎枪。

她知道,这样下去,她的神经随时会出毛病。头一个现象是眼珠子跳,逼得她只好闭上眼睛,让它们安定下来。过了一会儿眼皮又会神经质地抽搐起来,怎么也控制不了。可是使她最痛苦的却是,她忘不了那场悲剧。她在发生意外的那天早晨感到的恐怖,始终在折磨她。每逢她给那个凶犯吃东西的时候,她就不得不咬紧牙关,挺着身体,壮起胆子。

汉斯所受的影响不同。他给一个念头缠住了:打死邓宁是他的责任。每逢他去服侍这个给捆住的人,或者在他旁边监视的时候,伊迪茨就提心吊胆,怕汉斯会在这间木房子的死亡簿上又添上一笔。他总是很野蛮地咒骂邓宁,对他非常粗暴。汉斯为了掩饰他的杀人的念头,有时还会对他的妻子说:"慢慢地,你会叫我杀死他的,可是到了那时候,我可不愿意杀死他了。我不想玷污我的手。"不过,有好几次,在她不值班的时候,她悄悄走到那间屋子里,总是发现这两个男人像一对野兽一样,恶狠狠地,你望着我,我望着你。汉斯的脸上杀气腾腾,而邓宁的脸色就像一只被逼到绝境的老鼠一样凶野。于是,她就会大喊一声:"汉斯!你醒醒!"他就会镇定下来,感到吃惊,脸上显得很难为情,可是并不懊悔。

因此,自从发生这件意外以后,汉斯也成了伊迪茨·纳尔逊要应付的一个问题。起初,只有一个要用正当的方式对待邓宁的问题,至于所谓的正当方式,在她看来,也就是要把他看守起来,直到把他交给正式的法庭受审。可是现在还得考虑到汉斯,她觉得他在神志是否清醒、灵魂能否得救上,都有问题。此外,不久她又发现自己的气力和耐心也成问题了。由于神经过分紧张,她的身体快要垮了。她的左臂会不由自主地抖动和抽搐。她用匙子的时候会把食物泼出来,她的左手已经不听使唤了。她认为这是一种舞蹈疯①,她怕病情会发展得更加严重。如果她真垮了,会怎么样呢?她一想到将来这所木房子里只剩下邓宁和汉斯时的情景,心里就又添了一层恐惧。

三天之后,邓宁开始说话了。他的头一个问题就是:"你们预备把我怎么办?"他天天问这个问题,每天都要问好几次。伊迪茨总是答复他说,一定要根据法律来处理他。同时,她也天天问他:"为什么你要干这种事?"对这个问题他从来不回答。他一听到这个问题就暴跳如雷,拼命想挣脱捆在他身上的皮带,并且威胁她说,等到他挣脱了,他会怎么对付她。他说,迟早他一定会挣脱的。每逢这种时候,她就扣住枪上的两个扳机,准备在他挣脱皮带的时候打死他,可是由于过分的紧张和震惊,她自己又会浑身发抖,感到心跳和头晕。

不过,日子一久,邓宁总算变得比较规矩了。在她看来,他似乎过厌了这种整天躺着不动的生活。他开始恳求她放了他。他起了许多粗野的誓。他说他绝不会害他们。他会一个人沿着海岸走下去,向法庭自首。他愿意把自己的那份金子送给

---

① 舞蹈疯,从前在日耳曼一带流行的一种病。

他们。他要一直走向荒野深处,永远不再在文明社会露面。只要她放了他,他情愿自杀。通常,他恳求到后来,总是会不自觉地说起呓语来,直到她觉得他快要发疯了。不过,尽管他这样发狂似的求她,她总是摇摇头,不肯释放他。

后来,过了几个星期,他变得更加规矩了。在这一段时间里,他的精神却越来越委顿了。他常常会像一个性情乖张的小孩子那样,把头在枕头上翻来覆去,口里喃喃地说着:"我真过厌了,真过厌了。"后来,隔了不久,他就非常激动地请求他们把他处死,一会儿求伊迪茨杀了他,一会儿又求汉斯解除他的痛苦,让他至少可以安静地长眠。

这种局面正在迅速地变得叫人不能忍受。伊迪茨的神经愈来愈紧张,她知道自己随时都有垮掉的可能。她甚至不能好好休息一下。因此她总是提心吊胆,生怕在她睡觉的时候,汉斯发起狂来,把邓宁杀死。这时候,虽然已经到了正月,但前来做生意的双桅帆船还要过几个月才可能靠岸。他们本来没有想到要在这所木房子里过冬的,现在,粮食正在一天一天地少下去,汉斯又不能出门打猎添补一下。为了必须看守他们的犯人,他们简直给捆在这所木房子里了。

伊迪茨也明白,总得想个办法才好。她强迫着自己把这个问题重新考虑了一下。她还是摆脱不开她那个民族的传统观念,以及她那种一半得自血统、一半得自教育的守法精神。她知道,无论怎么做,她都得依照法律。每逢猎枪搁在她的膝盖上,不安的凶手躺在她旁边,暴风雪在外面狂吼,她要一连看守几个钟头的时候,她就发挥她的创见来考虑社会问题,自己造出一套法律的演变的理论。她认为,所谓法律,不过是一群人的判断和意志。至于这群人的人数多少,那倒没有关系。按照她的理解,其中有小至如瑞士的人群,也有大至如美国的人群。依此类推,这个人群无论小到什么程度都没有关系。也许,一个国家只有一万人,可是他们的集体的判断和意志,仍然会成为那个国家的法律。照这样看,为什么一千个人不好算一群人呢?她向自己提出了这个问题。如果一千个人可以成为一群人,为什么一百个就不可以呢?为什么不可以是五十个呢?为什么不可以是五个呢?为什么不可以是一两个呢?

这个结论使她吃了一惊,她把这个问题对汉斯谈了一下。起初,汉斯不懂,后来,等到他明白了,他就举出了一个令人信服的例证。他谈起了淘金者的会议,每逢开会的时候,当地的淘金者都要聚在一块儿,制定法律,执行法律。据他说,有时,总共也不过十个到十五个人,可是对于这十个或者十五个人来说,多数人的意见就是法律,谁要违反了多数人的意见,谁就会受到惩罚。

到了这一步,伊迪茨才搞清楚了她的问题。邓宁必须受到绞刑。汉斯也很赞成。在他们这一群人里,他们两个占了多数。根据集体的意志,邓宁必须受到绞刑。为了执行这个决定,伊迪茨很认真,一定要按照习惯上的形式办理。可是这个群太小了,汉斯和她,只好一会儿充当证人,一会儿充当陪审人,一会儿充当法官——然后还要充当行刑的人。她正式控诉麦克尔·邓宁犯了谋杀达基和哈尔基的罪,那个躺在床上的囚犯,先听了一遍汉斯的证词,然后又听了一遍伊迪茨的证词。

他既不肯认罪,也不说自己无罪,等到伊迪茨问他有没有什么为自己辩护的话的时候,他还是不声响。于是,她同汉斯,也没有离开席位,就宣布了陪审人认为犯人有罪。然后,她就充当法官,当庭宣判。尽管她的声音颤抖,眼皮跳动,左臂抽搐,可是她到底读完了这份判决书。

"麦克尔·邓宁,在三天之内,就要把你绞死。"

这就是判决书。那个人不自觉地舒了一口气,然后轻蔑地哈哈一笑说:"这么说,这张该死的床不会再折磨得我背上疼痛了,那倒也叫我安心。"

宣判之后,这三个人好像都有了一种轻松的感觉,尤其是从邓宁脸上最容易看得出。他那种阴沉凶蛮的神气全没有了,他跟看管他的人随便聊天,甚至还像旧日那样,说些才气焕发的俏皮话。伊迪茨给他读《圣经》,他也很满意。她读的是《新约》,读到浪子和十字架上的贼的时候,他好像听得津津有味。

执行绞刑的前一天,伊迪茨又提出那个老问题来问他:"为什么你要干这种事?"邓宁回答道:"这很简单。我想……"

可是她马上拦住了他的话,叫他等一会儿再讲,然后匆匆地走到汉斯的床边。这时候,正轮着他休息,他从梦里醒来,揉揉眼睛,说了几句抱怨的话。

"你出去一趟,"她对他说,"把尼古克找来,另外再找一个印第安人一起来。麦克尔要招供了。你要逼着他们来,把步枪带去,万一不得已的时候,就用枪口逼着他们,把他们带来。"

半个小时之后,尼古克和他的叔叔哈狄克万就被领进了这间出过人命的屋子。他们不是出于自愿来的,是汉斯用步枪押着他们来的。

"尼古克,"伊迪茨说,"这件事不会给你和你的人添麻烦的。我们一点儿也没有别的要求,只不过请你坐在这儿,听一听,了解一下情况。"

于是,麦克尔·邓宁,在被判处死刑之后,终于公开地招认了他的罪行。他一面说,伊迪茨一面记录下他的口供,那两个印第安人就一面听着,汉斯因为怕证人逃走,就守在门口。

据邓宁说,他已经有十五年没回老家了,他一直在打算,将来要带上很多钱回去,让他的老娘可以舒舒服服地度过余年。

"可是这一千六百块能顶什么事呢?"他问道,"我的目的是要把所有的金子,把那八千块钱的金子全弄到手。这样,我就可以很体面地回家了。因此,我就想,这还不容易吗?我可以先杀死你们,再到史盖奎镇去报告,说你们是给印第安人杀死的,然后一溜烟逃到爱尔兰去。于是,我就动手来杀死你们。不过,这正像哈尔基从前常常喜欢说的,我的野心太大了,等到我要把它吞下去的时候,我已经摔倒了。这就是我的口供。我既然干了这种鬼事,现在,只要上帝愿意,我也愿意向上帝赎罪。"

"尼古克,哈狄克万,你们都听见了这个白人说的话,"伊迪茨对那两个印第安人说,"他的口供现在都写在这张纸上了,现在该你们来签字了,就签在这张纸上,这样,等到以后再有别的白人来的时候,他们就会知道有你们旁听为证了。"

这两个西瓦希人在他们的名字后面画了两个十字之后，伊迪茨给了他们一张传票，要他们明天带着他们部落里所有的人来再作一次见证，然后允许他们回去。

他们把邓宁的手松了一下，让他能在文件上签个字。接着，屋子里就一点儿声音也没有了。汉斯露出了不安的神色，伊迪茨好像觉得很不舒服。邓宁仰面朝天地躺着，直愣愣地瞧着屋顶上长着苔藓的裂缝。

"现在我就要向上帝赎罪了。"他喃喃地说。接着，他就掉过头，瞧着伊迪茨。"为我读一段《圣经》，"他说，然后，他又像开玩笑似的添了一句，"也许这样会让我忘了这张床有多硬。"执行绞刑那天，天气晴朗寒冷。温度表上指着零下二十五度，寒风一直透进人的衣服、皮肉和骨头。在这几个星期里，今天邓宁才头一次站起来。好久以来，他的肌肉一直没有活动过，他已经不能照常保持直立的姿势了，因此，他简直站不住。他总是前前后后地摇晃，走起路来一栽一跌，只好用那双捆着的手抓住伊迪茨，免得摔倒。

"真的，我真有点儿头昏眼花了。"他无力地笑了笑。

过了一会儿，他又说："这样倒也叫人高兴，总算都过去了。我明白，那张该死的床也会把我折磨死的。"

等到伊迪茨把他的皮帽子戴在他头上，要替他放下护耳的时候，他哈哈地笑了一声，说道："你为什么要把它们放下来呢？"

"外面天气很冷。"她回答道。

"再过十分钟，可怜的麦克尔·邓宁就是冻坏了一两只耳朵，又有什么关系呢？"他问道。

她本来打起了精神，准备对付这场最后的严峻考验，可是他这句话打击了她的自信心。直到目前，一切都好像是梦中的幻影，可是他刚才所说的残酷的真理，使她惊醒过来，让她睁开眼睛，看见了正在发生的事实。这个爱尔兰人也看出了她心里难受。

"对不起，我不该用这种蠢话使你难过，"他懊悔地说，"我不是有意的。对我麦克尔·邓宁来说，今天是个伟大的日子，我真是快活得跟云雀一样。"

他立刻吹起了快活的口哨，可是一会儿就变成阴郁的调子，不响了。

"我希望这儿能有一位牧师，"他若有所思地说着，然后又很快地添了一句，"不过，像我麦克尔·邓宁这样的老兵，在出发的时候，就是没有这些享受，也不会难过的。"

他的身体已经很衰弱了，再加上长时间没有走路，门一开，他才跨出去，就几乎给风刮倒了。伊迪茨和汉斯，只好一边一个地架着他走，他就对他们说着笑话，尽力使他们高兴。后来等到他告诉他们，怎样把他那份金子，寄到爱尔兰他母亲那里的时候，他才停止了说笑。

他们爬上一座小山之后，到了树林里的一片空旷的地方。这儿，在一个竖立在雪里的圆桶周围，很严肃地站着一群人，其中有尼古克、哈狄克万，以及当地所有的西瓦希人，甚至连孩子和狗也来了，他们要看一看白人是怎样执行法律的。附近还有汉斯烧化了冻土，掘好了的一个坟穴。

邓宁用一种老练的眼光，瞧了瞧这些准备好的东西，他瞧到了那个坟，那个圆桶，那根绳子和吊着绳子的那根大树枝，还注意到绳子和树枝的粗细。

"说真的，汉斯，要是叫我来给你准备这些东西，我决不会办得比你更周到。"

他开了这个玩笑，不由得高声笑了起来，可是汉斯死气沉沉的、阴森森的脸似乎只有世界末日的号声才化得开。同时，汉斯也觉得很痛苦。他到现在才明白，要把一个同胞处死是一个多么艰巨的任务。伊迪茨倒是早想到了。不过，想到了也没有使这个任务变得轻松一点儿。现在，她已经失去信心，不知道自己能否支撑到底。她觉得心里有一种不可遏制的念头，她想尖叫，狂喊，想扑在雪里，想用手蒙住眼睛，转过身，盲目地跑开，跑到树林里，或者任何其他地方。她之所以能挺起胸膛，走到前面，做她必须做的事，完全是靠了心灵上的一种崇高的力量。她觉得，这一次，自始至终，她都得感谢邓宁，因为他帮助她度过了这一切。

"扶我一把。"邓宁对汉斯说，然后就借着汉斯的力量，勉强登上了那个木桶。

他弯下腰来，让伊迪茨能够把绳子套在他的脖子上。接着，他就站起来，这时，汉斯已经拉紧了头顶上那根套在树枝上的绳子。

"麦克尔·邓宁，你还有什么话要说吗？"伊迪茨的声音很干脆，可是仍然有点儿颤抖。

邓宁在桶上挪动了一下他的脚，腼腆地望着下面，就像一个人第一次发表演说一样,然后清了清嗓子。

"我很高兴,一切都要过去了,"他说,"你们始终拿我当作一个基督徒来看待,我衷心地感谢你们对我的好意。"

"上帝会收下你这个悔过的罪人。"她说。

"是呀,"他说,他那深沉的嗓子好像响应着她的尖细的声音,"上帝会收下我这个悔过的罪人的。"

"永别了,麦克尔。"她喊道,声音中带着一种绝望的调子。她用全身的力量来推那个木桶,可是怎么也推不倒它。

"汉斯!快!帮我一下!"她无力地喊道。

她觉得她最后的一点儿力气都快用完了,可是那个木桶动也不动。汉斯连忙跑到她旁边,一下子把木桶从邓宁脚下推开。

她立刻背转身,把指头塞在耳朵里。接着,她就凄厉地尖声笑了起来,发出好像金属的声音。汉斯吓了一跳,他虽然经过了这场悲剧,可是从来也没有受过这样的惊吓。伊迪茨·纳尔逊终于垮了。即使在她神经错乱的时候,她也知道自己垮了,使她高兴的是,她总算在这样紧张的环境里撑过来了,而且一切都做完了。她摇摇晃晃地走到汉斯面前。

"扶我到屋里去,汉斯。"她勉强说出了这几个字。

"让我休息休息,"她接着又说,"就让我休息,休息,休息吧。"

汉斯于是搂着她的腰,架着她,引导着她那无力的脚步,她就从雪地上走回去了。可是那些印第安人仍然留在那儿,严肃地瞧着白人的法律怎样强迫一个人在半空里荡来荡去。

# 黄金谷

这儿是峡谷的碧绿心脏，布局呆板的峭壁一到这里，豁然开朗，一改粗犷的格调，形成一个荫蔽的小天地，洋溢着甜蜜、丰满、柔和的情趣。这儿的一切都在安息，甚至狭窄的小溪也收住了汹涌的奔腾，渐渐变成了恬静的池塘。一头绛红的、角上丫杈很多的公鹿低垂着头，半闭着眼睛，站在深及膝盖的水里，正在打盹儿。

池塘的一面，从水边开始，有一片小小的草地，阴凉柔韧的绿茵伸展到峭壁底下。水塘那面，有一片平缓的土坡，迎着对面的峭壁向上升去。坡上覆盖着嫩草,草和杂花相映,到处五彩缤纷:橘红的、绛紫的、金黄的。坡下,峡谷幽闭,视线也给挡住了。两边的峭壁突然靠拢,峡谷尽头乱石错综,石上覆着青苔,给一片由藤葛、爬山虎和树枝织成的绿幕遮掩着。由峡谷上方望去,远山重叠,还有一大片一大片遥远的布满松树的山麓。再向远处望去,像天际白云一样,耸立着伊斯兰寺院尖塔一般的银峰,常年积雪,凛然地反射着太阳的光辉。

峡谷里没有灰尘。树叶和花朵洁净无瑕,嫩草就像天鹅绒一样。池塘上有三株白杨,一团团雪白的杨花在寂静的空气里飘飘落下。草坡上,带有酒味的石楠树的花朵使空气里充满春天的气息,它们的经验丰富的叶子已经聪敏地开始竖卷起来,以防即将来到的夏天的干旱。草坡上空旷的地方,在石楠树最远的阴影遮不到的那一带,蝴蝶百合花摆出一副姿态,好像许多突然停止飞行的彩蛾正在颤抖着,准备重新起飞。间或还可以看到树木中的丑角——马德隆纳树,它们的树干正在众目睽睽之下由豆绿色变成茜红,它们的一大串一大串蜜蜡似的花铃散发着芬芳的气息。这些花铃色泽乳白,形似幽谷里的百合花,芬芳馥郁,发出春天的甜蜜芳香。

一丝风也没有,空气里浓香醉人。要是空气过分潮湿,这样的芬芳也许会显得太腻人的,可是空气十分清新、稀薄,仿佛星光融化在大气里,给阳光照得暖暖的,浸透了花香。

偶尔有一只蝴蝶在明暗相间的光带里飞来飞去,四周响起了山蜂催人欲睡的嗡嗡的低吟。这些贪图享受的浪子,在宴席上和和气气地推挤着,连粗鲁争吵的空闲也没有。小溪涓涓地穿过河谷,十分安静,只偶尔发出轻微的淅沥的水声。这种水声很像懒洋洋的细语,总是一打盹儿就不响了,一醒过来又提高了调子。

在这个峡谷的心脏里,一切东西的动作都是飘忽不定的。阳光和蝴蝶在树丛中飘进飘出,蜜蜂的歌声和小溪的细语时有时无。这种飘忽变幻的色彩和时有时无的声音,好像共同织成了一片微妙的、不可捉摸的轻纱,那就是这里的精神。这是和平的精神,它不意味着死亡,只代表着搏动均匀的生命,安静而不沉寂,活泼而没有行动,这是充满生机的恬静的安息,而不是充满斗争和痛苦的激烈生活。这儿的精神是和平生活的精神,陶醉于繁荣中的安逸和满足,不受远方战争谣传的打扰。

那头绛红的、角上丫杈很多的公鹿,受着当地这种精神的支配,在没膝深的清爽阴凉的池水里打盹儿。那儿好像没有苍蝇打扰它,它简直歇息得累了。有时,当小溪醒过来低声细语的时候,它也会抖动耳朵,可是只懒懒地抖动一下,因为它早就明白,这不过是小溪发现它睡着了在喃喃地责怪它罢了。

后来有一次,这头公鹿竖起了耳朵,紧张起来,迅速地搜索着声音的来源。它转过头对着下面的峡谷,扇动着灵敏的鼻子嗅来嗅去。它的眼睛看不透小溪穿过去的那张绿幕,可是它的耳朵听出了人的声音,平稳单调的歌声。接着,它听到了金石相撞的刺耳声音。一听到这个响声,它突然一惊,喷着鼻子,立刻从水里四足腾空地跳到草地上,站立在天鹅绒似的嫩草里,竖起耳朵,又嗅嗅空气。于是,它悄悄地掠过这一小片草地，一再停下来，留神倾听，然后像精灵一样，迈开轻巧无声的步子，消失在峡谷外面。

现在，开始听得见钉着铁掌的鞋跟踏在石头上的声音了，那个人的声音也更响亮了。它变成了高声唱歌的声音，愈近愈清楚，因此连歌词也听得出了：

> 回过头来，转过你的脸，
> 对着那天赐的美妙小山。
> （罪恶的势力，你要蔑视！）
> 瞧瞧周围，再看看四方，
> 把罪恶的包袱扔到地上。
> （你会一早就遇见上帝！）

随着歌声传来了攀爬的响声，和平的气息也随着绛红的公鹿的足迹飞走了。绿幕突然裂开，一个人探出头来，瞧了瞧这儿的草地、池塘和倾斜的山坡。他是那种深思熟虑的人。他先向周围扫了一眼，然后仔细地瞧着一木一石来跟最初的笼统印象核对。这时候，直到这时候，他才张开嘴，庄重而生动地称赞道："生气勃勃，冥冥中的洞天福地！你瞧瞧吧！树木、流水、青草和山坡！探矿人的乐园，凯尤斯人①的天堂！眼睛疲倦了有凉爽的绿茵！这儿可没有给脸色苍白的病人的粉红药片。这是给探矿人安排的一块秘密草地，让累了的驴子歇歇的

---

① 凯尤斯人，印第安人的一族。

地方，他妈的！"

他是个沙黄皮肤的人，和蔼幽默似乎是他脸上最突出的特点。这是一张多变的脸，随着内心的思想情绪而急速变化着。他内心的思想从脸上看得出来，各种思想会像掠过湖面的一阵骤风似的在他脸上吹起涟漪。他的头发稀稀拉拉，乱蓬蓬的，发色跟肤色相仿，都淡得说不出是什么颜色。只有他的眼睛蓝得惊人，仿佛他身上所有的颜色都注入这双眼睛里了。同时，这也是一双含笑的、愉快的眼睛，还颇有几分儿童的天真和惊奇的神色；可是，其中又显示出一种说不出的，根据经验阅历而产生的沉着自信和意志坚强的魄力。

他先从藤葛和爬山虎构成的屏幕后扔出矿工用的一把锄头、一把铲子和一个淘金盘。然后他爬出来，跳到宽敞的地方。他身穿黑布衬衫和一条褪了色的工装裤，脚上穿一双钉着平头钉的大皮靴，头戴一顶不成样子的脏帽子，一看就知道它经过了无数次风吹雨打、日晒烟熏。他笔直地站着，睁大眼睛来瞧这神秘的景色，通过快活得扩张起来、颤动着的鼻孔，尽情享受地吸入这个峡谷花园里温暖芬芳的气息。他的眼睛笑得眯成了一条蓝线，满脸堆笑，连嘴角也翘起来露出笑意，他大声说道："一跳一跳的蒲公英，快活的蜀葵，我闻着都是香喷喷的！随你们去替玫瑰香油和科隆香水的工厂吹牛吧！到了这儿，它们可算不了什么啦！"

他有个自言自语的习惯。尽管他那种变化很快的面部表情会透露他的一切思想和情绪，他的舌头还是不甘于落后，他好像鲍斯威尔①第二,总是不得不复述一遍。

这个人在池边躺下来,然后喝了好久的水。"味道挺好。"他喃喃地说,一面抬起头,盯着水池那面的山坡,一面用手背擦了擦嘴。这个山坡吸引着他的注意力。他仍然趴在那儿,仔细地把山坡的结构研究了很久。他用熟练的眼光,从山坡向上瞧到碎裂的谷壁,然后又从上向下瞧到水池旁边。他爬起来,把这个山坡重新打量了一遍。

"照我看,很好。"他下了结论,就拿起了他的锄头、铲子和淘金盘。

他走到池塘下首,轻巧地踩着一块一块的石头,跨过小溪。他在山坡靠水的地方掘了一铲泥,放到淘金盘里。他蹲下来,双手捧着盘子,把它一半浸在水里。然后,他很巧妙地旋转着盘子,让水流进泥沙,再流出去。比较大、比较轻的粒子于是浮到了水面,他很熟练地把盘子一歪,就把这些粒子漂出去了。有时候,为了做得快一点儿,他就把盘子放稳,用指头去拣出大石子和碎石。

盘子里的东西消失得很快,后来只剩下了细泥和极小的沙砾。到了这一步,他就淘得非常从容和细心了。这是细淘,他越淘越细致,全凭着他观察敏锐,手法精细准确。最后,盘子里好像除了水,什么都没有了。可是,他敏捷地把盘子转了半圈,让水从盘子的浅边上流到小溪里,就发现盘底有一层黑

---

① 鲍斯威尔(1740—1795),英国文人,著有《约翰生传》,记述约翰生生前言行。

沙。这层黑沙薄得像喷漆一样。他仔细地检查了一下,其中有小小一粒金砂。他让一点儿溪水从盘子边上漂进来。他迅速地摆动了一下盘子,让水冲刷盘底,一再翻动着黑沙。总算没有白费力气,他又发现了小小的一粒金砂。

这时候,淘洗已经变得很细致了,细致得完全超过了寻常淘金砂所需要的程度。他一点儿一点儿地把黑沙漂到盘子的浅边外面。每一点泥沙都要经过他精细的检查,因此,在漂出去之前,每一粒沙,他都亲眼看过。他非常谨慎地让这些黑沙一点儿一点儿地滑出去。这时候,盘子边上出现了一粒只有针尖大的金砂。他让水倒流,那粒金砂也回到了盘底。这样,他又发现了一粒,接着,又是一粒。他小心翼翼地保护着这些金砂,像牧羊人放牧羊群一样,不让其中有一粒流失。最后,原来的一盘泥沙全漂走了,只剩下了他那几粒金砂。他数了一数,然后,在费了这么大劳力之后,他把盘子里的水一转,一下子把它们全泼到小溪里去了。

可是,等到他站起来的时候,他的蓝眼睛却充满欲望,闪闪发光。"七粒。"他高声咕噜着,这就是他费尽心血淘出来,而又随随便便丢掉的金砂的数目。"七粒。"他又说了一遍,语气很重,好像他要竭力记住这个数目。

他安静地站了很久,观测着那个山坡。他眼睛里露出一种新生的、炽烈的、好奇的光芒。他好像很得意,他的神气就像一头猎狗闻到野兽的气味那样机警。

他向小溪下游走了几步,又弄了一盘泥沙。

于是,他又仔细地淘起来,谨慎地收集着金砂,然后在数完数之后，又随随便便地把它们从盘子里泼到小溪里去。

"五粒，"他咕噜了一声，然后又说，"五粒。"

他不禁又观测了一下小山的形势，才走到小溪下首，再盛一盘泥沙。他收集到的金砂越来越少了。"四粒，三粒，两粒，两粒，一粒。"他一面向小溪下首走，一面在脑子里列了一张表。等到只淘出一粒的时候，他就停下来，用干树枝生起一蓬火。他把淘金盘放在火里去烧，直到盘子烧成蓝黑的颜色。他拿起盘子，很挑剔地检查了一遍，才满意地点了点头。衬着这种颜色的背景，就是极小的黄点，也逃不过他的眼睛了。

他顺着小溪继续走下去，重新淘起来。只找到了一粒金砂。第三盘根本没有金砂。可是他不满意，又淘了三次，每隔一英尺就铲一铲土。结果表明每一盘都没有金砂。这个事实非但没有使他泄气，反而使他觉得很满意。他愈是淘不着，愈是得意，直到他站起来，满心欢喜地喊道："这要不是一个金矿，我情愿让上帝用生苹果敲掉我的脑袋！"

他于是回到他开始淘过的地方，到小溪上游去淘。最初，他收集到的金砂数目增加得很快——简直快得惊人。"十四粒，十八粒，二十一粒，二十六粒。"他在脑子里又列了一张表。就在池子上首，他淘到最多的一盘——一共三十五粒。

"简直可以留起来了。"他很惋惜地说，当他让它们给水冲掉的时候。

太阳已经升到头顶了。这个人仍然在干活儿。他顺流而下，一盘一盘地淘下去，收集到的粒数一直在减少。

"照矿脉消失的情形来看，真是太好啦。"他非常得意地说。这一次，他从一铲泥沙里，只找到了一粒金砂。

后来，他一连淘了几盘，一粒也没有，他就挺直腰，满怀信心地向山坡瞧了一眼。

"哈哈！矿穴先生！"他大声喊着，好像在对隐藏在上面山坡里的听众讲话，"哈哈！矿穴先生！我来啦！我来啦！我一定会抓住你的！你听见了没有，矿穴先生！我一定会抓住你的，错不了！"

他转过身，用观测的眼光，向晴朗的无云的天空瞧了瞧当头的太阳，然后顺着先前淘金时挖出来的那些洞，向峡谷下面走去。走到池子下首，他跨过小溪，就钻到绿幕后面不见了。现在，这一带要恢复安静，已经不太可能了，这个人的爵士歌声，一直控制着这片峡谷。

过了一会儿，他鞋底上的铁钉登在石头上的声音更响了，他回来了。那道绿幕动荡得非常厉害，它好像在拼命挣扎似的前摇后摆，随着又起了一阵响亮的金属摩擦撞击的声音。这个人的嗓子忽然扬得更高了，带着一种严厉呵斥的口气。有一个很大的东西正在气喘吁吁地要冲出来，接着，在一阵折断劈裂的声音里，一匹马从纷纷的落叶中冲了出来。它驮着一个行李包，包袱后面拖着一条条断藤破蔓。这匹马看到自己落到了这么一个所在，非常吃惊地瞧了一会儿，就低下头，满意地吃起草来了。这时候，又冲出了一匹马，它在长满青苔的石头上滑了一下，当马蹄踩到松软的草地上时，才稳住了身体。它背上有一副带着鞍头的墨西哥式马鞍，因为用了很久，已经斑痕累累,褪了色,可是没有人骑。

最后,这个人才出来。他卸下行李和马鞍,看好了露宿的地方,就放开这两匹马,让它们去吃草。他解开粮袋,拿出一只锅和一只咖啡壶。然后他拾来一抱干柴,用几块石头围成了一个生火的地方。

"嘿哟!"他说,"我的食欲可真旺盛呀!我简直连锉下来的铁末子和马蹄上的钉子都吞得下去,老板娘,要是你让我吃双份,我也会谢谢你的。"

他直起腰来,伸手到工装裤的口袋里去掏火柴,一面打量着池子那面的山坡。他已经抓到了那包火柴,可是指头一松,只抽出来了一只空手,他分明是在犹豫。他瞧了瞧他准备好的烹调食物,又瞧了瞧那个山坡。

"我要再试试。"他拿定主意,开始跨过那条小溪。

"我知道,这是毫无意义的事,"他道歉似的咕噜说,"照我看,晚一个钟头再吃东西也饿不坏人。"

他在第一次挖掘的那条线后面几英尺的地方,开辟了第二条路线。太阳不断地向西沉下去,影子一点儿一点儿地变长了,可是这个人继续干着。后来,他又开辟了第三条路线,顺着淘过去。他向山上爬过去的时候,在山坡上划了很多横线。在这些线的中点淘到金子最多,一到两头就什么也淘不出了。他越向上走,这些横线越短,仿佛有规律一样。从它们不断减短的尺度来看,到了山坡上某一个地方,那条线一定会短得不得了,终于只剩了一个点。它们的排列组成了一个倒写的"V"字。而这个"V"字向里收缩的两边,就代表着金砂分布的界线。

很清楚,他的目的是要找到这个"V"字的顶点。他常常顺着这两条斜边向山坡上望去,想确定它的顶点的位置,也就是含有金子的泥沙的终点。矿穴先生就住在这儿——他总是这样亲热地称呼着坡上那个想象的点,他常常大声喊着:"下来,矿穴先生!爽快一点儿,乖乖地下来吧!"

"好吧!"接着,他就会用坚决的口气这样说着,然后威胁道,"好吧,矿穴先生。看起来,你分明是要我亲自上去,把你的秃脑袋抓出来。我会抓住你的!我一定会抓住你的!"

他把每一盘泥沙都端到下面的水池旁边去淘洗。他越往上走,盘子里淘出来的金砂越多,后来他就开始把金砂收集起来,装在他原来随随便便塞在衣袋里的、一个装发酵粉的空铁罐里。他只顾辛苦地工作,没有注意到夜幕已在慢慢降临。直到他怎么也看不出盘底的金砂了,他才知道时间已经过了很久。他突然挺直身体,露出满脸惊恐的表情,懒洋洋地说:"他妈的!我完全忘了要吃饭啦!"

他在黑夜里跟跟跄跄地跨过小溪,生起了他那堆耽搁已久的火。他的晚饭只有薄煎饼、咸肉和热过的熟豆子。接着,他就在闷着火的木炭旁边,抽了一斗烟,听着晚上的声音,望着泻到峡谷里的月光。抽完烟之后,他打开行李,脱下笨重的皮鞋,把毯子拉到了下巴底下。在月光下面,他的脸白得像死尸一样。不过这是一个会活转来的死尸,他突然用胳臂肘撑起身体,盯着对面的山坡。

"晚安,矿穴先生。"他昏昏欲睡地叫道,"晚安。"

他睡过了天色暗淡的早晨,直到阳光射在他那闭着的眼皮上,他才突然惊醒过来,瞧着周围,直到他记起了昨天的事情,省悟到今天的他就是过去活着的那个人。

至于穿衣服,他只要把鞋子穿上系好就够了。他瞧了瞧火堆,又瞧了瞧山坡,心里犹豫不定,后来终于战胜了诱惑,生起火来。

"别着急,比尔,别着急,"他劝告自己,"急有什么好处?急得一身大汗有什么用。矿穴先生会等着你的。他不会在你吃完早饭之前跑掉的。现在你需要的是,比尔,吃点儿新鲜东西。你应该亲自去找一找。"

他在水边砍下了一根短树枝,从口袋里掏出一段钓丝和一个原来很考究、但是已经拖脏了的假蝇饵:"天气这么早,它们也许会上钩的。"他在第一次抛下钓钩时,这样咕噜着。过了一会儿,他就欢天喜地地喊起来:"我说得不错吧,呃?我说得不错吧?"

他没有卷线的轮盘,他也不想浪费时间,他单凭气力,迅速地从水里拉出了一条光亮夺目、十英寸长的鳟鱼。接着,他又很快地一连钓起了三条,当作早饭。等到他踩着踏脚石,穿过小溪,向山坡走去的时候,他忽然想到一个念头,停了一会儿。

"最好先到小溪下游走一趟,"他说,"也许哪个家伙鬼头鬼脑地藏在附近,那可说不定。"

可是他仍旧踩着石头,跨过了小溪,他只说了一句:"我真该去走一趟的。"就忘掉小心谨慎,干起活儿来了。

傍晚的时候,他挺起身子。他的腰因为一直弯着干活儿,已经僵了,他把手伸到背后摸摸疼得难受的肌肉,说道:"他妈的,你倒想想看,这是怎么回事?我又把午饭忘得干干净净了。我要再不注意,我准会变成一个一天只吃两顿的怪人的。"

那天晚上,他在爬到毯子里的时候,自言自语地说:"照我看,矿穴这东西真是太要不得了,它简直能使人心神恍惚。"可是他仍旧没有忘了招呼那个山坡,"晚安,矿穴先生。晚安。"

太阳才出来,他就起身了,他匆匆吃过早饭,就早早地干起活儿来了。他好像得了一种越来越厉害的狂热病,淘到的金子虽然越来越多,却也没有缓和他的狂热。他的面颊泛出一片红色,不过这不是给太阳晒的。他既不知道疲倦,也不知道时间在流逝,每逢他装满了一盘泥沙,他就跑到山下去淘洗。尽管他气喘吁吁,走路一摇一晃,他仍旧禁不住要跑上山去,重新把盘子装满。

这时候,他离开水边大约有一百码,那个倒写的"V"字正在按照一定的比例缩小。含金的泥沙的宽度不断缩短,他暗暗估计着这个"V"字的两条边在山坡上的交点。他的目标正是这个"V"字的顶点,为了确定它的位置,他淘了无数次。

"就在那丛石楠树上面大约两码,向右偏一码的地方。"他终于得出了结论。

这种诱惑把他控制住了。"简直跟脸上的鼻子一样清楚。"他说完了,就不再辛苦地沿着一条条横线挖上去,直接爬到了他所设想的那个顶点。他挖满了一盘泥沙,把它带到山下去淘洗。那里面没有一点儿金子。他深挖浅挖,淘了十几盘,连一粒最小的金砂也没有找到。他气极了,只怪自己不应该这样容易受诱惑,不由得毫不顾体面地把自己辱骂了一顿。接着,他就走下山,再沿着横线挖起来。

"情愿慢而准,比尔,情愿慢而准,"他轻轻地说,"干你这一行,抄近路可发不了财呀,现在你该明白了吧。放聪明些,比尔,放聪明些。情愿慢而准,这是你的不二法门,就这样干下去,干到底吧。"

横线缩短了,"V"字的两边越来越靠拢了,可是深度也越来越增加了。矿脉钻到山里去了。现在他只能在离地面三十英寸的泥沙里找到金子。离地面二十五英寸或者三十五英寸的泥沙里都不含金子。在"V"字的底边,近水的地方,他曾经在草根附近发现过一些金砂。他越往山坡上走,金子就埋得越深。现在,他试淘一次,就得挖一个三英尺深的洞,干起来可真不容易。而在他和那个顶点之间,还有不计其数的洞要挖出来。"谁知道它会钻多深。"他叹了一口气,休息一会儿,用指头抚摩着他的疼痛的背脊。

这个人在炽烈的欲望支配之下,不顾背疼和肌肉僵硬,总是用锄头、铲子挖掘着松软的黄土,千辛万苦地往山上爬。他面前是一片平滑的草坡,布满了繁星似的花朵,发散着一片芬芳气息。他后面是一片荒凉。看起来,就好像这座山的平滑的皮肤上出过疹子似的。他的工作进行得很慢,就像一只蜗牛,留下了一些肮脏讨厌的痕迹,弄脏了美景。

现在，虽然矿脉越来越深，加重了这个人的工作量，可是他淘到的金子也更丰富，这倒也是对他的一种安慰。他淘到的每一盘金子的价值，由两角、三角、五角，一直增加到六角。到了傍晚，他淘金的时候，居然从这一铲泥里得到了一块钱的金砂。

"我敢打赌，一定有个好事的家伙，会闯到我这块草原上来的。"当天晚上，他在把毯子拉到下巴那里的时候，昏昏欲睡地这样咕噜了一句。

他忽然笔直地坐了起来。"比尔！"他尖声地呼喊着，"现在，你听我说，比尔，你听见了没有！明天一早，你一定要到周围瞧瞧有什么情况。明白了吗？明天早晨，可别忘啦！"

他打了个哈欠，瞧着对面的山坡，招呼了一声："晚安，矿穴先生。"

早晨，他比太阳抢先了一步，等到头一道阳光照到他身上的时候，他已经吃完早饭，正在顺着崩塌得可以踏脚的谷壁爬上去。从谷壁顶上瞭望到的情形来看，他发现自己置身于一片寂寥中。他尽量向远处望去，只有如链的群山，一重接一重地映入他的眼帘。他向东西眺望着遥远的、层层叠叠的山脉，终于从山峦当中望到了一排峰顶雪白的山脉——这是主峰，西部世界的高可触天的脊背。向北面和南面，他可以更清楚地看到那些纵横交错的山脉贯穿着这道峰峦似海的主要山脉。西面的山头，一个接着一个地逶迤而下，渐渐变成平缓的小丘，然后消失在他看不见的那片大山谷里。

在这样辽阔的地面上，他没有看到一点儿人迹和人所造成的东西——只有他脚下的残破山坡是唯一的例外。他很仔细地瞧了很久。有一次,他看见峡谷下面远远的地方,仿佛有一缕隐隐的青烟。他重新瞧了一遍,才确定这是山间的紫色烟雾,给后面环抱着它的谷壁遮暗了而造成的幻影。

"嘿,你,矿穴先生!"他对着下面的峡谷喊道,"你从地下出来吧!我来啦,矿穴先生!我来啦!"

这个人脚上的皮靴很重,使他显得步履笨拙,可是他从高得使人头昏的地方下来,却像山羊一样轻飘。绝壁边上有一块石头在他脚下转了一下,他一点儿也不慌张。他好像准确地知道石头转一下要经过多少时间才会出事,因此,在这一瞬间,他反而要利用这块不牢靠的石头,暂且垫一垫步,把他带到安全的地方。到了坡势很陡,他不可能站直的时候,他也不曾犹豫。他会一瞬之间,用脚点着不牢靠的坡面,借势向前跳去。有时,连在刹那间点一点脚的地方都没有,他就会抓住一块突出的岩石,拉住一个裂缝,或者一丛根基不牢的矮树,纵身荡过去。最后,他就猛力一跳,大喊一声,舍弃谷壁,从坡面上随着几吨重下泻的泥土和碎石滑了下来。

这天早晨,他从第一盘泥沙里就淘到了两块多钱的金砂。这是从"V"字的中心淘出来的。由此向两面淘过去,淘到的金子都减少得很快。他所掘的横线已经变得很短了。这个倒写的"V"字的两边,相隔只有几码远了。它们的交点不过在他上面几码远的地方。可是含金的泥沙埋得越来越深了。中午之后,他的洞要挖到五英尺深才会露出金砂。

从这种情况来看,金矿不只是一种迹象了,这儿已经是真正的砂金矿了。因此,他决定在找到了矿穴之后,再回过来搞这块地。不过,越来越丰厚的收获,反而使他担起心来。到了傍晚,他淘到的金砂,已经变得一盘有三四块钱了。他疑惑不定地搔了搔头皮,瞧着山坡上离他只有几英尺远、大概标志着"V"字顶点的石楠树丛。他点了点头,像宣布预言一样地说:"二者必居其一,比尔,二者必居其一。这个矿,要么就完全消散在这座山里了,要么,他妈的,这个矿就一定丰富得不得了,叫你没法儿把它完全带走。要真是这样,那可糟了,你说是吗?啊?"他想着这个令人兴奋的两可之间的问题,不由得嘻嘻笑了起来。

傍晚到了,为了一盘值五块钱的金砂,他不顾天色愈来愈黑,仍旧勉强睁着眼睛,在小溪旁边淘洗。

"真希望有一盏电灯,让我继续干下去。"他说。

那天晚上,他觉得很难睡着。尽管他一再镇定下来,闭上眼睛,希望能够睡着,可是强烈的欲望使他血液沸腾,他总是一再睁开眼睛,疲倦地咕噜着:"要是太阳出来了就好了。"

后来,他终于睡着了,可是星光才暗淡下去,他就睁开了眼睛,天才蒙蒙亮他已经吃完早饭,爬上山坡,向矿穴先生的秘宿走去了。

他开辟的第一条横线,只够挖三个洞,现在,含金砂的土地已经变得很窄了,他找了四天的金矿发源地已经离他很近了。

"沉住气,比尔,沉住气。"他劝慰着自己,他正在挖最后一个洞,"V"字的两边终于交叉在一点了。

"我已经把你全掐住了，矿穴先生，你跑不掉。"当他愈挖愈深的时候，已经把这句话说了很多遍。

四英尺，五英尺，六英尺，他不停地向地底下挖着。现在，挖起来更困难了。他的锄头在碎石头上摩擦得直响。他检查了一下这块石头。"脆石英。"他下定结论，把洞底的松土铲得干干净净，然后用锄头敲打着这块松脆的石英，每敲一下，这块正在崩解的石头就碎裂一些。

他把铲子插到这块松散的石堆里。他看见了一道黄光。他突然丢开铲子，蹲下来。他用双手捧着这块松脆的石英，擦掉上面的土，就像一个庄稼人擦掉新挖出来的山芋上的泥土一样。

"沙达那帕里斯①也要自愧不如吧！"他大喊起来，"简直是一块一块的金子！简直是一块一块的金子！"

他手里捧着的，只有一半是石头，另一半完全是纯金。他把它放在淘金盘里，又拿起一块检查了一下，一点儿也看不出什么黄颜色，可是，等到他用有力的指头把松脆的石英剥掉之后，他两只手里全是亮闪闪的黄金。他一块一块地把它们上面的泥土擦掉，然后把它们扔到淘金盘里。这完全是一个宝库。这儿的石英已经崩解得差不多了，剩下的还没有金子多。他时常会发现一块没有石头附着的矿石——一块纯金。有一块他用锄头从正中敲开的金子，就像一把黄宝石那样闪烁着，他歪着

---

① 沙达那帕里斯，亚述末代国王，荒淫奢侈，后来外族侵入，抵抗两年后自焚而死。

头瞧着它，慢慢地把它转来转去，欣赏着它那夺目的光彩。

"随你们去夸你们那个'金子太多了'的矿吧！"他很轻蔑地哼了一声，"要跟这个矿比，你们那个矿只值三角钱。这个矿全部都是黄金。啊呀，现在我也要给这个峡谷起个名字，就叫作'黄金谷'吧！"

他仍旧蹲着，继续检查那些碎块，把它们扔到淘金盘里。突然间，他觉得有一种危险的预感，好像一片阴影落在他身上，可是又没有影子。他的心几乎要跳到咽喉里，使他透不过气来。接着，他的血就慢慢变冷了，他只觉得汗透了的衬衫冷冰冰地贴着他的肌肉。

他既没有跳起来，也没有东张西望，他一点儿也没有动。他正在研究他得到的这种预兆的性质，打算搞清楚这个向他提出警告的神秘力量的来源，并且依靠感觉来竭力查明这个看不见的、使他感到威胁的东西。有时，我们会感到一种敌意的气息，可是这种气息太微妙了，不是我们的五官所能领会的。他感到了这种气息，可是不知道他是怎么感觉到的。他只觉得这跟浮云蔽日一样，好像在他和生命之间，掠过了一种令人窒息的、具有威胁性的阴暗东西；似乎是一种忧郁的感觉，它仿佛在吞噬着生命，促成死亡——他的死亡。

他觉得浑身的力量都在迫使他跳起来，去对付这种看不见的危险，可是他的理智抑制住了他的恐慌。他仍旧捧着一块金子，蹲在那儿。他不敢东张西望，现在，他已经知道有什么东西正在他身后的洞口上。他装作对手里的金子很感兴趣似的，他用鉴别的眼光检查着这块金子，把它翻来翻去，擦掉它上面的土。可是，他始终都知道，他背后有个什么东西，正在越过他的肩头望着这块金子。

就在他装作欣赏手里的金块的时候，他很注意地听着，他听到了他后面那个东西呼吸的声音。他在面前的土地上搜寻一个兵器。可是只看到了他挖起来的金子，这在目前的绝境里，对他毫无用处。那儿有一把锄头，遇到必要时，这倒是很顺手的武器，可是现在不是使用锄头的时候。他明白他的处境。他在一个七英尺深的窄洞里，他的头伸不到地面，他在一个陷阱里面。

他仍旧蹲着。他很冷静，可是想来想去，始终毫无办法。他只好继续擦掉石英碎块上的泥土，把金块扔到盘子里，他一点儿也没有别的办法。不过他知道，迟早他一定要站起来，对付那个在他后面呼吸着的危险东西。这样，过了几分钟，他知道，每过一分钟，他就跟他要站起来的那个时刻接近了一分钟，不然的话——一想到这儿，他又觉得他的湿衬衫冰冷地贴在肉上了——不然的话，他就会弯着腰，守着他的黄金宝库死掉。

可是他仍旧蹲着，一面擦掉金块上的泥土，一面考虑着他应当用什么方式站起来。他可以猛地一下跳起来，爬到洞外，跟那个威胁他的东西在平地上面对面地干一下。要不然，他也可以慢慢地、满不在乎地站起来，装作偶然发现了在他后面呼吸的那个家伙。他的本能和全身每一块好战的肌肉，都赞成那种猛冲到地面上的办法。然而他的理智和他固有的狡猾却赞成那种缓慢而小心的办法，来跟他看不见的那个威胁他的东西见面。正在他这样盘算的时候，他听到一声很响的、爆裂的声音。就在这一刹那，他背脊左面受到了沉重的一击，他感到从击中的那一点，有一道火光穿透了他的身体。他一下子跳了起来，可是跳到一半就倒下了。他的身体蜷曲得好像一片突然给烧焦了的叶子，他垮下来了，他的胸脯压着那盘金子，他的脸贴着泥土和石头，由于洞底的地方有限，他的腿盘在一块儿。他的腿痉挛地扭动了几次。他的身体像生了很厉害的疟疾一样颤抖着。他的胸部正在慢慢地扩张，接着，他深深地叹息了一声。然后，他就慢慢地，非常缓慢地吐气，并且同样缓慢地躺直身体，一动也不动了。

洞口上面，有一个拿着左轮手枪的人正在向下面窥探。他向下面这个趴着不动的身体瞧了很久。过了一会儿，这个突如其来的人就坐在洞口，把枪放在他的膝盖上，以便看到下面的情形。他把一只手伸到口袋里，掏出了一些棕色的碎纸，然后在纸上放了一点儿烟屑。他把它卷好，两头一塞，就变成了一支棕黄色的又短又粗的香烟。他的眼光，一次也没有离开过躺在洞底下的那个身体。他点着香烟，很舒服地吸了一口。他吸得很慢。后来，香烟熄了，他又把它点着。可是，他始终都在研究着他下面那个身体。

最后，他把香烟头扔掉，站了起来。他走到洞口旁边。他跨在洞口上，用两只手撑在洞口两边，右手仍然握着枪，靠着臂力把身体放下去。等到他的脚离洞底还有一码的时候，他就松开手，落下去了。

他的脚刚一沾地，他就看到那个采金人的胳膊猛然一伸，只觉得自己的两条腿迅速地一扭，已经摔倒了。他在向下跳的时候，他那只拿着枪的手本来是向上举的，可是他的腿才给抱住，他已经把枪拿下来了。就在他的身体还在空中，他还不曾完全摔倒的时候，他的手已经扣响了扳机。在这个狭窄的洞里，枪声震耳欲聋。洞里硝烟弥漫，弄得他什么也看不见。他仰面朝天摔到洞底，那个采金人立刻像猫一样压到他身上。甚至当采金人压到他身上的时候，他还弯转右臂，准备再开一枪。就在这一瞬间，那个采金人已经用胳臂肘飞快地向他的手腕撞了一下。枪口一翘，那颗子弹就打到洞壁的泥土里去了。

接着，这个突如其来的人觉得采金者的手抓住了他的手腕。他们争夺起那支枪来，每一个人都想把枪口指向对方。这时候，洞里的烟渐渐散了，这个仰面朝天、突如其来的人可以模糊地看见一点儿东西了。可是他的对头突然故意地对准他的眼睛撒了一把土，他又什么也看不见了。在这突然一惊的时候，他那支左轮手枪抓不住了。接着，他就觉得脑子里突然一片漆黑，可是，在这一瞬间，他甚至连那一片漆黑的感觉也没有了。

于是，这个采金人又接连开了几枪，直到打完了子弹。然后他才把枪扔开，气喘吁吁地在死人的腿上坐下。

这个采金人啜泣着，不住地喘气。"好一个下流东西！"他气喘吁吁地说，"跟在我后面，让我干活儿，然后从背后打我一枪！"

由于愤怒和疲劳过度，他几乎要哭了。他瞧了瞧那个死人的脸。那上面撒满松土和沙石，很难辨认他的面貌。

"从来没见过这个家伙,"他在仔细瞧过之后说,"不过是一个极平常的小偷,他妈的!可是他居然从背后打了我一枪!他居然从背后打了我一枪!"

他解开衬衫,摸摸左面的胸部和背部。

"完全打穿了,可是不碍事!"他得意地叫了起来,"我敢打赌,他瞄得非常非常准,可是他在扣扳机的时候,枪口偏了一点儿。这个浑蛋!我把他收拾了!哼,我可把他收拾了!"

他用手指摸着身上的子弹洞,脸上露出了懊丧的神气。"这个伤口恐怕要疼起来的,"他说,"我得包好伤口,赶紧离开这儿。"

他爬出洞口,走到山下露宿的地方。半个钟头之后,他牵着他的驮行李的马回来了。从他的敞开的衬衫里,可以看出他包扎伤口的绷带。他的左手,动作很缓慢,很不灵活,可是并不妨碍他运用他的胳臂。

那个死人腋下捆背包的绳子环使他能够把尸首从洞里拖了出来。接着,他就去掘金子。他不停地干了几个钟头,常常要停下来,让他的僵硬的肩膀休息一会儿,在这一段时间里,他总是说:"他从背后打了我一枪,这个下流的东西!他从背后打了我一枪!"

等到他的金子差不多全弄出来了,并且牢牢地用几条毯子裹好,打成几个包袱的时候,他估计了一下这些金子的价值。

"要没有四百磅,就算我是个霍屯督人①。"他说,"就算有

---

① 霍屯督人,西南非洲的一个民族。

两百磅石英和泥沙吧——那也还有两百磅金子。比尔！醒醒吧！两百磅金子呀！四千块钱啦！这全是你的——全是你的！"

他快活地抓了抓头皮，他的指头无意中伸到了一个他不熟悉的槽里。他顺着这个槽摸下去，它有好几英寸长。原来是第二颗子弹擦过他的头皮时划的一道印子。

他怒气冲冲地走到那个死人旁边。

"你想打死我，是吗？"他气势汹汹地说，"你想打死我吗？好吧，我总算好好地把你收拾了，现在我还要把你体体面面地埋葬。反过来，我待你可比你对我好多了。"

他把尸首拖到洞口，把它推到洞里。这个尸首扑通一声，落到了洞底。尸首侧着倒下去，它的脸扭着，对着上面的亮光。这个采金人向下瞧了它一下。

"你从背后打了我一枪！"他责备地说。

他用锄头、铲子把泥土填满了这个洞。接着，他就把金子包袱放到马背上。对这匹马来说，这些金子太重了，因此一到露宿地，他就把一部分金子挪到那匹有鞍子的马背上。即使这样，他也不得不丢掉一部分装备——他把锄头、铲子、淘金盘、多余的粮食和烧饭的器具，以及其他零零星星的东西都丢掉了。

这个人赶着他的两匹马到了那一片藤葛组成的绿幕面前的时候，太阳已经升到了天顶。为了爬上巨大的岩石，这两匹牲口不得不抬起前腿，盲目地挤进那些纠缠在一块儿的树丛里。有一次，那匹备上鞍子的马摔得很重，这个人于是卸下马背上的包袱，让它站起来。等到它重新上路的时候，这个人转过身从树叶当中探出头来,瞧了瞧那个山坡。

"下流的东西!"他说完之后,就不见了。

这时候,发出了一阵拉扯藤葛和折裂树枝的声音。那些树前后摇摆着,说明了那两匹马正从它们当中穿过。在马蹄噔噔踏在石头上的声音里,不时还夹杂着一声咒骂或者尖厉的吆喝。接着,就听到了那个人提高嗓子唱歌的声音:

> 回过头来,转过你的脸,
> 对着那天赐的美妙小山。
> (罪恶的势力,你要蔑视!)
> 瞧瞧周围,再看看四方,
> 把罪恶的包袱扔到地上。
> (你会一早就遇见上帝!)

歌声愈来愈模糊了,沉寂之后,这儿又恢复了原有的一切。小溪又在打盹儿和低声细语,山蜂的嗡嗡声又昏昏欲睡地发出来,雪白的杨花在浓郁的香气里飘荡着,蝴蝶在树丛里翻飞,一切都给安静的阳光照得亮晶晶的。只有草地上的马蹄印和那片残破的山坡,还标志着人生的凶险历程曾经一度打破这儿的和平,接着又离开了这儿。

# 监　狱

我在监狱的院子里干了两天苦工。那是个重活儿，虽然我一有机会就装病，我还是给搞垮了。这是因为伙食的关系。谁也不能靠那种伙食干重活儿。面包跟水，这就是他们给我们的一切。照理说，我们一星期应当吃一次肉；可是，这种肉总是不够分配，而且它又得先用来煮汤，煮得一点儿养分也不剩，因此，一个星期里能不能尝到一次，并没有什么关系。

此外，这种面包跟水的伙食，还有一个致命的缺点。我们得到的水很多，面包却老是不够。一份面包只有两个拳头那么大,每个犯人每天只能得到三份。至于水,那我可一定要说,它的确有一桩好处——挺热。早上,它叫作"咖啡"。中午,它就很神奇地成了"汤"。晚上,它又会化装成"茶"。其实,从早到晚,照旧还是那种水。犯人们都把它叫作"邪水"。早晨,它是黑水,颜色是用焦面包屑煮出来的。中午,它就去掉这种颜色,加上一点儿盐和一滴油。开晚饭的时候,它又换上一种无论怎么也猜不出的发紫的赭石色。这是一种糟透了的茶,不过倒是真正的热水。

我们这伙人全是伊雷县监狱里的饿汉。只有"长期犯人"才懂得什么叫作吃饱。这是因为,如果他们的伙食跟我们"短期犯人"的一样,用不了多久,他们就全会饿死。我知道那些长期犯人吃得要充足一点儿,因为我们大厅底层有一整排牢房都住的是这种家伙,我在当杂役的时候,常常借着送饭偷他们的伙食。一个人要是单吃面包而又吃不够,是活不下去的。

我的朋友是管发东西的。我在院子里干了两天之后,就给提到牢房外面,成了一个杂役,一个"当差"。一早一晚,我们把面包送到犯人的牢房里,但是十二点钟要采用一种不同的办法。罪犯下了工,全得排成很长的队伍进来。他们一走进我们大厅的门,就把手从他们前面的人的肩膀上放下来,不再走那种连环步。门里面堆着许多放面包的盘子,同时,总当差和两个普通的当差也站在那儿。我就是这两个里面的一个。我们的差事是在罪犯队伍走过的时候,端着面包托盘。每逢一个托盘分完了,譬如说,我端的那个托盘空了,另外一个当差就端来一满盘面包跟我换位。等到他那盘分完了，我又端上一满盘面包跟他换位。这样，队伍不断地往里走，每一个人都会伸出右手，从托盘里拿走一份面包。

总当差的职务跟我们不同。他使的是一根棍子。他只站在托盘旁边看着。那群饿慌了的倒霉鬼始终丢不开他们的妄想，他们总以为有时候可以想办法从托盘里拿走两份面包。但是根据我的经验，那种时候永远也不会有。只要哪只手敢大胆一试，总当差的棍子就会用一种闪电的方式——快得跟老虎爪子扑来一样——揍它一下。他的手法很准，因为他用棍子打破的手太多，简直百发百中。他从来不会落空，他处罚起这些犯规的罪犯来，通常都是先把他们的那份口粮拿走，然后打发他们回到牢房去吃那顿只有热水的中饭。

有时候，碰到所有的犯人都躺在牢房里挨饿，我常常会发现当差的牢房里，另外藏着一百多份面包。我们这样克扣面包，也许显得很荒唐。不过，这是我们的一种外快。在我们的大厅里面，我们都是掌握经济大权的人，我们所耍的手段，跟文明世界里那些掌握经济大权的人差不多完全一样。我们控制着整个粮食供应，我们跟监狱外面那些强盗弟兄一样，也是逼着他们要付出极高的代价才买得到。我们贩卖面包。那些在监牢的院子里做苦工的人，每一个星期，都会领到一块值五分钱的口嚼烟草。这种烟草就成了这个王国的货币。我们交换的方式是，一块烟草换两三份面包。他们所以肯交换，并不是因为他们不喜欢烟草，而是因为他们更喜欢面包。唉，我也知道，这跟抢走婴儿口里的糖果一样，不过，换上你又会怎么办呢？

我们得活下去。同时，对于敢作敢为、能闯出一番事业的人，当然也应当有点儿报酬。再说，我们也不过是模仿监狱外面那些比我们高明的人，而他们，除了规模大些，披着商人、银行家、工业巨子等高贵的伪装之外，所作所为和我们完全一样。如果没有我们，我简直不能想象，那些可怜的家伙会遇上多么可怕的境况。老天总知道，是我们让伊雷县监狱里的面包流通起来的。嘿，我们还在这些丢掉自己烟草的倒霉鬼中间，推动省吃俭用的风气呢……另外，还有我们所立下的榜样。我们让每一个罪犯心里都产生了能跟我们一样，能够搞一点儿外快的野心。我们是社会的救主——照我看，这话可真不假。

譬如说，有一个一点儿烟草也没有的饿汉。他大概是个败家子，自己把烟草全嚼了。很好。他有一副背带。我可以拿六份面包跟他交换——或者，如果他那副背带的质料很好，给他十二份面包。可是，我从来不用背带，不过那也没有关系。拐角上住着一个判了十年徒刑的杀人犯。他用背带，他需要一副。我可以去卖给他，跟他换一点儿肉。我要的就是肉。也许，他还有一本破烂的纸面小说。那可是个宝贝。我可以先把它读完，然后用它跟烘饼的换饼，跟厨子换肉和蔬菜，跟火夫换正式的咖啡，或者去跟其他的什么人换来一份只有天知道怎么会偶尔落进监狱的报纸。那些烘饼的伙计、厨子、火夫，都是跟我一样的犯人。他们全住在大厅里我们上面的第一排牢房里。

一句话，伊雷县监狱里已经搞起了一套完备的交换制度，甚至还有流通的现款。这种钱，有时候是由短期犯人走私进来的，当然，从洗劫新犯人的理发室流进来的钱要更多一点儿，但是，大部分都是从长期犯人的牢房里流出来的——至于他们的钱是怎么弄来的，那我可不知道。

由于总当差的地位优越，据说，他很有钱。他除了有各种外快之外，还从我们身上捞外快。我们剥削着一般的倒霉鬼，而总当差就是我们全体犯人上面的剥削大王。我们所以能保持各人的外快，都是靠他的默许，为了得到这种默许，我们必须付出代价。我已经讲过，据说他很有钱，不过我们从来也没见过他的钱。他独自一人住在一间牢房里，好像是一个性情孤僻的伟人。

不过，我说在监狱里能够赚钱的话，的确是有凭有据，因为我跟坐第三把交椅的头儿在一个牢房里住过好一阵。他有十六块多钱。每天晚上，一过九点钟，我们全给关进牢房之后，他总要数一数他那笔钱。同时，他每天晚上都要告诉我，如果我把这件事泄露给其他的当差，他会怎么对付我。我瞧得出他是怕挨抢，危险正在从三种不同的方向来威胁他。首先是那些看守。他们可能会扑上来两个，把他翻倒，借口他不服管理，好好揍他一顿，然后把他扔进"独院"（地牢）。在这阵混乱当中，他那十六块钱准会不翼而飞。而且，总当差也会拿开除他、把他发回监狱的院子里做苦工的话来吓唬他，把这笔钱全部拿走。此外，还有我们这十个普通的当差。如果我们得到了他有钱的风声，那么，碰上哪天没事，我们也很可能一齐动手，把他弄到什么拐角里弄翻。唉，我们全是豺狼。听我说吧——就跟那些在华尔街做买卖的家伙一样。

因此，他怕我们是有道理的，同时，我怕他也是有道理的。他是一个块头挺大、一字不识的蛮汉，一个在切萨皮克湾打劫过牡蛎船的海盗，一个在新新①坐过五年牢的"过来人"，一只愚蠢透顶的吃肉的野兽。他常常会把从铁窗栅栏当中飞进我们大厅里来的麻雀捉住。每逢抓到一只，他就会连忙走到自己的牢房里。我曾经看到他咬碎麻雀的骨头，一面把它生吃下去，一面吐出鸟毛来。唔，没有的事，我从来也没把他的事泄露给其他的当差。现在，我还是头一次提到他那十六块钱。

不过，我还是要从他身上捞外快。他爱上了一个关在"女牢"的女犯人。他不识字，不会写信，我常常把她的信念给他听，并且替他写回信。因此，我就要他为这件事付出代价。我写的这些信也都是呱呱叫的信。我使出了全副本事，用的是最好的字眼，再说，这段爱情还是我替他搞成功的。虽然我很机灵地猜到了，她所爱的并不是他，而是区区代笔先生。我要再说一遍，那些信的确妙极了。

我们的另外一种外快是"传火种"。在这个门禁森严的铁栏世界里，我们是天国的使者，传火的人②。每逢那些人晚上做完苦工回来，被锁到牢房里的时候，他们都要吸烟。于是，我们就重新点起神圣的火花，带着我们那冒烟的火种，顺着走廊，在每一间牢房面前走过。那些聪明的，或者跟我们做过生意的，都准备好了点火的东西。不过，并不是每一个人都能得

---

① 新新，美国最大的监狱，在纽约。
② 希腊神话，普罗米修斯从天上给人类带来了火种。

到神圣的火花。那种不肯掏腰包的家伙，就得不到火花，抽不上烟，只好睡觉。可是，我们怕什么？我们把他掐得死死的，如果他敢哼一声，我们就会过去两三个人，把他弄翻，叫他"放明白一点儿"。

你瞧，这就是我们这伙当差的行之有效的办法。我们一共十三个人。这个大厅里的犯人差不多有五百。我们的差事是干活儿和维持秩序。后面这一点本来是看守的差事，可是他们把这种事交给了我们，得由我们来维持秩序。如果我们干不了，我们就会被开除，给发回去做苦工，而且很可能会被关到地牢里去尝尝那种滋味。不过，只要我们能够维持秩序，我们就可以继续捞我们的那一套外快。

请你暂时别嫌我唠叨，先瞧瞧这个问题。现在，我们这十三只野兽要制服五百只其他的野兽。这座监牢，简直是个活地狱，而且这地方得由我们这十三个家伙来统治。从野兽的性格来讲，我们绝不能靠仁慈来统治。我们用恐怖来统治。当然，在我们后面，还有看守来支持我们。遇到极端困难的时候，我们就要找他们帮忙。不过，如果我们找他们的次数太多，那就会惹得他们不耐烦，这样，他们准会委派更得力的杂役来代替我们。可是，我们并不常去找他们，顶多也只在我们要打开牢门，进去治服一个不服管的犯人的时候，才悄悄请他一声。遇到这种情形，看守总是把门一打开就走了，因为我们六个当差的走进去，就会来上一套整人的办法，他不愿意在那儿当什么见证。

关于这套整人的办法的详细情形，我不预备谈了。总之，所谓整人的办法,在伊雷县监狱里,不过是最起码的一种不能印成文字的恐怖手段。我说的是"不能印成文字",其实,我也应该说"不能想象"。别瞧我见过世面,也知道人会堕落到多么可怕的深渊,然而这种手段,在我没有见过之前,也还是不能想象。你得用探海的铅锤才能测出伊雷县监狱的底有多深,而我只不过就我所见,浮光掠影地随便提了一下这些事的表面。

有时候,譬如说早晨犯人们下来洗脸的那一会儿,我们这十三个人在他们当中的确有点儿势单力薄,无论他们里面的哪个都会整我们一下。在这种十三对五百的情形之下,我们只有用恐怖手段来统治一切。我们绝不允许有一丝一毫犯规的情形,一丝一毫的放肆。如果我们有一点儿放松,那我们可就完了。我们自己的规矩是,只要有人一开口,马上就揍他一下——而且要揍得狠,随便抓起什么就打。用扫帚柄,掉过头,朝脸上一下,准能使他清醒。不过,这还不能算数。对这种人,一定得用他做个榜样。因此,下一条规矩就是得给他一阵猛打,叫他服服帖帖。当然,你也准知道,任何当差一瞧见都会跑过来,一起给他个教训,因为这也是一条规矩。无论哪个当差跟犯人闹纠纷,其他的当差,只要在跟前,都有义务上来帮一手。你也用不着问这种事有什么好处——反正是上来就揍,随便抓起什么就打。一句话,就是把那个家伙干倒。

我记得有一个年轻漂亮的黑白混血儿,大约二十岁,他脑子里忽然起了个发疯的念头,觉得应当保卫他的权利。他的确有权利这样做,不过这对他并没有什么好处。他住在最高的一层走廊上。八个当差只用了一分半钟,就治好了他的自以为是的毛病。因为从他那条走廊走到头,再走五级铁楼梯只要这么多时间。他在这段路上,除了没用脚走过以外,浑身都沾过地板,而且那八个当差也都没闲着。这个混血儿摔到地面的时候,我正站在那儿,瞧见一切经过。他爬起来,笔直地站了一会儿。当时,他把胳膊伸得很开,发出了一种恐怖、痛苦和伤心的惨叫。在他惨叫的时候,他身上的那件撕成碎片的宽大囚衣,就像换布景似的全落到了地上,只见他一丝不挂,浑身流血。接着,他就倒下去,不省人事了。他算得到了教训,同时,监狱里每一个听到他惨叫的罪犯也都得到了一次教训。我自己也得到了一次教训。看见一个人在一分半钟内就把心伤透,这可真不好受。

下面的情形,可以说明在传火种这种外快上,我们是怎么做生意的。一队新来的人给安置到了你那些牢房里。你拿着火种在铁栏外面走着。"嘿,伙计,给我一个火儿。"有人招呼你了。这是一个广告,告诉你那个人身上有烟草。你把火种传进去,走你的路。过了一会儿,你再回来,随便往铁栏杆上一靠,说上一句:"嘿,伙计,给我点儿烟草成吗?"假使他对这套把戏不放聪明一点儿的话,通常他总是郑重地告诉你,他一点儿烟草也没有了。很好。你对此表示一下惋惜,然后走你的路。可是你知道他的火种只能维持一天。第二天,你又走过去,他又说:"嘿,伙计,给我一个火儿。"于是你就说:"你没有烟草啦,你用不着火。"因此,你就不给他火种。半个钟头之后,或者一两个钟头,甚至三个钟头以后,你再从旁边走过,那个人会很和气地招呼你:"来,伙计。"于是你就来了。你把手伸到铁栏杆里面,他给你一把宝贵的烟草,然后你就给他点个火儿。

不过,有时候,来了一个新手,我们在他身上捞不着外快。有人用黑话传过来,告诉我们得对他客气一点儿。至于这句话是从哪儿来的,我们始终不清楚。大伙儿只知道一件事,这家伙有"势力"。这可能指他跟某个当差的头儿有交情;也可能指他认识监狱里其他地方的一个看守;也许,他已经买通了更上层的那些捞外快的,得到了特别照顾。总之,不管怎么回事,假如我们不想找麻烦的话,我们就得对他客客气气。

我们这伙当差的都是中间人和信差。我们在那些住在监狱里各个不同地方的犯人中间拉拢生意,并且替他们成全交易。当然,在这一来一往里面,我们得拿点儿回扣。有时候,成交的东西得经过半打中间人的手,于是,每一个人都要捞一点儿,或者用这个那个办法得点儿酬劳。

有时候,你会欠别人的情分,有时候,别人又欠你的情分。因此,我一走进监牢,就欠了那个替我把东西偷运进来的犯人的情分。过了一个多星期,一个火夫把一封信传到了我手里。这是一个理发师交给他的。理发师是从替我把东西偷运进来的那个犯人那儿收到的。因为我欠他的情分,我得把这封信传下去。不过,这封信并不是他写的。寄信人是他那座大厅里的一个长期犯人。这封信要交到女牢里的一个女犯人手里。至于这封信究竟是写给她的,或者她也跟我们一样,只是一连串中间人里的一环,我就不知道了。我只知道她的模样,而且得由我把信交到她手里。

两天过去了,在这段时间里面,我一直藏着这封信。后来,机会到了。所有的犯人穿的衣服都由女犯人补好了。我们这伙当差里面有几个要到女牢里把大捆的衣服抬回来。我跟总当差商量好了,他答应让我也去。门被一扇一扇地打开了锁,我们一路穿过监狱向女牢走去。我们走到了一间大房子里面,那儿有许多女人正在坐着补衣服。我瞟来瞟去地找他们告诉我的那个女人。我找到了她,并且想办法向她靠拢。这儿有两个鹰眼的女看守在值班。我手里捏着那封信,对那个女人丢了一个眼色。她知道我给她带来了东西。她准是早就在盼望着,我们一进门她就在留心谁是给她带信的人。不过有一个女看守站在离她两英尺左右的地方。别的当差已经都拎起了该由他们背走的包袱。时间就要错过。我假装包袱没捆紧,耽搁了一下。那个女看守会不会往别处瞧呢?我能不能成功呢?就在这时候,一个女犯人跟一个当差开了一个玩笑——不知是伸出腿绊了他一下,还是捏了他一把,或者是搞了一个其他的名堂。这个女看守立刻朝那面望过去,把那个女人臭骂了一顿。至今,我也不知道她们是不是早就商量好了,故意叫女看守分神,不过我的确知道这就是我的机会。我要找的那个女人已经把一只手从怀里垂到身边。我弯下腰来拎包袱。借着弯腰的姿势,我顺手把信递给了她,并且从她那儿收到一封回信。转眼之间我把包袱扛上肩膀,那个女看守已经回过头来瞧我,因为我是掉在最后的一个当差,而且正在连忙去赶我的同伙。那个女人交给我的信,后来就由我转交给火夫,然后通过理发师的手,以及那个替我偷运东西进来的犯人的手,一直传到了另一头的那个长期犯人手里。

我们常常传信,由于这条传递链非常复杂,我们既不知道谁是寄信人,也不知道谁是收信人。我们不过是这根链子里的几个环节。往往都是在什么地方,不知怎么一来,一个犯人就把一封信塞到了我手里,告诉我把它交给另一个传信人。这一切方便,以后都是要报偿的,等到我直接跟当事人传信的时候,我就会从他那儿得到我的报酬。整个监狱里都布满了这种交通网,而我们这些控制联络系统的人,因为都是模仿资本主义社会,也就很自然地,要从我们的主顾那儿勒索重税。尽管有时候,我们不过是爱管闲事,然而,这的确是一个可以得到重利的差事。

我在全部坐牢的时间里,一直跟同住的伙伴把关系搞得很好。他替我出了不少力,反过来,他也希望我同样地为他出力。等到我们出了狱,我们还要一道走走,因此,不用说,也要一道干干"买卖",因为我这个朋友是个匪徒——不过,算不上头等角色,他只是一个小小的匪徒,会偷会抢,会穿墙越户,如果给逼紧了,还会不顾一切杀人。我们常常坐在一起,悄悄地谈上个把钟头。他觉得在最近的将来,有两三笔买卖可以试试,并且替我安排好了我在这两三笔买卖里该做些什么,而我也帮着他一起订详细的计划。我跟这种匪徒相处过多次,也见识过很多,因此,我的朋友从来也没有想到我只是在骗他,而且连续对他说了三十天鬼话。他觉得我真正是块材料,因为我不笨,很喜欢我,同时,我觉得,他对我还有点儿好感。当然，我一点儿也没有跟他去过那种卑劣下流、偷偷摸摸的生活的意思。不过，如果就此丢掉那一切靠他的交情得来的好处，那我也得算是个傻瓜。一个人要是落到了地狱里的火山熔岩上，他就不能挑选自己的道路，而我在伊雷县监狱里的情形，也正是这样。我只好跟这种"亡命徒"混在一块儿，不然的话，我就得去干苦工吃面包和水；而为了跟这种亡命徒混在一块儿，我就得好好应付我这个朋友。

监狱里的生活倒也不单调。每天都要出点儿什么事：那些犯人常常会发神经、发疯，或者打架，而那些当差又会喝得大醉。其中一个普通的当差，名叫浪荡杰克，是我们的"酒星"。他是一个真正的"行家"，一个"泡在酒里"的醉鬼，而且就这样从总当差那儿得到了各种自由。二头儿匹茨堡·玖，也经常跟浪荡杰克一块儿闹酒。大伙儿一谈起这一对儿，都说只有在伊雷县监狱，一个人才可以"喝过头"而不被抓起来。这件事，我从来没有搞明白，据说，他们喝的是麻醉药，这是他们耍鬼把戏从药房里弄来的溴化钾。不过，我可知道，不管他们喝的是什么麻醉药，有时，他们的确会喝得大醉。

我们的大厅是一个大杂烩，充满了社会上的垃圾废物——有先天的低能儿，堕落的败类，残废，疯子，白痴，癫痫病人，畸形的怪物，神经衰弱的家伙。总之，全是些噩梦里的人物。因此，在我们这儿，发精神病的事很流行。这种精神病好像还会传染。每逢有人开了头，其他的常会跟着发作。我曾经看到七个人同时发作，弄得空气中充满了他们的惨叫，此外，还有六七个疯子也同时大吵大闹，不断地胡说八道。这儿的人除了往他们身上泼冷水以外，从来没有给他们一点儿治疗。即使想去请个医务见习或者医生也是白费劲，他们都不肯为这种常常发生的小事来操心烦神。

其中有一个荷兰小伙子，大约十八岁，最容易发毛病。他每天都要来一阵。因此，我们就把他安置在底层的一个角落里，跟我们住在一排。看守因为他在监狱的院子里闹了几回，不愿意再为他麻烦，就把他整天关在牢房里，让一个同牢的伦敦佬陪着他。不过，这并不是因为那个伦敦佬有什么用处。每逢这个荷兰小伙子发作起来，那个伦敦佬就吓得浑身瘫软。

这个荷兰小伙子连一句英文也不会说。他是个庄稼人家的孩子，因为跟什么人打架，给判了九十天徒刑。他发作起来的时候总是要先嗥一阵，跟狼嗥一样。同时，他又是站着发毛病，这对他很不利，因为他总是发作得厉害起来，就会一头栽倒在地上。我一听到这种拖长调子的狼嗥，通常都要抓起一把扫帚，跑到他的牢房那儿。可是，杂役不可以拿钥匙开牢，我走不进去。他常常站在他那间窄窄的牢房中央，抽搐地发抖，眼睛向上翻，一直翻到只看见眼白，然后像孤鬼一样惨嗥。我虽然尽量想法子，也始终没有劝得那个伦敦佬肯去扶他一把。每逢他站在那儿嗥起来，那个伦敦佬总是缩在上铺里，一面发抖，一面用吓得要死的眼光紧紧盯着小伙子那种可怕的样子和他的往上翻的眼睛，听他在那儿一再地惨嗥。这种情形对那个可怜的伦敦佬，的确也很难熬。他自己的头脑本来就不大健全，奇怪的是，他居然没有给逼疯。

我所能办到的一切，最多不过是利用那把扫帚。我可以把它塞进铁栏杆，抵住荷兰人的胸脯，在那儿等着。每逢他快要发作到极点的时候，他常常会开始前后晃荡。我可以随着他的晃荡，用扫帚来拦着他，因为说不定什么时候，他也许会很可怕地向前一栽。到了他真向前栽的时候，我可以用扫帚挡住他，让他栽得轻一点儿。不过，尽管我这样做，他还是一直摔得不轻，他的脸还是会经常在石头地面上摔破。一旦他栽到地上，抽搐地扭动起来，我就会往他身上泼一桶水。我不知道冷水究竟适宜不适宜，不过这是伊雷县监狱里的成规，从来没有谁对他用过别的办法。他反正躺在那儿，湿淋淋地，过上一个多钟头，就会又爬到他的铺上去。我知道，最好不要跑去找看守帮忙，本来嘛，一个疯病发作的人又算得了什么呢？

隔壁的牢房里住着一个古怪的人——一个因为在巴尔纳姆马戏班的剩菜桶里捞东西吃给判了六十天的人，至少，照他自己说的就是这样。他是个脑子被折磨得很惨的家伙，不过，起初他倒也很安稳，很和气。他犯案的事实的确跟他说的一样。当时，他不知不觉地走到了马戏场，因为饿了，就到剩菜桶里捞了点儿马戏演员不要的面包剩菜。他常常郑重其事地对我说："那真是呱呱叫的面包，不过，就是看不见肉。"后来，一个警察当场看见了他，把他逮住，他才到了这儿。

有一次，我拿着一根细的硬铁丝，从他的牢房旁边走过。他向我讨得很急，我只好把铁丝从铁栏杆当中递给他。他马上不用工具，单凭指头，把它折成好几小段，然后把它们弯成了半打挺合用的安全别针。他是利用石头地面把针头磨尖的。从此以后，我就做了一阵别针的生意。我供给他原料，贩卖成品，实际的工作全由他来干。作为工资，我经常多给他几份面包，有时，还偶尔给他一块肉，或者一根有骨髓的烧过汤的骨头。

不过，坐牢还是对他产生了影响，他的性情变得一天比一天暴躁了。那些当差都喜欢逗弄他。他们让他的脆弱头脑充满了他会继承一大笔遗产的念头。他们说，他所以会给逮住，关进监牢，是因为有人要抢走他的财产。当然，他自己也明白，没有哪一条法律禁止人从桶里捞东西吃。因此，他是给冤枉关起来的。这是一个剥夺他的财产的阴谋。

起初，我是因为听到那些当差都在哈哈大笑地谈论他们逗他的经过，才知道了这件事。接着，他就跟我一本正经地商量了一会儿，对我说起他的百万家当，以及那个要剥夺他的财产的阴谋，并且委派我做他的侦探。我想尽办法，来慢慢打消他这种念头，我隐约地对他谈到这是一个误会，那个合法继承人是一个跟他同名同姓的家伙。我劝得他完全清醒了才走开。不过，我没有办法让那些当差不再麻烦他，而他们偏偏逗得比以前还要厉害。最后，经过了一场非常激烈的争论，他跟我闹翻了，撤销了我的私人侦探的资格，开始罢工。我的别针买卖完蛋了。他再也不肯做别针了，每逢我从他的牢房旁边走过，他还会拿别针原料隔着铁栏杆来打我。

我一直没有办法跟他讲和。其他的当差，全对他说我是那些阴谋家雇用的侦探。这样，逗来逗去，他们终于用那套鬼话把他逼疯了。这个无中生有的阴谋一直在折磨着他的头脑，他终于变成了一个危险的、要杀人的疯子。看守都不要听他那些给人偷走几百万财产的话,于是他又指责他们也参加了这种阴谋。有一天,他把一罐热茶泼在一个看守身上。他们马上调查了一下他的案情。看守长在牢房的铁栏杆外面跟他谈了几分钟。后来,他们就把他弄走,交给医生去检查。他一直没有回来,我常常怀疑他是不是死了,还是给送到了什么疯人院里,仍然在那儿胡言乱语地讲他的百万家当。

最后,总算到了我刑满释放的那天。三头儿也是在这一天被释放的。我替他搞到手的那个坐过短期牢的姑娘,正在监狱的墙外面等他。他们快快活活地一道离开了。我跟我的同住的伙伴也一道走了出去,接着又一道走到了巴法罗。我们不是要永远待在一起吗?那一天,我们在大街上一块儿讨小钱,把讨来的钱全用来买"一吓泼一吓泼"① 的啤酒——我不知道这个字眼该怎么写,不过照字音拼来就是我写的这个样子,只要三分钱就可以买到"一吓泼"。我一直在等机会溜走。我从街上的一个流浪汉口里设法打听到了一列货车出发的时间,于是我就计算好了时间。时间到了,我跟我的同住的伙伴正在一个酒吧间里。我们面前摆着两大杯冒着白沫的啤酒。我本来想说声再会的。他一直对我很好。可是我不敢。我溜出酒吧间的后门,立刻跳过了篱笆。我溜得很快,几分钟之后,我已经登上一列货车,在西纽约到宾夕法尼亚的铁路上,一直奔向南方。

---

① 意即大杯。

## 马普希的房子

"奥雷号"的外形虽然很笨重,但它在小风里面行驶得倒很利落,船长一直把它开到拍岸的波涛刚刚退去的地方才抛下锚。环形的希库鲁珊瑚岛低低地浮在水面上,这个一百码宽、周长二十英里的珊瑚滩围起来的圆圈,比涨潮时的水平线高出三英尺到五英尺光景。在广阔的、水平如镜的礁湖底上,有许多珠蚌。从这条双桅帆船的甲板上,越过狭长的环形岛屿望去,可以看到许多潜水员正在那儿干活儿。可是,礁湖的入口连一条双桅帆船也开不进。如果碰到顺风,单桅快船也许能勉强通过那曲折的、浅浅的航道，然而双桅帆船就只好停在外面，派它们的小艇进去。

"奥雷号"灵巧地放下一只小艇，六个棕色皮肤、只围着红腰布的水手跳了进去。他们拿起了桨，站在船尾掌舵的那个年轻人却穿着欧洲人的雪白的热带服装。不过，他不是十足的欧洲人。他的白皮肤在太阳光里隐隐透露着波利尼西亚①人的金黄色调，他那闪烁的蓝眼睛里也带着一种金黄色的光辉。他叫劳乌尔——亚历山大·劳乌尔；他的母亲玛丽·劳乌尔是一个有钱的、带着四分之一外来血统的女人，独资拥有并且经营着半打跟"奥雷号"一样的双桅商船，他是她最小的儿子。这只小艇冲过港道入口处的一个漩涡，驶进去，在汹涌的激浪里颠簸起伏，好不容易才划到了水平如镜的礁湖上。年轻的劳乌尔跳上白沙滩，就去跟一个高个子的土人握手。这个人的胸脯和肩膀都很结实，但右边的胳膊只剩了一截，骨头露出肉外几英寸长，因为日子久了，已经变成白色，证明他曾经碰到过一条鲨鱼，结束了他的潜水捞珠的生涯，使他变成一个为了小利而拍马捣鬼的人。

"你听见过吗，亚莱克②?"他一开口就是这句话，"马普希弄到了一颗珍珠——多好的一颗珍珠。这样的珍珠，别说在希库鲁岛，就是在全保莫塔群岛，在全世界，也从来没有捞到过。把它买过来吧，现在还在他手里。你可别忘了，是我第一

---

① 波利尼西亚，太平洋中部各群岛的总称。
② 亚莱克，亚历山大的昵称。

个告诉你的。他是个傻瓜。你用不了多少钱就可以弄到手。你有烟吗?"

劳乌尔从海滩一直向露兜树下的一间茅屋走去。他是他母亲的经理,他的差事就是到全保莫塔群岛去收购椰子干、贝壳和珍珠。

他是一位年轻的经理,他出来干这种差事还只是第二次,因为缺乏估价珍珠的经验,不由得担着老大一把心事。可是,等到马普希把那颗珍珠给他一瞧,他千方百计地抑制住它在他心里引起的惊讶,脸上勉强保持着买卖人的毫不在乎的神色。这颗珍珠使他大吃一惊。它有鸽蛋那么大,通体浑圆,乳白的光辉之中还隐隐地反射着它周围的各种变幻不定的色彩。它简直是活的,他从来没见过这样的东西。等到马普希把它放到他手心里,它的分量也使他很吃惊,这证明了它的确是一颗好珍珠。他用袖珍放大镜把它仔细检查了一遍,毫无瑕疵。它纯净得几乎要离开他的手掌,融化到大气中去。放在暗处,它会发出柔和的光辉,好像月光闪烁。它白得那样晶莹,当他把它放进一杯水里时,简直很难找到它。而且,它那么迅速地一直沉到了底,因此,他知道它是极有分量的。

"好吧,你要什么作代价?"他很巧妙地装出漫不经心的样子问。

"我要……"马普希开口了,同时,在他后面,衬托在他那张黑脸旁边,还有两个妇人和一个女孩子的黑脸,点着头表示赞成。她们的头向前探着,流露出勉强抑制住的热望,眼睛贪婪地闪闪发光。

"我要一所房子,"马普希接着说道,"它得有一个白铁的屋顶和一座八角挂钟。房子要有三十六英尺长,周围有一道走廊。屋子的中央要有一个大房间,当中放着一张圆桌,墙上挂着那座八角挂钟。还得在大房间的两边,每边两间,造四间卧室,每一间卧室里都得有一张铁床、两把椅子和一个洗脸架。房子后面得有一间厨房,一间顶呱呱的厨房,要有锅、罐子和一副炉灶。你得把房子盖在我们的法卡拉瓦岛上。"

"就是这些吗?"劳乌尔不大相信地问道。

"还得有一架缝衣机。"马普希的老婆——特法拉开了口。

"别忘了那座八角挂钟。"马普希的娘——瑙瑞加上了一句。

"对,就是这些。"马普希说道。

年轻的劳乌尔笑了。他笑了很久,笑得很开心。可是,他一面笑,一面却暗暗在心里盘算。他生平没有盖过房子,关于盖房子,他只有一种很模糊的概念。他一面笑,一面估计着:到塔希提岛采办材料的盘费,材料本身的费用,回到法卡拉瓦的盘费,把材料运上岸和造房子的费用。如果打得宽一点儿,大约一共要四千法国银元——四千法国银元就等于两万法郎。这可办不到。他怎么知道这样一颗珍珠值多少钱?两万法郎可是一个大数目——而且还是他母亲的钱。

"马普希,"他说,"你真是一个大傻瓜。还是说个价钱吧。"

可是马普希摇了摇头,他后面的三个人也跟着一起摇头。

"我要房子,"他说,"它得有三十六英尺长,周围有一道走廊……"

"好了，好了，"劳乌尔打断了他的话，"你要的那所房子，我全懂，可是办不到。我预备给你一千块智利大洋。"

四个人的脑袋不声不响地摇着，表示反对。

"那么算再欠你一百块智利大洋。"

"我要房子。"马普希说。

"房子对你有什么好处？"劳乌尔问道，"飓风一来，就会把它刮掉的。这个，你应该明白。船长拉斐说，看这个天气，马上就要刮一场飓风了。"

"法卡拉瓦岛上不会刮的，"马普希说道，"那儿的地势高得多。在这个岛上，是会刮的，随便来一场飓风就会把希库鲁岛刮得干干净净。我要把房子盖在法卡拉瓦。它得有三十六英尺长，周围有一道走廊……"

于是劳乌尔又听马普希从头到尾把房子的情形讲了一遍。

这位经理花了好几个钟头，想尽办法来打消马普希心里的房子梦，可是马普希的母亲和老婆，还有他的女儿纳库拉都支持他要房子的决心。正在劳乌尔听马普希把所要的房子详详细细地讲到第二十遍的时候，他从敞开的门口，看见他的双桅帆船上的第二只小艇也靠拢了沙滩。水手们全没有放下桨，表示要他赶紧走。"奥雷号"的大副跳上岸，问了那个一只胳膊的土人一句话，就急忙朝劳乌尔奔来。天突然变黑了，一片黑压压的密云遮住了太阳。劳乌尔向礁湖那面望去，可以看出飓风就要来临的预兆。

"船长拉斐说，你得赶紧离开这个鬼地方。"大副一见面就是这句话，"他要我对你说，要是这儿有什么珠蚌，我们也只好等以后再来收买。气压表已经落到二十九点七啦。"

一阵狂风掠过他们头上的露兜树,打到后面的那些椰树,把五六个熟透了的椰子重重地刮到地上。接着,雨就从老远的地方过来,在狂风怒吼中一路逼近,使得风头吹皱了的礁湖水面散发出腾腾的雾气。等到劳乌尔拔脚要跑的时候,头一阵雨点已经打在树叶子上了。

"一千块智利大洋,现款,马普希,"他说道,"外加欠你两百块大洋。"

"我要一所房子……"对方又说开了头。

"马普希!"劳乌尔大声喊着,好让对方听见他的话,"你是个傻瓜!"

他奔出屋子,跟大副并排拼命朝沙滩下面的小艇赶去。他们瞧不见那只小艇。热带的骤雨把他们周围全遮住了,他们只看得见脚下的沙滩和从礁湖里涌出的侵蚀着沙滩的恶毒的小浪。一个人影从倾盆大雨里钻了出来。原来就是一只胳膊的呼鲁-呼鲁。

"那颗珍珠到手了吗?"他对着劳乌尔的耳朵大声喊着。

"马普希是个傻瓜!"他大声回答了一句,接着,倾盆大雨就淋得他们彼此看不见了。

半个钟头之后,呼鲁-呼鲁站在珊瑚岛朝海的一面望出去,瞧见"奥雷号"吊起了两条小艇,把船头朝大海掉过去了。他还看见,在它附近,有一只乘着狂风从海上驶来的双桅帆船,它抛好锚就放下了一只小艇。他认识这只船。这是混血儿托里基的"奥洛亨纳号"。他是个商人,自任船上的经理,毫无疑问,现在他一定是在那只小艇的船尾。呼鲁-呼鲁咯咯地笑了起来。他知道马普希去年向托里基赊过一批货,账还欠着没还。

暴风已经过去了。炙热的太阳火辣辣地晒下来,礁湖又水平如镜了。可是空气黏得跟树胶一样,沉重得好像压住了人的肺部,连呼吸都感到困难。

"你听见过这个消息吗,托里基?"呼鲁-呼鲁问道,"马普希弄到了一颗珍珠。别说是希库鲁,就是在保莫塔群岛随便什么地方,或者世界上随便哪儿,也从来没见过这样的珍珠。马普希是个傻瓜。再说,他还欠你的钱。你可别忘了,是我第一个告诉你的。你有烟吗?"

于是,托里基就朝马普希的茅屋走去。他是个很霸道的人,可是他相当愚蠢。他满不在乎地瞧了瞧那颗美妙的珍珠——只瞧了一眼,接着,他就满不在乎地把那颗珍珠放进了口袋。

"你运气不错,"他说,"这倒是颗好珠子。我可以给你划一笔账。"

"我要一所房子,"马普希惊慌失措地开始说,"得有三十六英尺——"

"三十六英尺你奶奶!"这个商人接口骂道,"你要还清你的债,这才是你要的。你欠我一千二百块智利大洋。好吧,现在你算不欠我了。这笔账算清啦。这还不算,我还要给你记上两百块智利大洋的账,算我欠你。要是我到了塔希提,珠子的价钱卖得好,我再给你记上一百块智利大洋的账——这样,一共是三百块智利大洋。不过,你要记着,这只是珠子的价钱卖得好的话,说不定我还会亏本。"

马普希苦恼地交叉着两只胳膊,低头坐着。这颗珠子算给人抢走了,他没有得到房子,只还清了一笔债。珠子丢了,什么也没看见。

"你真是傻瓜。"特法拉说道。

"你真是个傻瓜,"他母亲瑙瑞说,"你为什么要把珍珠交给他呢?"

"我有什么办法?"马普希辩驳道,"我欠他钱,他知道我手里有这颗珍珠。你亲自听见他问我要去瞧的,我没有告诉过他,他已经知道了,是别人告诉他的。我又欠他的钱。"

"马普希是个傻瓜。"纳库拉也在学嘴。

她是个十二岁的小姑娘,还不懂事。马普希找着这个发泄的机会,就一耳光打得她摇晃起来。接着,特法拉和瑙瑞就号啕痛哭起来,继续照娘儿们的那一套来责备他。

这时,在沙滩上瞭望的呼鲁-呼鲁又看见一只他所熟悉的双桅帆船,在礁湖口外抛了锚,放下一只小艇。这是"希拉号",名字起得好极了,因为这只船是李微的,这个德国籍的犹太人是最大的珍珠商人,而希拉呢,大家都知道,是塔希提的渔民和盗贼的保护神。

"你听见过这个消息吗?"那个肥头硕脑、五官不正的胖子李微一上岸,呼鲁-呼鲁就问道,"马普希弄到了一颗珍珠。别说是希库鲁,就是在全保莫塔群岛,甚至全世界,也从来没见过这么好的珍珠。马普希是个傻瓜。他把它卖给托里基,得了一千四百块智利大洋——我站在外面听他们谈话的时候听见的。托里基也是个傻瓜。你可以从他那儿便宜地买过来。别忘了,是我第一个告诉你的。你有烟吗?"

"托里基在哪儿?"

"他在船长林奇家里喝苦艾酒。他在那儿待了一个钟头啦。"

等到李微同托里基喝着苦艾酒,在那颗珍珠上讨价还价的时候,呼鲁-呼鲁又去偷听,只听见他们以两万五千法郎的惊人高价谈妥了这笔生意。

就在这时候,正在向海岸逼近的"奥洛亨纳号"和"希拉号",忽然像发疯一样放起了信号枪。那三个人跨出门去的时候,正好看到这两只双桅帆船急忙掉转头离开海岸,一面收下主帆和船头的三角帆,乘着使船身倾侧的暴风向白浪滔天的海面疾驶而去。接着,大雨就把它们遮没了。

"风暴过去之后,它们会回来的,"托里基说道,"我们最好离开这儿吧。"

"照我看,恐怕气压表又降低了一点儿。"船长林奇说道。

他是一个白胡子的船长,因为年纪太大,已经不能再干这一行,他所以住在希库鲁,是因为他知道只有这地方对他的气喘病最合适。他走到屋里去瞧瞧气压表。

"好家伙!"他们听见他的叫声,急忙跑了进去,看见他站在那儿,眼睛盯着指针,它已经降到了二十九点二。

于是,他们又走到门外,焦急地观察天色和海面。暴风已经过去,但天色仍旧阴沉沉的。他们看到那两只双桅帆船张满了帆，后面还跟着另一只双桅帆船，正在一同回来。接着，风向一变，使得它们都放松了帆索。五分钟之后，风又突然朝相反的方向一刮，弄得那两只双桅帆船的帆都猛然扭到相反的方向。岸上的人都看得出在这一跳的时候，帆的下桁上的滑车突然一松，船索散掉了。这时，拍岸的涛声非常响亮，深沉，气势逼人，一片大浪正在涌过来。一道可怕的闪电在他们眼前一亮，把阴暗的天空照得通明，跟着就是一阵隆隆不绝的、发狂似的雷鸣。

托里基和李微急忙向他们的小艇跑去，后者那种一路摇晃的样子，很像一匹惊惶的河马。等到他们的小艇驶出礁湖口的时候，正好和划进来的"奥雷号"的小艇一擦而过。在进来的小艇上，站在船尾掌舵、给划船的水手打气的，正是劳乌尔。他因为摆脱不掉那颗珍珠在他脑子里留下的印象，正回来接受马普希所提出的一所房子的代价。

他上岸的时候，正遇到一阵密集的狂风暴雨，因此，直到他跟呼鲁－呼鲁迎面撞上时才看见。

"太晚啦，"呼鲁－呼鲁大声嚷道，"马普希把它卖给托里基，得了一千四百块智利大洋。托里基又把它卖给李微，得到两万五千法郎。李微会到法国把它卖十万法郎的。你有烟吗？"

劳乌尔觉得松了一口气。珍珠在他心里所引起的烦恼没有了。虽然他没有得到那颗珍珠，他可用不着再操心了。不过他不相信呼鲁－呼鲁的话。马普希很可能把它卖了一千四百块智利大洋，可是那个李微，对珍珠那样内行的人，居然会出两万五千法郎，就太不可能了。劳乌尔决计去找船长林奇向他打听这件事,但是等他到了这位老航海家的家里,却看见他在睁大眼睛,望着气压表。

"你瞧这上面是多少?"船长林奇焦急地问道,他擦擦眼镜,又去望那个气压表。

"二十九点一,"劳乌尔说道,"我从来没见过这么低的气压。"

"可不是!"船长哼了一声,"我从小到大,在大海大洋里足足过了五十年,也从来没见过这么低的气压。你听!"

他们站在那儿待了一会儿,惊涛拍岸,隆隆地震撼着房子。他们走到外面。暴风已经过去了。他们看见"奥雷号"停泊在一英里之外,尽管没有风,却在巨浪中疯狂地颠簸摇摆,而海浪声势壮大地从东北方滚滚而来,猛烈地撞击在珊瑚岸上。小艇里的一个水手指着礁湖口摇了摇头。劳乌尔望过去,只看见白花花一片浪沫和波涛。

"我看,今天晚上我得跟你一块儿过夜啦,船长。"他说。接着,他就转身吩咐那个水手把小艇拖上岸,并且叫他跟他的伙计们去找安身的地方。

"整整二十九。"船长林奇报告道,他又去瞧了一次气压表,出来时手里拿着一把椅子。

他坐下来,注视着海上的光景。太阳出来了,使天气更加闷热,天空中仍然是一片死寂,海浪的声势却越来越大了。

"我真不懂这些浪头是从哪儿来的,"劳乌尔烦躁地咕噜着,"又没有风,可是你瞧,瞧那儿,那个浪头!"

一道几英里长的浪头,正在以雷霆万钧之势,沉重地撞击着这座脆弱的环形珊瑚岛,像地震一样地摇撼着它,船长林奇吃了一惊。

"好家伙!"他叫了一声,在椅子上欠起身子,又坐了下去。

"可是就没有风,"劳乌尔固执地说,"如果风跟浪一起来,倒还弄得懂。"

"不用操心,风马上就会来,够你受的。"船长阴沉地回答。

两个人默默地坐着。无数细小的汗珠从他们的皮肤里渗出来,聚成了许多水点,然后汇合成一条条的小河,流到地上。他们喘着气,而老头子的呼吸尤其痛苦。一个浪头冲上了沙滩,淌到椰子树周围,几乎就在他们脚边退下去。

"超过了高潮水位,"船长林奇说,"我在这儿住了十一年了。"他瞧了一下表:"三点整。"

一个男人和一个女人,后面跟着一大群孩子和狗,凄惨地走了过去。他们走到房子那面就站住了,随后犹豫了好久,才一齐坐在沙地上。几分钟之后,从相反的方向又来了一家人,男男女女带着各种各样的家用什物。不久,船长的房子周围,男男女女、老老少少,已经聚集了好几百人。船长问了一个才来的、怀里抱着吃奶的孩子的女人,才知道她的房子刚才被冲到了湖里。

这儿是好几英里以内地势最高的地方,在它左右两边的许多地方,巨大的海浪正在冲击着珊瑚岛的细环,波涛涌到了湖里。在这周长二十英里的珊瑚岛上,没有一处的宽度是超过三百英尺的。目前正是捞珠旺季,从周围的一切小岛上,甚至像塔希提那样远的地方，都有人到这儿来捞珠。

"现在，这儿的男女老少，一共有一千二百人，"船长林奇说，"真不知道明天早上还能留下多少。"

"可是为什么不刮风呢？这个，我倒要知道知道。"劳乌尔问道。

"别着急，小伙子，别着急，马上会叫你伤脑筋的。"

就在船长林奇说话的时候，一个大浪头打到了珊瑚岛上。海水在他们椅子下翻腾，有三英寸深。许多女人都害怕得低声哭泣，小孩子们全握紧手，瞧着滚滚的巨浪，悲切切地哭着。鸡和猫，本来都在水里慌张地乱跑，这时，就像商量好了似的，飞的飞，爬的爬，一起到船长的房顶上避难去了。一个保莫塔人提着一篮刚生下的小狗爬到一株椰子树上，把篮子系在离地面二十英尺的地方。母狗急得在树下的水里乱蹦乱跳，哀嚎狂吠。

可是，太阳仍然在明朗地照耀着，天空中仍然是一片死寂。他们坐在那儿，望着海浪和疯狂地颠簸着的"奥雷号"。船长林奇目不转睛地瞧着那些排山倒海冲过来的巨流，直到瞧不下去了，他就用手遮住脸，不让自己再看见这个光景。接着，他就进了屋子。

"二十八点六。"他回来之后，悄悄地说。

他胳膊上套着一圈细绳子。他把它一段段割成十二英尺长，把一段交给劳乌尔，一段留给自己，然后把剩下的分给那些女人，劝她们各自挑一棵树爬上去。

从东北方吹来一阵微风，拂在劳乌尔的脸上，好像提起了他的精神。他看见"奥雷号"已经整顿好帆索,掉头离开海岸,他真懊悔自己为什么不待在船上。无论如何,它总是逃得出去的,可是这个珊瑚岛——一个浪头猛扑过来,几乎把他冲倒,他连忙选定了一棵树。随后,他想起了气压表,就跑回屋子里。他碰到船长林奇也在为这件事赶回去,于是,两个人就一同进了屋子。

"二十八点二,"老航海家说道,"这一带快要糟了——这是什么?"

空中好像充满了某种东西在疾驰的声音。房子摇摇晃晃,抖个不停。他们听到了一种巨大的轰隆声。窗户全在轧轧地响,碎了两块玻璃。一阵狂风猛冲进来,刮得他们站也站不稳。对面的那扇门砰的一声关上了,弹簧锁也震断了。门上的白色把手摔到地板上,碎成好几块。房间里的墙壁就像一个突然吹胀了的气球一样鼓起来。这时,又听到了一种新的声音,仿佛谁在砰砰地放枪,原来这是海涛的浪花在拍打着房子外面的墙壁。船长林奇瞧了一下表。是四点钟。他穿上一件厚粗呢上衣,从钩子上摘下气压表,把它藏在一只大口袋里。又是一个浪头轰然打在这所房子上,这座单薄的建筑一歪,在地基上转了四分之一圈,然后一沉,地板歪下去十度。

劳乌尔先奔出去。狂风吸住他,立刻就把他卷走了。他看出风已经转了向,在朝东刮。于是他就使了一个很大的猛劲,扑倒在沙地上,蜷伏不动。接着,船长林奇就像一捆稻草似的被风吹过来,趴倒在他身上。这时,"奥雷号"的两个水手立刻离开他们抱住的一棵椰子树,过来搭救。他们背着风,把身体弯到不能再弯的角度,一英寸一英寸地挣扎着爬过来。

老头子因为关节僵硬,不能爬树,两个水手只好用几截短绳子接起来,把他吊上树。他们就这样一次几英尺地,终于把他吊到离地面五十英尺高的树顶,把他捆在那儿。劳乌尔只把他那段绳子绕在附近的一个树干上,站在地上观望。风势可怕极了。他从来没有想到风会刮得这样厉害。一片海浪冲击到珊瑚岛上,泻到湖里,弄得他从膝盖以下全湿淋淋的。太阳已经不见了,一片铅灰色的薄暮笼罩下来。几片雨横扫过来,打中了他,力量跟铅子一样。一片带咸味的浪花扑在他脸上。他好像给人打了一巴掌。他的两颊火辣辣的,一双疼得难受的眼睛不由自主地流出了眼泪。现在,已经有几百个土人爬到了树上。换个时候,他瞧着树顶上结着一簇簇这样的人参果,也许会笑出来的。目前,生长在塔希提的劳乌尔,也只好弯起身体,双手抱紧树干,用脚底紧紧踩着树身,爬上树去。到了树顶,他发现那儿有两个女人、两个小孩儿和一个男人。一个小姑娘手里还紧紧抱着一只猫。

他从这个高巢上向船长林奇挥了一下手,那个刚强的老前辈也挥手作答。劳乌尔一看天空,不由得心惊胆战。天逼得太近了——老实说,好像就在他头顶上面;天色已经由铅灰变成了漆黑。许多人仍旧在地上,成群地聚集在树干周围。有几堆人正在祷告,还有一个摩门教的教士正在对一堆人说教。一种古怪的、有节奏的声音,低得跟极微弱的远远的蟋蟀声一样,响了一会儿,可是就在这一会儿里,他又仿佛觉得隐隐听到了一种天堂的仙乐。他向周围扫了一眼,看到另一株树旁边,有一大堆拉着绳子，或者彼此拉着的人。他看出他们的脸和嘴唇的动作都一模一样。他什么也听不见，可是知道他们是在唱赞美诗。

风势仍然在增强。凭感觉，他已经无法估计风力有多大了，因为这已经不是他生平所遇到的风所能比的。可是，不知怎么，他还是知道风势在增强。离他不远，有一棵树被风连根拔起，树上的人全摔到了地上。一个浪头扫过那段沙地，他们就不见了。事情变化得很快。他看见在泛着白沫的礁湖上露出了一个褐色肩膀和一个黑脑袋。可是一转眼，连这些也消失了。另外一些树也被风拔了起来，像火柴一样横七竖八地倒在地上。风的威力真使他吃惊。他待着的这棵树也在危险地摇摆，一个女人一面号哭，一面抱紧那个小姑娘，那个小姑娘则仍旧搂紧她的猫。

抱着另一个孩子的男人，碰了碰劳乌尔的胳膊，指了一指。他望过去，只看见在一百英尺以外的那座摩门教堂，像喝醉酒似的东倒西歪地飞出去。它已经脱离了地基，给狂风大浪抬着，推着，冲向湖面。一片骇人的巨浪赶上了它，打得它一歪，立刻又把它甩到五六棵椰子树上。一堆堆的人像熟椰子一样掉下来。浪退之后，只看见他们都在地上，有的躺着不动，有的还在抽搐着，扭动着。他们使他很奇怪地想到了蚂蚁。他并不觉得惊骇。他已经不知道恐惧了。当他看见接着而来的一个浪头把这些人的残骸从沙地上冲得无影无踪的时候，他甚至还觉得这是理所当然的事情。随后又来了一个浪头，比他以前看到的都要大，一下子就把教堂冲到了礁湖里，让它顺着风漂到看不清的地方,一半露出水面,使他突然想起了诺亚的方舟①。

  他找寻船长林奇的房子,不料它已经没影了。事情的确变化得很快。他看出在那些还支持得住的树上,很多人已经溜到了地面。风势更厉害了。他自己的树可以证明这一点。它已经不再摇晃或者前后摇动了。相反,它甚至还很稳,风已经把它弯成了一个直角,它只不过在那儿一味地振动。可是这样的振动叫人想要呕吐,就像音叉或者琴簧那样振动不停。最糟的是,速度太快。即使它的根还撑得住,在这样紧张的情况下,它也维持不了多久,它一定会折断的。

  啊,有一棵树已经断了。他并没有看见它是怎么断的,可是那儿只剩下了半截给拦腰折断的树干。要不是亲眼看见,就不知道出事的情形。树倒的声音和人的绝望的号哭,在这片震耳的风浪声里,简直微不足道,他偶然朝船长林奇的方向望去,正好出了事。他看见那棵树一声不响就拦腰折断了。树的上半截,连同"奥雷号"的三个水手和那位老船长,都在向湖上飞去。它并没有落到地上,它就像一根麦秆似的在半空里飞着。他瞧见它飞了一百码才摔到水面。他用力睁大眼睛,深信他看见了船长林奇在跟他挥手告别。

  劳乌尔不再等了。他碰了一下那个土人,对他做了个叫他下地的手势。那个人倒很愿意,可是他的女眷们已经给吓得瘫

---

① 据《圣经》传说,诺亚是希伯莱人的族长,大洪水时,得上帝启示,乘方舟获救。

瘫了，因此他只好跟她们待在一起。劳乌尔把绳子绕在树上向下溜。一股咸水泼到了他头上。他屏住呼吸，拼命抓紧那根绳子。水退了，他在树身挡风的地方透了一口气。他把绳子拴得更牢一点儿，可是一个浪头又淹没了他。上面的一个女人也溜了下来，跟他待在一块儿，可是那个土人跟另外一个女人和两个小孩儿，还有那只猫，却仍然留在上面。

这位经理已经注意到，那一堆堆靠近别的树根的人正在不断减少。现在，他看出了这些变化就在他旁边发生。他得使出全身力量才抱得住树干，那个跟他待在一起的女人已经愈来愈没力气了。每逢他从浪头里露出头来的时候，他首先总是很惊讶地发现自己仍然待在老地方，并且又很惊讶地发现那个女人也仍然在那儿。最后，他冒出头来，发现只剩下他一个了。他往上瞧了瞧。树的上半截也不见了。留下的半截树干正在抖动。现在，他没有危险了。树根仍然很牢，而树上招风的部分已经给削掉了。他重新向上爬。但是，因为身体衰弱，他只好慢慢地爬，海浪接二连三地打在他身上，最后他才爬到了海浪打不到的地方。接着，他就把自己紧紧地拴在树身上，打起精神来面对黑夜和那些他所料不到的事情。

他在黑夜里觉得非常孤独。有时候，他似乎觉得这就是世界末日，只有他是最后一个活人。风势仍然在增强，它一小时一小时地在增强。到了据他估计大约是十一点钟的时候，风势猛烈得简直叫人难以相信。它变成了一个恐怖的怪物，一种凄厉的怒号，一堵摧毁一切、继续前进之后，又摧毁一切、再继续前进的高墙——一堵无边的高墙。他似乎觉得自己已经变成了什么轻盈缥缈的东西；他觉得在动的是他自己；一种力量正在以不可思议的速度，驱使他穿过无穷无尽的固体。风不再是流动的空气了。它仿佛变成了水和水银一样实质的东西。他产生了一种感觉，仿佛他能一手伸到风里，把它一块块地撕下来，就像从死鹿身上把肉撕下来一样。他觉得，似乎他可以抓住风头，像攀在悬岩上那样攀住它。

风逼得他透不过气来。他不能面对着它呼吸，因为它冲进他的嘴和鼻孔，把他的肺吹得像气泡一样。每逢这种时候，他就觉得他的身体里好像填满了结实的泥土。他只有把嘴唇贴紧树身，才能呼吸一下。同时，风不断地冲击着他的身体，使他筋疲力尽。他的身心都很困乏。他不再瞧，也不再想了。他的神志，一半清醒，一半昏迷。他只有一个念头："原来这就是飓风。"这个唯一的念头时隐时现，好像偶尔闪烁一下的微弱的火焰。有时，他会从昏迷中醒过来，想着："原来这就是飓风。"然后又昏迷过去。

飓风最猛烈的时候是从晚上十一点到早上三点，而马普希和他的女眷攀附着的那棵树，也就是在十一点钟给刮走的。马普希漂到湖面的时候，仍然紧抱着他的女儿纳库拉。在这种令人窒息的风暴的冲击中，也只有南海的岛民才活得了。他所依附的那棵露兜树，一直在翻腾的浪花里滚来滚去。为了不断地让自己的头和纳库拉的头露出水面，保持呼吸，他有时要抓紧树干，有时又要迅速地换一下手。可是，由于浪花飞溅和横扫过来的大雨，空气里大部分都是海水。

到礁湖对岸的沙地，有十英里路。那些渡过礁湖，侥幸不死的可怜人，到了对岸，十分之九都会死在飞舞的树干、木头、破船和房屋的残骸之下。他们在奄奄一息、筋疲力尽之后，会给抛到这种疯狂的暴风雨的捣臼里，捣成肉泥。可是马普希的运气不错。他得到了那十分之一的机会，这完全是侥幸。他从水里挣扎到了沙滩的时候，身上有一二十处伤口都在流血。纳库拉的左臂断了，她右手的指头也给砸烂了，裂开的面颊和前额已经露出了骨头。他一只手抓住一棵还没被吹倒的树，支撑着，一只手抱住他的女儿，抽抽噎噎地呼吸着，而湖水则不时冲上来，没到他的膝盖，有时甚至没到他的腰际。

到了三点钟，飓风的威势总算倒了。五点钟的时候，只有一股疾风还在吹着。到了六点钟，就风息全无了，太阳闪闪发光。海浪已经退了。在仍然激荡不已的礁湖边，马普希看到了许多登不了陆的人的残缺肢体。毫无疑问，特法拉和瑙瑞一定也在其中。他顺着沙滩一路走，一路细细地看，终于找到了他的妻子。只见她半个身子躺在水里，半个身子露在外面。他坐在地上哭了起来，发出粗犷的野兽似的声音，就像原始人在伤心痛哭一样。这时候，她忽然不舒服地动弹了一下，哼了几声。他凑近去瞧了一下。她非但还活着，而且没有受伤。她不过是在那儿睡觉。她也同样得到了那十分之一的机会。

在那一千二百个前天晚上还活着的人里面，只有三百个保全了性命。这个数字是那个摩门教教士和一个宪兵调查出来的。礁湖里尸体狼藉。没有一座房子或者茅屋不被吹倒的。全珊瑚岛，找不到两块仍旧叠在一起的石头。每五十棵椰子树里没有被吹倒的只有一棵，不过也都残缺不全，而且上面连一个椰子也没剩下。没有淡水。那些积雨水的浅井里尽是海水。总算从湖里捞出了几袋湿透的面粉。存留下来的人剖开倒下的椰子树,挖树心吃。然后他们就在沙地上,零零落落地掘了许多小洞,把白铁屋顶的破片盖在上面然后爬进去安身。那个教士做了一具简陋的蒸馏器,但是要蒸馏出三百个人吃的淡水可办不到。第二天傍晚,劳乌尔在湖里洗澡,忽然发现口渴减轻了一点儿。他大声地报告了这个好消息,于是,只见那三百个男的女的和小孩子,都齐脖子站在湖里,利用他们的皮肤吸收一点儿水。死尸就漂浮在他们周围,或者仍旧躺在水底给他们踩着。到了第三天,大家才埋好他们死去的亲人,坐下来等待那些救济他们的汽船。

在这一段时间里,瑙瑞自从被飓风刮走,跟她一家人拆散之后,一个人经历了一番惊险的奇遇。就在她抓住一块粗糙的木板,给它弄得遍体鳞伤、身上扎满了木刺的时候,一个巨浪却把她凌空抛过珊瑚岛,送到了海上。到了海上,在滔天的巨浪冲击之下,她丢掉了木板。她是一个年近六十的老太婆,不过,她从小生长在保莫塔群岛,一生都是在海边过的。她在黑夜里一路游着,为了呼吸,她在这扼杀一切、令人窒息的狂澜里,不断地挣扎。正在这时候,她的肩膀忽然给一个椰子重重地撞了一下。她马上想到了一个主意,抓住了那个椰子。后来,在一个钟头之内,她又抓住了七个。她把它们拴在一起就成了一个救生圈,可是这东西虽然可以保全她的性命,也有把她砸成肉酱的危险。她相当胖,很容易受伤。不过,她对飓风很有经验。因此,她就一面祷告鲨神,保佑她不给鲨鱼吃掉,一面等着风势退下去。可是，到了三点钟的时候，她已经昏昏沉沉，什么都不知道了。等到六点钟，天上变得无风无息的时候，她还是昏迷得什么都不知道。直到她给冲上了沙滩，她才惊醒过来。于是，她就把皮破血流的手脚插到沙地里，在倒流的波浪里撑着向前爬，一直爬到海浪冲不到的地方。

她知道她到了什么地方。这一定是那个叫作塔科科达的小岛，没错。这儿没有礁湖，也没有人烟。希库鲁离它有十五英里路。她瞧不见，可是她知道希库鲁就在南面。日子一天天过去，她只能靠那几个曾经帮她浮在海面的椰子生活。它们使她有了吃的喝的。不过她并没有尽量地喝，也没有尽量地吃。她知道能不能得救很成问题。她看见了救生汽船正在水平线上冒烟，可是，能指望哪一条救生船会开到这荒无人烟的塔科科达呢？

一到这儿，她就受着那些尸首的折磨。海浪老是把它们冲上她所在的那一小块沙地，她不断地把它们推到海里，让鲨鱼撕碎它们，吞掉它们，一直到她用尽了气力。等到她气力用尽，这些尸首已经在她那块沙滩上堆成了阴森恐怖的半圆形。她尽量地远远避开它们，可是又退避不了多远。

到了第十天，她已经吃完了最后一个椰子，她渴得人都萎缩了。她勉强在沙滩上走着，想找到几个椰子。奇怪，尸首冲上来这么多，椰子却一个也没有。照理，浮在海里的椰子当然比死人多得多！最后，她放弃了这个打算，筋疲力尽地躺下来。末日已经到了，除了等死以外，一点儿指望也没有。

后来，她从一阵昏迷里醒了过来，慢慢地发觉在她眼前的是一具尸首的沙红头发。海浪把这个尸首向她冲过来以后,又把它拉了回去。它翻了一个身,她才看出它没有脸。可是,这种沙红头发看起来却有点儿熟悉。一个钟头快过去了。她并没有费心去辨认它是谁。她是在等死,因此,这个可怕的东西本来是谁,跟她毫不相干。

可是,过了一个钟头以后,她却慢慢坐起来,瞪着这个尸首。一个异乎寻常的大浪已经把它甩到了普通的浪潮够不到的地方。是的,她没有认错。在保莫塔群岛上,只有一个人长着这种沙红头发。这就是李微,那个德国籍的犹太人,也就是买下了那颗珍珠,乘上"希拉号"把它带走的人。看起来,这一点是很清楚的:"希拉号"已经完蛋了。这个珍珠贩子供奉的渔夫和盗贼之神,已经离他而去了。

她朝着那个死人爬过去。它的衬衫已经给撕掉了,她可以看出它腰里缠着一根放钱的皮带。她屏住了呼吸,去解那些搭扣,想不到轻易就解开了。她连忙拖着这根皮带爬过沙滩。她把带子上的口袋一个一个地打开,可是全都空空的。他究竟把它藏到哪儿去了呢?在最后一个口袋里,她终于找到了,这是他这一趟买到的第一颗,也是唯一的一颗珍珠。她于是又爬了几英尺,以便避开皮带的臭气,然后仔细地瞧着这颗珍珠。这正是先前马普希捞到的,而后来给托里基抢走的那颗。她用手估量着它的分量,温存地把它滚来滚去。可是,她看不出它有什么内在的美。她所看到的,只是马普希、特法拉和她在脑子里精心结构的那所房子。每逢她瞧见这颗珍珠,她就会看到那所房子的一切,包括那座挂在墙上的八角挂钟。有了这样的房子，才值得活下去。

　　她从短裙子上撕下一条布，把珠子很牢固地拴在脖子上。接着，她就顺着海滩走去，一面喘，一面哼，然而决心要找到椰子。她很快就找到了一个，后来，她向周围瞧了瞧，又是一个。她砸开一个，喝着它里面发霉的汁水，把果肉吃得丝毫不剩。过了一会儿，她又找到了一只摔坏了的独木小舟。它的舷侧平衡架不见了，可是她满怀希望，一天还没有过去，她就找到了那副平衡架。每一样找到的东西都是一个好兆头。那颗珍珠简直是个护身的法宝。傍晚的时候，她看见一只木头箱子半沉半浮在水里。当她把它拖上海滩的时候，箱子里面的东西摇晃得直响，她在那里面找到了十听鲑鱼。她拿起一听在独木舟上敲着，打算把它敲开。等到敲了一条缝，她就吸干罐子里的汁。吸完了，她又花了几个钟头，边敲边挤，一小块、一小块地把鲑鱼挖出来，吃光。

　　她又等了八天，希望救生船来救她。在这段时间里面，她用她所能找到的一切椰子的纤维，还有她的短裙子上所剩的一切，编成绳子，把那副平衡架重新绑在独木舟上。这只独木舟已经破裂得很厉害，她怎么也不能修得它完全不漏水。她只好用一个椰子壳做成一个瓢，放在船上当作舀水的工具。最使她为难的，是找不到桨。后来，她就用一块铅皮把她所有的头发齐头皮割下来。她利用这些头发，编了一根绳子，然后又利用这根绳子，把鲑鱼箱上的一块木板紧紧地系在一根三英尺长的扫帚柄上。为了系得紧一点儿，她还用牙齿在扫帚柄上咬出了许多缺口。

到了第十八天,她趁着浪潮,在半夜里把那只独木舟推下海,动身回希库鲁。她本来是个老太婆,艰苦的遭遇已经耗尽她的脂肪,现在只剩下皮包骨头和几块肌肉。那只独木舟又很大,得由三个身强力壮的男人划才成。可是她只好独自一个人用一根代用的桨来划。而且,这只独木舟又漏得厉害,她的三分之一的时间都得用来把水舀出去。到了天光大亮的时候,她还没有瞧见希库鲁。后面的塔科科达已经隐没在水平线下。太阳灼热地照在她的光身子上,蒸发她身体里的水分。现在,只剩了两听鲑鱼,她在这一天里面,只把它们敲开几个口子,吸干了里面的鱼汁。她不能把时间浪费在挖肉上面。一股海流向西流去,不管她是不是朝南划,她都得向西漂去。

刚过中午,她在独木舟里站起来,望到了希库鲁。那许多茂密的椰子树都不见了。她只看见一些零零落落,彼此相隔很远的残株。这景象鼓舞了她。她没想到会离它这么近。海流正在把她向西推去。她拗着水势划过去。桨上嵌绳子的齿痕已经磨平了,她每隔一阵就得把桨重新捆紧,这要花费很多时间。此外,她还得把水舀出去。为了舀水,她在每三个钟头里,总有一个钟头不能划桨。而且,她又是一直往西边漂。

日落的时候,希库鲁已经在她东南方三英里远近了。一轮明月升了上来,到了八点钟,陆地正好在她的东面,离她有两英里光景。她继续奋斗了一个钟头,可是陆地仍然离她有那么远。她已经给卷到了海流的中央,独木舟太大,桨太不中用,而她浪费在舀水上的时间和精力也太多。此外,她的身体也很衰弱,已经愈来愈不行了。尽管她用力地划,独木舟仍然要向西面漂。

　　她向她的鲨神祷告了一下，就跳下水游泳了。水果然使她恢复了精神，独木舟不久就被她撇在后面。游了一个钟头之后，陆地显然近了不少。接着，发生了一件极可怕的事。就在她的眼前，不到二十英尺的地方，一片大鳍正在破水前进。她沉住气，朝它游过去，它却慢慢溜开，弯到她右面，围着她兜了一圈。她盯住了这片鳍，向前游去。等到它不见了，她就把脸向下贴着水面，注意地瞧。鳍露出来以后，她又继续向前游。这个怪物很懒——她看得出。毫无疑问，它一定是在飓风之后，吃得很饱了。如果它非常饿的话，它一定会毫不犹豫地向她冲过来的。它大约有十五英尺长，她知道，只要一口，就会把她咬成两半。

　　可是，她一点儿也不能把时间浪费在它上面。不管她游不游，海流总是在拖着她离开陆地。过了半个钟头，那条鲨鱼胆子逐渐大了。它看出她不会害它，就把圈子缩小，向她逼近，每逢它溜过的时候，它总是贪婪地斜眼瞟着她。她很清楚，迟早它一定会鼓足勇气向她冲过来的。她决计要占先一步。她现在所想的事情，简直等于拼命。她是一个老太婆，孤单单地浮在海里，饥饿和艰难辛苦已经折磨得她软弱无力。然而，面对着这只海里的老虎，她必须先冲过去，使它不敢冲过来。于是，她就继续游着，等待机会。最后，它终于懒洋洋地游到她旁边，离她不过八英尺左右。她突然向它猛冲过去，装出攻击它的姿态。它像发疯似的把尾巴一挥就飞也似的逃走了，可是它那像砂纸一样的皮却擦了她一下，把她从肩膀到肘子的皮擦掉了一块。它游得很快，圈子兜得愈来愈远，终于看不见了。

马普希和特法拉，正在那种上面盖着白铁屋顶的破片的沙洞里，躺着争论。

"如果你早照我的话去做，"特法拉责备着他，这已经是第一千次了，"把珠子藏起来，谁也不告诉，现在它就会仍旧在你手里。"

"可是，我剖开蚌壳的时候，呼鲁－呼鲁就在我旁边。我不是跟你说了千百遍了吗？"

"是呀，我们今后不会有房子住了。劳乌尔今天还对我说过，如果你没有把那颗珍珠卖给托里基——"

"我没有卖。是托里基抢走的。"

"他说，要是你没有卖掉那颗珍珠，他会给你五千块法国大洋，那可是一万智利大洋呀。"

"他跟他母亲商量过，"马普希解释道，"她是懂珍珠的。"

"可是现在珠子丢了。"特法拉抱怨道。

"它还清了我欠托里基的账。不管怎么说，我总得了一千二。"

"托里基死啦，"她叫了起来，"他们都没听到他那条双桅帆船的消息。那条船已经跟"奥雷号"和"希拉号"一起完蛋啦。托里基会把他答应给你的那三百块欠账给你吗？不会吧，因为他已经死了。就算你没有捞到那颗珍珠，难道你今天也还欠他一千二吗？用不着，托里基死了，你总不能把钱还给死人。"

"可是李微也没有付现款给托里基，"马普希说道，"他只给了他一张纸，一张在帕彼特可以兑现的纸条；不过现在李微已经死了，当然付不出。托里基一死，那张纸也跟他一道完了。要说那颗珍珠，它当然也跟着李微一块完了。你说得对，特法拉。我丢了珠子，什么也没得到。现在，我们睡吧。"

他突然举起一只手，倾听着。外面有一个声音，好像有人在用力地、痛苦地呼吸着。一只手摸索到了那张当作门帘的芦席上。

"外面是谁？"马普希喝道。

"瑙瑞，"外面回答，"你能告诉我，我的儿子马普希在哪儿吗？"

特法拉大叫了一声，抓住了她丈夫的胳膊。

"有鬼！"她吓得牙齿打战地说，"有鬼！"

马普希的脸色变得蜡黄，非常可怕。他有气无力地靠在他老婆身上。

"好婆婆，"他吞吞吐吐地说着，竭力掩饰他自己的声调，"我跟你的儿子很熟。他住在礁湖东面。"

外面传来了一声叹息。马普希开始觉得高兴了。他骗过了那个鬼。

"可你是从哪儿来的，老婆婆？"他问道。

"从海里来的。"回答的声音很凄惨。

"我早就知道！我早就知道！"特法拉尖声叫着，身子来回摇晃。

"特法拉从什么时候起，睡在别人家里的呀？"瑙瑞的声音隔着芦席传了进来。

马普希用又害怕又埋怨的脸色瞧着他的老婆。是她这一叫漏了底。

"我的儿子,马普希,又是从什么时候起不认他的老娘啦?"那声音继续说。

"没有,没有,我没有——马普希没有不认你,"他叫道,"我不是马普希。我告诉你,他住在礁湖的东头。"

纳库拉从床上坐起来,哭起来了。芦席开始在摇动。

"你在干什么?"马普希问道。

"我要进来。"瑙瑞的声音回答。

芦席的一边掀开了。特法拉打算钻到毯子里去,可是马普希把她拉住了。他总得拉住点儿什么才行。这两个人彼此争执着,都在浑身发抖,牙齿打战,一面瞪着老大的眼睛,瞧着那张掀开了的芦席。他们看见瑙瑞爬了进来,身上滴着海水,连裙子也没穿。他们连忙向后滚,争着把纳库拉的毯子夺过来蒙住头。

"你总可以给你的老娘一点儿水喝吧。"那个"鬼"很凄惨地说道。

"给她一点儿水。"特法拉用颤抖的声音发出了一个命令。

"给她一点儿水。"马普希连忙把这个命令传给了纳库拉。

于是他们就一齐把纳库拉从毯子底下踢出来。一分钟之后,马普希偷偷一瞧,那个鬼正在喝水。当它伸出一只发抖的手放在他手上的时候,他因为感到了它的分量,就完全相信它不是鬼了。于是,他就爬起来,一面拖着特法拉也起来,几分钟之内，大家全在听瑙瑞讲起她的遭遇了。后来，她谈到了李微，就把那颗珍珠放在特法拉手心里。这样，就连她也打消了成见，承认她婆婆的确还活着。

"到了早上，"特法拉说道，"你可以把珍珠卖给劳乌尔，向他要五千块法国大洋。"

"那么房子呢？"瑙瑞不赞成。

"他会把房子盖起来的，"特法拉回答道，"他说盖房子要花四千块法国大洋。此外，他算还欠我们一千块法国大洋，也就是两千块智利大洋的账款。"

"是三十六英尺长吗？"瑙瑞问道。

"对，"马普希回答道，"是三十六英尺。"

"当中那个房间里还有一座八角挂钟吗？"

"对，还得有那张圆桌子。"

"好了，给我点儿东西吃吧，我饿了，"瑙瑞心满意足地说道，"吃完了，我们就睡，因为我累了。明天早上，我们再把那所房子详细谈谈，然后再去卖这颗珍珠。我们最好还是叫他把那一千块法国大洋付给我们现款。向商人们买东西，现钱总比赊账好得多。"

# 一块牛排

汤姆·金用最后一小块面包,揩干净了盆子里的最后一点儿汤汁之后,若有所思地慢慢嚼着。等到他从桌子旁边站起来的时候,他还是觉得饿得非常难受。可是,只有他一个人吃过东西。隔壁房里的两个孩子早就给送上床了,因为一睡他们就会忘了没吃晚饭。他老婆什么也没吃过,默默地坐着,担心地瞧着他。她是一个瘦削憔悴的工人阶级的妇女,可是在她的脸上还留着年青时代漂亮的痕迹。做汤汁的面粉是她跟走廊对面的邻居借来的。面包是她用最后两个小钱买的。

他坐在窗旁一张经不住他的重量的东倒西歪的椅子上，机械地把烟斗塞在嘴里，把手伸到上衣口袋里。口袋里一点儿烟草也没有，这才使他惊觉过来，不由皱起眉头，怪自己健忘，然后把烟斗放在一边。他的动作缓慢，简直有点儿笨拙，仿佛不胜肌肉沉重的负担。他是个身体结实，看起来呆头呆脑的人，相貌也并不十分讨人喜欢。他的粗料子的衣服又旧又邋遢。他那双鞋还是很久以前换过底的，鞋面已经坏得支不住沉重的鞋底了。他的布衬衫是两个先令的廉价品，领口已经磨破，还有很多去不掉的油漆斑点。

不过，只有他那张脸才一丝不差地说明了他是什么人。那是一张典型的职业拳击家的脸，一张在拳击场上混了很多年的脸，因此好斗的野兽的一切标志，在他脸上都非常显著。这分明是一张皱眉蹙额的脸，而且，他脸上的特点一点儿也瞒不过人们的眼目，两片嘴唇破了相，合成一张极难看的嘴巴，好像脸上的一条伤疤。他的下巴显得咄咄逼人，粗壮而残忍。他的眼睛转动得很慢，眼皮很厚，在紧扣的浓眉下面，几乎毫无表情。他简直是个野兽，而最像野兽的部分就是他那双眼睛。这双眼睛看上去昏昏欲睡，跟狮子的一样——是好斗的野兽的眼睛。他的额头向头发根下面斜着塌下去，头发剪得很短，可以看出他那个相貌凶恶的脑袋上的每一个隆起部分。他那断过两次的鼻子，因为挨了无数次打击，变得奇形怪状，他的耳朵跟卷心菜一样，老是肿的，已经比原来大了一倍。这些就是他脸上的全部装饰品。此外，他的胡子虽然才刮过，皮肤里的胡子茬却长出来，在他的脸上涂上了蓝黑的颜色。

总之,这是一张在黑胡同里,或者在偏僻地方见了叫人害怕的脸。不过,汤姆·金既不是罪犯,也没有干过犯罪的事。他除了因职业经常打架以外,没有伤过任何人,也从来没有听说他跟人吵过嘴。他是以斗拳为职业的人,他的好斗的野蛮行为,全留到斗拳场上表现出来。在斗拳场外面,他是一个行动迟缓、性情随和的人,而且在他年轻时,钱来得容易,他对人非常慷慨,从不为自己打算。他不记旧恨,也很少仇人。对他来说,斗拳就等于谋生,在斗拳场里,他把人打伤,打成残废,甚至打死人,可是并无恶意。这不过是很普通的职业。观众花钱到场子里来,就是为了看人们互相打倒在地。赢的人可以拿到一大笔钱。二十年前,当他要跟乌鲁木鲁·高杰斗拳的时候,他知道高杰的下巴曾经在新堡的比赛里给人打坏,好了还不到四个月。因此,他就专门去攻那个下巴,终于在第九个回合里,又把它打坏。这并不是因为他对高杰怀着什么恶意,这不过是因为要打倒高杰,赢得那一大笔钱,只有这个办法最可靠。高杰也没有因此而记仇。比赛就是这么回事,他们都明白,而且都是这么干的。

汤姆·金从来不多说话,他常常沉闷地坐在窗户旁边,盯着他那双手。手背上的血管隆起来,又粗又肿;一看那些打伤、击碎、变了形的指节,就知道他是怎样用拳的。他从来没听说过,一个人的生命,就等于他的动脉的生命,可是他完全懂得这些肿大的青筋的意义。他的心脏以最大的压力通过血管曾经输送过太多的血液。现在,这些动脉已经不中用了。它们已经胀得失去了弹性,同时,由于血管肿胀起来,他的耐力也不行了。现在,他很容易疲倦。他再也不能很快地斗上二十个回合,拼命地斗呀,斗呀,斗呀,从一次锣声到又一次锣声,愈斗愈猛,一会儿给打得靠着绳子,一会儿又打得他的对手靠着绳子,而且一次比一次猛烈,终于在第二十个回合里,引得全场的观众站起来狂呼,而他自己却用冲、打、闪的方法,用暴雨般的拳头一阵阵打击对方,同时也挨对方一阵阵的拳头,而他的心脏总是忠实地把汹涌的血液送到适当的血管里。那些血管虽然当时胀得很大,可是总是缩回原状,不过,也并不完全如此——每一次斗完拳,它们总要比原来胀大了一点儿,只是起初看不出而已。他盯着这些血管和打伤了的指节。霎时仿佛看到了这双手年青优美的形象。不过,那是这双手在绰号"威尔斯的凶神"的本尼·琼斯的脑袋上击碎第一个指节之前的事了。

现在,他又觉得饿了。

"唉!难道我连一块牛排也吃不到吗!"他高声地嘟囔着,一面捏紧他的大拳头,吐出了一句抑制着的骂人话。

"我已经到勃克和索雷那儿去过了。"他的妻子有点儿抱歉地说。

"他们不肯?"他问道。

"半个小钱也不肯。勃克说……"她吞吞吐吐地没有说下去。

"说下去!他说什么?"

"他说,他觉得今天晚上桑德尔一定会打败你。而且你欠他的账已经够多了。"

汤姆·金哼了一声,可是没有回答。他正在一心想着年轻的时候他养的那条猎狗,他不断地喂它牛排。那时候,就是他要赊一千块牛排,勃克也会答应的。可是时代变了。汤姆·金上了年纪啦。一个在二等俱乐部斗拳的老头子,是不能指望商人赊给他多少账的。

这天早晨,他一起来就想吃一块牛排,这个心思一直没散。这一次斗拳,他没有事先好好锻炼过。这一年,澳大利亚大旱,生活很艰难,连临时工作都不容易找到。他没有陪他练拳的人,他吃的伙食,非但不是最好的,而且有时还吃不饱。他有时即使找得到工作,也是临时当几天苦力。每天一早,他都要在陶门公园周围跑几圈,练练腿。可是这样也很难练好,他既没有伙伴,又得养活他的老婆和两个孩子。自从他得到跟桑德尔比赛的机会之后,商人们才稍微对他放宽了一点儿赊账。快活俱乐部的秘书也只肯预支三个金镑给他——这是失败的人可能得到的酬劳——除此之外,他就不肯再借了。有时他设法从他的老朋友那儿借到几个先令,他们本愿意多借几个给他,可是遇到这样的大旱年,他们自己也很困难。得啦——掩饰事实是没有用的——比赛前他锻炼得很不够。他应当吃得好一点儿,心里没有牵挂。此外,一个四十岁的人练起来,当然要比二十岁的时候难得见效。

"什么时候啦,丽芝?"他问道。

他的妻子到走廊对面问了一下,回来说:"八点差一刻。"

"再过几分钟,他们就要开始第一场比赛了,"他说,"那不过是试试拳头。接下来是狄勒·威尔士同格列德雷的四个回合的比赛,然后斯塔莱特还要同一个水手斗上十个回合,一个钟头以后我才上场。"

又默默地过了十分钟,他才站起来。

"老实说,丽芝,我简直没有好好地练过功。"

他伸手拿起帽子,就向门口走去。他并没有去跟她接吻——他出去时从不跟她接吻道别——可是这天晚上,她却主动地去吻他,用胳膊搂住他,强迫他低下头来跟她亲嘴。他的身体那么魁伟,相形之下,她就显得更小了。

"希望你交上好运,汤姆,"她说,"你一定要打败他。"

"对,我一定要打败他,"他照样说,"反正非这样不可。我一定得打败他。"

他笑了起来,装得很痛快,这时候,她跟他贴得更紧了。他从她的肩膀上瞧了瞧这个空荡荡的房间。这就是他在世界上所有的一切:欠了很久的房租,老婆与孩子。现在,他正在离开家,在黑夜里到外面去为他的老婆和小家伙弄点儿吃的东西——不过,他并不是像现代的工人一样到车床上去耐心工作,而是用古老的、原始的、威武的、禽兽一样的方式去角斗。

"我一定要打败他。"他重复道,这一次,稍微带着一点儿拼命的口气,"如果打赢了,那就是三十金镑——我就可以付清全部的账,还剩下一大笔钱。如果打败了,我就什么也得不到——连坐电车回家的一个便士也得不到。秘书已经把输家的那一份全给我了。再会吧,老婆。要是打赢了,我就马上回来。"

"我等着你。"她在走廊里对他喊道。

到快活俱乐部足足有两里路,他一边走,一边想起他当初的黄金时代——他曾经当过新南威尔士的重量级选手——那时候,他常常坐着马车去斗拳,而且常有个在他身上押大注的人跟他同路,替他付车钱。就拿汤米·彭斯和那个美国黑人杰克·约翰逊来说吧——他们都是乘汽车来往。可是他只好走路!同时,人人都知道,在斗拳之前,辛苦地走两里路不是个最好的办法。他老了,如今的世界对上了年纪的人真是不好。除了做苦工以外,他简直毫无用处,即使这样,他的坏鼻子和肿耳朵还要跟他作对。他真希望当初他学会了一样手艺。从长远来看,那总要好一点儿。可是从来没有人对他这样说过,再者,他心里也明白,即使有人跟他说过,当时他也不会听的。那时候,生活太轻松了。大笔的进款——激烈、光彩的战斗——中间还有一段段休养和闲游的时间——一大串拼命奉承他的人总是跟在他后面,拍拍他的背,握握他的手,那些阔少也都乐于请他喝酒,借此可以跟他谈五分钟的话,以为莫大的荣幸——那种情形的确光彩。全场观众狂呼起来,他用暴风雨一样的拳法来收场,评判员总是宣布:"汤姆·金胜利!"而第二天报纸体育栏里就会登出他的名字。

那才是黄金时代!但是现在经过他慢慢地回想,他才明白,给他打倒的都是些老头子。那时候,他是青年,正在成长;而他们都是老年,正在没落。怪不得他赢起来这么容易——原来他们的血管都已肿胀,指节已经打伤,由于长期的拳击比赛，筋骨也已经疲乏。他记起那一次在拉希卡特斯湾，在第十八个回合里，他怎样打垮了老斯托什尔·比尔，后来老比尔在更衣室里像小孩子一样哭起来的情形。也许老比尔当时也是拖欠了房租。也许他家里也有一个老婆和两个孩子。也许在斗拳的那天，比尔也是渴望吃一块牛排。当时，比尔斗得很勇，因此挨了他无比凶猛的还击。现在，在他自己也受到了这种折磨之后，他才明白在二十年前的那天晚上，斯托什尔·比尔是为了更大的赌注去斗拳的，而他，年轻的汤姆·金，不过是为了荣誉和得来容易的钱罢了。难怪斯托什尔·比尔后来要在更衣室里那样痛哭了。

总之，看起来，一个人一生只能斗那么多次。这是拳击比赛的铁的规律。有的人的精力，也许能够狠狠地斗一百次，有的人也许只能斗二十次。每一个人，根据他的体格和气质，都有一定的数字，等到他斗完了这个数字，他就完了。不错，汤姆·金斗的次数比大多数同行都多，他所经历的艰苦奋战已经远远超过了他的本分——而这种比赛，总是使心脏和肺仿佛要破裂一样，使动脉失去弹性，使年轻的灵活柔软的肌肉结成硬块，使他神经麻木，精力衰退，而且由于过分用劲与过分忍受使他的头脑和筋骨疲乏不堪。是的，他比他们干得都好。他的老搭档已经一个也没有了。在老一辈的拳师里，他是最后一个。他看见他们一个个完蛋，其中有几个人的完结跟他也有关系。

过去，他们总是拿汤姆·金来对付那些老家伙，他一个一个地打倒了他们——每逢他们像老斯托什尔·比尔一样，在更衣室里痛哭的时候,他总是觉得可笑。如今,他自己老了,他们又拿那些小伙子来对付他。拿桑德尔这个家伙来说吧。他是从新西兰来的,比赛的成绩留在那儿。可是在澳大利亚,谁也不了解他的情形,所以他们让他跟汤姆·金比赛。如果桑德尔干得出色,他们会让他跟更能打的人比赛,赢得更大的奖金。因此,不用说,这一场,他一定会斗得非常凶猛。凭着这场比赛,他会赢到一切东西——金钱、荣誉和前途。汤姆·金则是阻碍他走向名利大道的一个头发斑白的老砧板。他什么也赢不到,最多也只有那三十个金镑,让他还清房东和商人的账。就在汤姆·金这样回想的时候,在他的迟钝的头脑里出现了青年的形象——趾高气扬,不可一世的光辉的青年形象,肌肉柔软,皮肤滑润,不知疲倦的健康的心肺,嘲笑力量有限那种论调的青年。是的,青年是涅米塞斯①。他毁掉了老一辈的人,根本不考虑,这样做就等于毁掉他自己。这样扩大了他的动脉,击碎了他的指节,结果给下一辈的青年毁掉。因为青年总是年轻的,只有老年才会变老。

走到卡斯尔雷街的时候,他向左转弯,走过三条横马路,就到了快活俱乐部。门外有一群无赖少年,恭恭敬敬地给他让开了一条路。他只听见有一个人对另外一个人说:"那就是他!那就是汤姆·金!"

进去之后,他在去更衣室的路上,碰见了俱乐部的秘书,这个年轻人有一双锐利的眼睛,一张机灵的脸。他跟他握了

---

① 希腊神话中的报应和复仇女神。

握手。

"你觉得怎么样，汤姆？"他问道。

"好得很。"金回答道。当然，他知道这是撒谎，如果他有一镑钱的话，他会马上买一块上好的牛排。

等到他从更衣室出来，带着他的助手，沿着过道向大厅中央用绳子圈起来的斗拳场走去的时候，正在等候比赛的观众立刻发出了一片欢迎和喝彩的声音。他向左右的观众还了还礼，可是，没有几张面孔是他认识的。大多数的观众都是他在斗拳场里第一次赢得荣誉的时候还没出世的小孩子。他轻快地跳到台上，低下头从绳子下面钻到他那一角，坐在一张折叠凳子上面。评判员杰克·鲍尔过来，跟他握了握手。鲍尔是个垮了台的拳击家，他已经有十多年没有在台上当过主角了。汤姆看到他来当评判员，心里很高兴。他们都是老一辈的人。如果他稍微犯了一点儿规，对桑德尔稍微过分一点儿的时候，他知道鲍尔一定会马虎过去的。

年轻的、雄心勃勃的重量级拳击选手，一个接着一个地爬到圈子里面，由评判员介绍给观众。同时，他还宣布了他们提出来的挑战。

"年轻的普隆托，"鲍尔宣布道，"是北悉尼人，他愿意另外加五十镑，向赢家挑战。"

观众喝彩之后，等到桑德尔跳到圈子里，坐在他那一角的时候，又喝了一遍彩。汤姆·金好奇地瞧着对面的桑德尔，因为几分钟之内，他们就要在无情的战斗里扭到一块儿，使出全部力量来把对方打昏过去。可是他看不出什么，因为桑德尔跟他一样,也在拳击衣外面套着长裤子和绒线衫。他的脸长得非常英俊,头上一蓬鬈曲的黄发,从他那结实的、肌肉发达的脖子,可以看出他的身体一定非常健壮。

年轻的普隆托从这个角落走到那个角落,跟台上的主角握过手以后,就下去了。挑战继续进行。青年人不断地爬到圈子里——没有名的,然而不能满足的年轻人——总是向大家喊着,他们要凭自己的力气和本事,与赢家比一比高下。要是几年之前,在他所向无敌的黄金时代,汤姆·金看到这种举动,也许会觉得又好笑,又讨厌。可是现在,他坐在那儿,好像着迷一样,怎么也摆脱不掉他眼睛里的青年的幻象。这些小伙子总是在拳击比赛里占上风,总是从圈子旁跳进来,大声地挑战;而在他们面前倒下来的,总是老一辈的人。他们都是从老一辈的人身上爬到成功之路上的。他们源源不绝而来,愈来愈多——难以抑止的,不可阻挡的青年——他们总是打倒了老一辈的人,然后自己变得老起来,走着同样的下坡路,而他们后面那些不断涌上来的人,永远是青年——这些新生的婴儿,长得健壮起来之后,总是打倒他们的长辈,同时,他们后面又会出现更多新生的婴儿,直到永远——青年一定要实现他们的意志,永远不会死亡。

汤姆向记者席瞧了一眼,跟体育报的摩根和公正报的考尔柏特点了点头。然后他伸出手来,由桑德尔的一个助手严格地检查绕在他指节上的细带,并且在这个人的严密监视之下,由他自己的助手们,锡德·沙利文和查利·贝茨给他套上手套,把手套扎紧。同时,在桑德尔那一角,也有汤姆的一个助手，干着同样的事。这时候，桑德尔的裤子已经给脱下来了，他一站起来，他的绒线衫也从头上给脱掉了。汤姆·金望过去，看到了青年的具体形象，厚厚的胸脯，强壮的筋肉，一身的肌肉就像活的东西在缎子似的白皮肤下面滚动，全身充满了活跃的生命。汤姆·金知道，这是从来没有失去过朝气的生命，等到在长期的战斗里，这股朝气从发痛的毛孔里泄了出去，青年付出了经过这一关的代价，他就不会再像以前那样年轻了。

这两个人走拢了，锣声一响，那些助手就噼噼啪啪地折起折叠凳子爬到圈子外面去了，他们握过手以后，立刻摆出了斗拳的姿势。而桑德尔，立刻就像一个由钢铁和弹簧组成的机件，在灵巧的扳机操纵之下，来往不停，一会儿用左拳打汤姆的眼睛，一会儿用右拳打他的肋骨，然后避开对方还来的一拳，轻轻跳开，接着又声势逼人地跳了回来。他的动作很敏捷，很灵巧。这是一种使人眼花缭乱的表演。全场观众都大声喝彩。可是汤姆并没有眼花。他参加过的比赛和遇到的青年对手实在太多了。他知道这种拳法是怎么回事——来势太快太灵活了，不会有危险的。很清楚，桑德尔一开头就想速战速决。这是料想得到的。年轻人总是如此——逞凶撒野，猛攻猛打，肆意消耗自己的光彩和优越性，凭着无限的辉煌的精力和必胜的愿望来压倒对方。

桑德尔一进一退，一会儿这儿，一会儿那儿，满场跳来跳去，步伐轻快，心情急切，就像一个由雪白的皮肤和坚实的筋肉构成的活的奇迹，用身体组成了一个令人眼花缭乱的进攻网,溜过来,跳过去,像飞梭似的一个动作接着一个动作,片刻不停。而这千百个动作针对着一个目的,就是要消灭汤姆·金。因为汤姆·金妨碍他飞黄腾达。可是汤姆·金却耐心地忍受着。他知道该怎么办,他自己虽然不再是青年了,可是他懂得青年。他的想法是,在对方没有丧失一部分精力之前,是没有办法的。于是,他就暗自狞笑了一下,故意地把头一低,挨了重重的一击。这是个恶毒的办法,不过按照拳赛的规则来说,倒是很正当的。一个人照理是应当保护自己的指节的,因此,如果他一定要打中对手的头顶,那就只能说他是自讨苦吃。金本来可以把头躲得更低一点儿,让这一拳毫不伤人地落空,可是他想起了在当初的比赛里,他怎样在威尔士凶神头上打坏了自己的第一个指节的情形。现在,他不过是想取胜。这一低头使桑德尔付出了一个指节的代价。就目前来说,桑德尔是不会在乎的。在这场比赛里,他会毫不介意地继续狠狠地打到底的。不过,以后等到他在拳场上斗得久了,对他开始产生影响的时候,他就会痛惜这个指节,回想起来,记起他怎样在汤姆·金的头上把指节打碎的情形了。

第一个回合完全是桑德尔的天下,他的旋风式的猛攻引起了全场的喝彩声。他的排山倒海的拳法压倒了汤姆,汤姆什么也没有施展。他从来没有回过一拳,他只求掩护、抵挡、躲闪,或者跟对方扭抱起来以免遭到痛击。有时候,他佯攻一下,在拳头落下去的时候摇摇头,然后迟钝地兜来兜去,他从来不跳来跳去,或者浪费一丝精力。一定要等到桑德尔泄掉了青年的锐气,这个谨慎的老年人才敢还手。金的一切动作都是慢腾腾、一板一眼的,他那双眼皮很厚,转动得很慢的眼睛,使他带着一种半睡半醒、茫然若失的神气。可是,这是一双无所不见的眼睛,在二十多年的拳场生活里,他的眼力早就锻炼出来了。即使一拳打到了眼前,它们也不会眨一眨、动一动,却能够冷静地观测出来拳的距离。

在第一个回合结束,休息一分钟的时候,他坐在他那个角落里,伸开两条腿仰面躺着,把胳膊搭在两旁的绳子上。当他吸进去他的助手们用毛巾扇过来的空气时,看得出他的胸膛在深深地起伏着。他闭着眼睛,听到场子里的喊声。"你为什么不斗,汤姆?"很多人都在这样喊,"你并不怕他,是吗?"

"肌肉硬了,"他听见一个坐在前排的人这样议论,"他的动作快不了啦。桑德尔要是输了,我赔双倍,照金镑算。"

锣声一响,两个人都从各自的角落向前走过去。桑德尔急于再战,足足跑到全场四分之三的地方;可是汤姆却情愿少走几步。这完全符合他的节省精力的策略。他既没有锻炼好,又没有吃饱,每一步路都很要紧。再者,他到拳场已经走了两里路。这一回合跟第一回合一样,桑德尔仍旧像旋风一样地猛攻,观众都愤愤地质问汤姆·金为什么不打。他假装进攻,不起作用地慢慢挥了几拳,除此之外,他就只采取抵挡、拖延和扭抱的办法。桑德尔要速战速决,可是汤姆很聪明,不肯去迎合桑德尔。他露齿一笑,那张在拳场上击伤了的脸,露出一种沉思悲愤的神气,继续怀着老年人才有的谨慎,保存着实力。桑德尔是青年,他总是以青年人慷慨放纵的气派,浪费他的精力。汤姆是拳场上的一位将才,他有着由长期的痛苦战斗里得来的智慧。他用冷静的眼光和头脑注视对方,他行动迟缓,等待着桑德尔泄去锐气。在大多数观众看起来,汤姆似乎已经毫无希望地给压倒了,他们表示愿意在他身上押下三对一的赌注。可是也有几个聪明人,他们知道汤姆过去的情形,因此,他们就接受了他们认为容易赢钱的挑战。

第三个回合开始的时候,仍旧是一面倒,桑德尔仍旧掌握着全部主动权,尽量痛击。半分钟之后,桑德尔由于过分自信,露出了一个破绽。在这刹那间,汤姆眼到手到,他两眼发光,右手像闪电一样打了过去。这是他第一次真正的一击——使了一个勾拳,他把胳膊扭成拱形,使拳头更坚实,同时把旋转一半的身体的全部重量加在拳头上。这就像一头仿佛沉睡的狮子,突然像闪电似的伸出一只爪子来。下巴旁边挨了这一下的桑德尔,立刻像一头阉牛似的倒了下去。观众倒抽了一口气,喃喃发出了一种敬畏的喝彩声。这个人的肌肉不曾变僵硬,他能够把拳头像大铁锤一样打出去。

桑德尔心惊胆战。他翻了个身,打算爬起来,可是他的助手喝住了他,要他等着计数。他单膝跪着,准备起来,可是仍旧等着,这时候,裁判监视着他,正在大声对着他的耳朵计数。数到九的时候,他站起来摆出了战斗的姿态。这时候,面对着他的汤姆·金不由懊悔起来,这一拳要是离桑德尔的下巴尖再近一寸就好了。那样,他就能把他打昏过去,而他就可以带着三十镑回家去见自己的老婆孩子了。

这一回合一直打完了规定的三分钟,桑德尔这才初次敬重起他的对手来,可是汤姆的动作仍旧很慢,眼睛仍旧那么昏昏欲睡。汤姆·金看到他的助手们在绳子外面蹲下来，准备跳进来时，就警觉到这个回合快要结束了，于是他就把战斗向他自己的那一角引过去。锣声一响，他立刻坐在那张等着他坐的凳子上，而桑德尔却只好走完这个正方形的对角线，回到他那一角。这是一件小事，不过把很多小事累积起来就是一件大事。桑德尔不得不多走许多路，多消耗许多精力，而且要在这宝贵的一分钟休息里损失一部分时间。在每一回合开始的时候，汤姆·金总是慢腾腾地从他那一角走过去，逼着他的对手要比他走更长的路。而在每一回合结束之前，汤姆总是把战斗引到自己的一角，那么他自己就可以立刻坐下。

在接下来的两个回合里，汤姆·金一直节省着气力，而桑德尔则尽量浪费。桑德尔力求速战速决的攻势弄得他很不舒服，因为那些像雨点似的拳头大部分都打中了。可是汤姆坚持着他的顽固的拖延战略，无论那些急性子的年轻人怎样催他斗，他也不理。后来，在第六个回合里，桑德尔又大意了一次，汤姆的可怕的右拳又像闪电似的打中了他的下巴，桑德尔于是又等到裁判数到九才起来。

打到第七个回合，桑德尔的优势完了，他于是安定下来，应付他知道这是他有生以来最艰苦的一场比赛。汤姆·金是个老家伙，可是比他碰到的那些老家伙要厉害得多——这个老家伙从来不失去理智，他的防守本领非常强，他的拳头就像一根有节的棍子，而且他两只手都能把人打倒。然而，汤姆·金仍旧不敢时常攻打。他从来没有忘记他那些打坏了的指节，他知道，如果要他的指节能够支持到底，他就必须次次打中。当他坐在自己的角落里，瞟着他的对手的时候，他忽然想到了一个念头，如果把他的智慧跟桑德尔的青春结合在一起，那就会成为一个闻名世界的重量级锦标选手。可是困难就在这里。桑德尔绝不会变成世界选手。他缺乏智慧，而得到智慧的唯一办法，就是用青春去买；等到他有了智慧，他的青春也就虚度了。

汤姆·金利用一切他所知道的有利的手法。他从来没有放过一次扭抱的机会，每逢扭抱起来，他总是用肩膀硬撞对方的肋骨。按照拳击的理论，就肩膀跟拳头造成的损伤来说是一样的，就消耗体力来说，那简直要好得多。而且，一扭抱起来，汤姆总是把自己的重量压在对方身上，不肯松开。这样就逼得裁判来干涉，把他们拉开，而没有学会休息的桑德尔还帮着裁判来松开。他忍不住，他总是运用他那威风凛凛的飞舞的胳膊和他的扭动不停的肌肉。每逢对方冲过来扭抱，用肩膀抵住他的胁下，而把头靠在他的左臂上的时候，桑德尔几乎总是把右拳从自己背后挥过去，打那个突出的脸。这一手打得很巧妙，观众非常钦佩，然而并不危险，因此，只好算是浪费气力。不过，桑德尔既不知疲倦，也不知节制，而汤姆总是露齿笑着，顽强地忍受着。

后来，桑德尔使出了一种用右拳猛击汤姆的身体的拳法，看起来就像汤姆挨了一顿饱打似的。不过，只有老看赛拳的人才佩服汤姆那种在拳头打到之前的一刹那，用左面的手套碰一碰对方的双头肌的巧妙手法。当然，次次都打中了；可是每一次都因双头肌给碰了一下，使拳头失去了力量。在第九个回合里，一分钟里一连三次，汤姆都弯着胳膊，用右拳一钩，打中了对方的下巴。一连三次，桑德尔的沉重身体都给打倒在垫子上。每一次他都在休息了应有的九秒钟之后，才站起来，他虽然摇摇晃晃，有点儿头昏，不过体力还是很强。他的速度比以前慢多了，可是他浪费的气力也少了。他斗得很苦，可是他会继续利用他的本钱——青春。汤姆的本钱是经验。现在，他的精力衰退了，气力也小了，可是他用策略代替了它们，他会利用他在长期比赛里得来的智慧，他会谨慎地积蓄他的力量。他不仅懂得绝不能有一个多余的动作，他还懂得怎样引诱对方消耗体力。他一再地用手、脚和身体装作要攻击的样子，引得桑德尔一时向后跳，一时闪避，一时还击。汤姆·金休息着，可是他绝不肯让桑德尔休息。这是老年人的战略。

第十个回合才打起来，汤姆·金就开始用左直拳攻对方的脸，来阻挡对方的猛攻。这时候，桑德尔已经变得谨慎了，他立刻收回左臂，低头一闪，把右拳向上一钩，向汤姆的头旁边打过去。这一拳打得太高，没有真正收效。可是汤姆一挨到拳头，立刻就产生了过去他很熟悉的那种面前一片漆黑，一时昏迷的感觉。一刹那间，或者不如说，在一刹那的万分之一的时间里，他的生命停止了。在这瞬息之前，他看见桑德尔闪出他的视野，后面背景上的一片注视着的白面孔也不见了。而一瞬之后，他又看到了桑德尔和背景上的那些面孔。他好像睡了一会儿，才睁开眼睛。不过，不省人事这一刹那非常短暂，他没有来得及倒下去。观众只看到他摇了一下，膝盖一弯，然后又看见他恢复过来，用左肩紧紧地护住下巴。

桑德尔照这样连打了几次,让汤姆一直保持着半昏迷状态,可是汤姆终于想出了一个以攻为守的办法。他假装用左拳进攻,可是马上退后半步,把右拳用全力向上猛攻。他把时间计算得非常准确,趁着桑德尔正在低头闪避时,把拳头端端正正地打到了他的脸上,打得桑德尔两脚腾空,缩成一团向后一仰,把脑袋和肩膀同时撞倒在垫子上面。汤姆·金照这样连打中了两次,然后他就放手痛击他的对手,把他逼到绳子上面。他不让桑德尔有一点儿休息或者振作起来的机会,只顾一拳接一拳地捣下去,直到全场的观众都站起来,空气中充满了狂吼的喝彩声。可是桑德尔的气力和耐力是超群出众的,他仍旧站着。看起来,桑德尔肯定要给击昏过去,场子旁边的一个警官给这种可怕的狠打吓坏了,连忙站起来阻止这场拳击。等到锣声一响,这一个回合宣告结束的时候,桑德尔一面摇摇晃晃地回到他的角落,一面对警官声明,说他仍旧很好,很有劲。为了证明这一点,他向后连跳了两下,那个警官就退让了。

　　这时候,靠在自己的角落里喘得很厉害的汤姆·金非常失望。如果这场拳击给阻止了,那么,裁判就会迫不得已作出结论,那三十个金镑就会归他了。他跟桑德尔不一样,他不是为了争荣誉或者前程而来斗拳的,他只为了那三十个金镑。现在,桑德尔只要休息一分钟就会恢复过来。

　　青年总有办法——这句话忽然在汤姆的脑子里一闪,也想起了他头一次听到这句话,是在他打垮斯托歇尔·比尔那天晚上。这是那个在斗拳之后请他喝酒的家伙拍着他的肩膀对他说的。青年总有办法!那个家伙说得对。在很久之前的那个晚上，他的确是青年。然而今天晚上，青年却坐在对面的一角。至于他自己呢，他已经斗了半个钟头，他已经是个老头儿了。如果他像桑德尔那样斗，他连十五分钟也支持不了。不过，问题在于，他的气力不能恢复。那些突出的动脉和那颗疲劳已极的心脏使他不能在两个回合之间的休息里重振威力。而且，一开头他的气力就不充沛。他的腿很沉重，正在开始抽筋。他不应该在斗拳之前走那两里路。还有他早上一起来就非常想念的那块牛排。他恨透了那个不肯赊账给他的肉店老板。一个没有吃饱的老年人是很难斗胜的。区区一块牛排，最多不过值几个便士，然而对他来说，却等于三十金镑。

第十一个回合的锣声响过之后，桑德尔为了显示他实际上并没有的锐气，发动猛攻。汤姆知道这是怎么回事——这种虚张声势的把戏跟拳击本身一样古老。为了挽救自己，他扭抱起来，然后松开，让桑德尔摆开阵式。这正是他求之不得的事。他先装作用左拳进攻，引得桑德尔低头一闪，然后退半步，用右拳向上猛地一钩，迎面击中脸部，打得桑德尔摔倒在垫子上。后来，他一直不让桑德尔休息，尽管他自己也受到痛击，但是他打中的次数要多得多，他打得桑德尔靠在绳子上，上下左右地用各种拳法擂过去，然后挣脱开对方的扭抱，或者用重拳打得对方不能来扭抱，每逢桑德尔快要倒下去的时候，他就用举起的一只手撑住他，而立刻用另一只手打得他靠在绳子上，不摔下去。

这时候，全场都疯狂了，这里成了汤姆·金的天下，几乎每一个人都在喊："加油，汤姆！""打垮他！打垮他！""你已经胜了,汤姆!你已经胜了!"比赛就要在旋风式的攻击之下结束了,而观众花钱到这儿看的,也正是这个。

半小时以来一直保存着实力的汤姆·金,现在一下子把他所有的力气全使出来了。这是他的唯一的机会——要是现在不赢,就根本赢不了了。他的气力消耗得很快,他只希望在最后一点儿气力用完之前,能够打得对方爬不起来。因此,他一面继续猛攻,一面冷静地估计他的拳头的分量和它们造成的损伤,这才看出桑德尔是一个很难打垮的人。他的体力和耐力简直大到了极点,这是青年的原封未动的体力和耐力。桑德尔一定是个蒸蒸日上的好手。他是一个天生的拳击家。只有这样坚韧的材料,才能创造出成功的斗士。

桑德尔已经摇摇晃晃,站不稳了,可是汤姆的腿也在抽搐,他的指节也痛起来了。不过他还是咬紧牙关,猛捶狠打,每一次都打得自己的手疼得不得了。现在,他虽然实际上一拳也没有挨到,可是他的体力也在跟对方一样迅速地衰弱下去。他次次都打中要害,可是再也没有以前那种分量了,而且每一拳都要经过极大的努力。他的腿跟铅一样重,看得出在拖来拖去。因此,把赌注押在桑德尔身上的人,看到这种情形都很高兴,就大声地鼓励着桑德尔。

这情形刺激得汤姆产生了一股劲儿。他一连打了两拳——左拳打在腹腔神经丛上,稍微高了一点儿,右拳横击在下巴上。这两拳打得并不重,可是本来就昏迷无力的桑德尔,已经倒下去,躺在垫子上直哆嗦。裁判监视着他,对着他的耳朵,大声数着有关生死的秒数。如果在数到十秒之前他还没有起来，他就输了。全场的观众都肃静无声地站着。汤姆·金两腿发抖，勉强支持着。他感到一阵剧烈的眩晕，观众的脸好像一片大海，在他眼前波澜起伏，裁判数数的声音，好像是从很远的地方传到他耳朵里的。可是他认为自己是赢定了。一个挨了这么多重拳的人是不可能再站起来的。

只有青年人能够站起来，桑德尔终于站起来了。数到四的时候，他翻了个身，面孔朝下，盲目地摸索那些绳子。数到七的时候，他把身子拖了起来，用一条腿跪着，一面休息，一面像喝醉了似的摇晃着脑袋。等到裁判喊了一声"九"的时候，桑德尔已经笔直地站了起来，摆出适当的招架姿势，用左臂护着脸，右臂护着胃部。他护住要害以后，就摇摇摆摆地向汤姆走过去，希望能跟对方扭抱在一块儿，以便争取时间。

桑德尔一起来，汤姆·金就开始进攻，不料打出去的两拳都给招架的胳膊挡住了，接着，桑德尔就跟他扭在一块儿，拼命地抵住他，裁判费了很大力气才把他们拉开。汤姆也帮着摆脱自己。他知道青年人恢复得很快，而且知道，只要他能不让桑德尔恢复气力，桑德尔就会败在他手下。只要狠狠的一拳就够了。桑德尔已经败在他的手下，这已经是无疑的了。他已经在战略和战术上胜过他，占了上风。汤姆·金从扭抱中摆脱出来，摇摇晃晃，他的成败得失，就在毫发之间。只要好好的一拳，就能把他打倒，叫他完蛋。汤姆·金忽然一阵悲痛，想到了那块牛排，来支撑他这必要的一击，那有多好啊！他鼓足力气，打了一拳。可是分量不够重，出手也不够快。桑德尔摇摆了一下，没有摔倒，蹒跚地退到绳子旁边就支撑住了。汤姆·

金蹒跚地追过去，忍受着好像要瓦解一样的剧疼，又打了一拳。可是他的身体已经不听指挥了。他只剩下了一种要斗下去的意识，然而由于疲劳过度，连这一点儿意识也很模糊。这一拳他是对着桑德尔的下巴打过去的，可是只打到肩膀上。他本来想打得高一点儿的，可是疲劳的肌肉不服从指挥。同时，他自己却受了这一拳回冲力的影响，跟跄地倒退回来，几乎栽倒。后来他又勉强打出了一拳。这一次简直完全落空，他因为身体衰弱到了极点，就倒在桑德尔身上，跟他扭抱在一块儿，以免自己摔倒。

汤姆一点儿不想挣脱开来。他的力气已经用光了。他垮了。青年总有办法。即使在扭抱的时候，他也觉得桑德尔的体力变得比他强起来。等到裁判把他们拉开的时候，他所看到的，已经是一个身体复原的青年。桑德尔变得一刻比一刻强壮。他的拳头，起初还是软绵绵的，不起作用，现在已经变得又硬又准了。汤姆的昏花眼睛看见他的戴手套的拳头正在向自己的下巴打来，他打算抬起胳膊来保护。他看到了这个危险，而且准备这样做，可是他的胳膊太重了。它好像一百多磅的铅块那么重。它不能自动地举起来，因此他就拼命集中意志要抬起这只胳膊。这时候，那只戴手套的拳头已经打中他了。他好像给电火击中一样，感到了一种剧烈的痛苦，同时，眼前一黑，他就什么都不知道了。

等到他再睁开眼睛的时候，他已经坐在自己的一角，只听见观众的喊声像邦狄海滨的惊涛骇浪一样。他的后脑压在一块潮湿的海绵上，锡特·沙利文正在向他脸上和胸口上喷冷水，让他苏醒过来。他的手套已经给脱下了，桑德尔正弯下腰来，跟他握手。他一点儿也不恨这个打昏了他的人，因此，他热诚地跟他握手，一直握得自己的破指节疼得受不了。然后，桑德尔就走到斗拳场当中，观众停止了喧噪，听他讲话。他接受了年轻的普隆托的挑战，而且建议把超过一般的赌注增加到一百镑。汤姆无动于衷地听着，这时他的助手们拭去他身上的热汗，揩干他的脸，以便他可以出场。他觉得很饿。这不是那种寻常的、胃很疼的饥饿感觉，而是一种极度的衰弱，一种心口悸动传遍全身的感觉。他回想起刚才比赛时，桑德尔摇摇欲坠，快要失败的那一刻。唉，一块牛排就顶用了！决定胜负的那一拳，就缺少这块牛排，现在他输了。这全因为那块牛排。

他的助手们扶着他，帮助他钻过绳子。他挣脱他们的手，自个儿低头钻过绳子，沉重地跳到地板上，跟在替他从拥塞的中央过道挤出一条路的助手们后面。当他离开更衣室到街上去的时候，有一个年轻人在大厅的入口对他说了几句话。

"刚才他在你手掌之中的时候，你为什么不把他打倒呢？"这个小伙子问道。

"去你妈的！"汤姆·金一面说，一面走下台阶，到了人行道上。

街角上酒店的门开得大大的，他看到那些灯光和含笑的女侍者，听到很多人都在谈论这次比赛，他还听到了柜台上生意兴隆的叮当直响的钱声。有人喊他喝一杯。看得出来他犹豫了一下，就谢绝了，继续走路。

他口袋里连一个铜板也没有，回家的两里路好像特别长。他的确老了。走过陶门公园的时候，他突然在一张凳子上垂头丧气地坐下来，因为他想起了他的老婆正坐着等他，等着听赛拳的结果。这比任何致命的拳头都沉重，简直无法承受。

他觉得人很衰弱，身上处处酸疼，那些打碎了的指节也很疼，它们在警告他，即使他找到了一种粗活儿，也要等一个星期，他才能握得住一把锄头或者铲子。饿得心口悸动的感觉使他要呕吐。悲惨的心情压倒了他，他眼睛里涌出了不常有的泪水，他用手蒙住脸，一面哭，一面想起了很久之前那天晚上，他对待斯托什尔·比尔的情形。可怜的老斯托什尔·比尔！现在他才明白了比尔为什么在更衣室里痛哭。